REFLETS DE FEMMES

JUDY BLUME

REFLETS DE FEMMES

**TRADUIT DE L'AMÉRICAIN PAR
NICOLE HIBERT**

SUPER SELLERS

Titre original : Smart Women
© 1983, by Judy Blume
© 1987, Traduction française Edimail S.A.
Editions CARRERE-PARAITRE
© 1989, Editions Flammarion Ltée pour l'édition canadienne
ISBN 2-89-077-048-6
Dépot légal - juin 1989
Photo de couverture P. Hattenberger, Publiphoto

A mes amies

PREMIÈRE PARTIE

CHAPITRE 1

MARGO fit coulisser la porte vitrée ouvrant sur le patio attenant à sa chambre. Elle régla la minuterie du jacuzzi sur vingt minutes, tâta la température de l'eau du bout du pied, se débarrassa de son peignoir et se glissa avec volupté dans le bain chaud et bouillonnant.

Cette nuit de la fin du mois d'août était claire et douce, une lune presque ronde éclairait les montagnes. On n'entendait aucun bruit, hormis la respiration de Margo et le paisible gargouillis de l'eau. Elle inspira profondément, pour se pénétrer des vapeurs de cèdre qui l'enveloppaient, et ferma les yeux. Elle se sentait bien.

— Margo...

Cette voix surgie de l'ombre la fit violemment sursauter. Plissant les paupières, elle scruta l'obscurité, mais ne vit que les haies échevelées de pétunias et de géraniums bordant le bassin. Elle oubliait toujours d'arracher les fleurs fanées, néanmoins cela ne les empêchait apparemment pas de croître et d'embellir.

— Par ici, reprit la voix.

Il était immobile derrière la balustrade de bois. Elle distinguait à peine sa silhouette.

— Que faites-vous là ? demanda-t-elle sèchement.

— J'ai pensé que vous aimeriez peut-être boire un verre avec moi. Je m'appelle Andrew Broder. J'habite la maison d'à côté.

— Je sais qui vous êtes, répliqua-t-elle d'un ton

brusque. On ne vous a jamais dit qu'il est impoli d'espionner ses voisins ?

— Je ne vous espionne pas.

— Et qu'on ne débarque pas chez les gens à onze heures du soir pour leur proposer de boire un verre ?

— Il est onze heures ?

— Absolument.

— C'est que je suis un oiseau de nuit, vous comprenez. Pour moi, il est encore très tôt.

— Eh bien, pas pour moi. Figurez-vous que, moi, je suis obligée de me lever aux aurores pour partir au bureau.

Sûre qu'il allait s'excuser et rentrer chez lui, elle détourna ostensiblement la tête. Cet homme l'intriguait bien un peu, certes, mais pas plus que les autres ex-maris de ses amies. Le samedi précédent, elle l'avait observé du haut de sa terrasse. Il était descendu de son pick-up Datsun, les bras chargés de provisions. Tout à coup, l'un des sacs en papier avait craqué, et son contenu s'était fracassé sur le sol. Notamment une douzaine d'œufs. Andrew Broder ne s'était pas énervé pour autant : il avait contemplé un instant les dégâts en hochant la tête, puis il avait nettoyé le trottoir et était remonté dans son camion. Une heure après, il revenait avec de nouvelles provisions.

Le dimanche, elle l'avait entendu rire avec sa fille Sara. Elle avait songé qu'il devait être très agréable pour un père d'avoir de si bons rapports avec son enfant. Et, aussitôt, elle avait senti son cœur se serrer : il y avait longtemps qu'elle n'entendait plus ses propres enfants rire avec Freddy. Elle ne savait même pas si cela leur arrivait parfois.

— Ecoutez...

Margo sursauta à nouveau. Il était toujours là, appuyé à la balustrade.

— Francine m'a dit que si...

— Francine ?

— Ah oui, je suppose que l'appelez B.B. Bref, elle m'a dit que si j'avais besoin d'emprunter du sucre, je pouvais m'adresser à vous.

— C'est ce que vous voulez ? Du sucre, à onze heures du soir ?

— Non, je vous le répète : j'ai pensé que vous

aimeriez peut-être trinquer avec moi, répondit-il en brandissant une bouteille.

— Qu'est-ce que c'est ? Il fait sombre, je ne peux pas lire l'étiquette.

— Du Courvoisier. Et j'ai les deux verres qui vont avec.

Margo se mit à rire.

— Vous, au moins, vous êtes prévoyant !

— J'essaie.

— Le portillon est ouvert.

Elle n'avait pas plutôt prononcé ces mots qu'une petite voix sentencieuse résonna dans son crâne.

Margo, Margo... qu'es-tu en train de faire, ma vieille ?

Moi ? Rien.

Mon œil !

Eh bien, quoi ? Ce n'est pas un assassin, ni un violeur. Je ne vois pas plus loin.

Tu vois très bien. Tu vois surtout pourquoi tu ne devrais pas le laisser entrer.

C'est seulement pour boire un verre.

J'ai déjà entendu ça quelque part.

C'est un voisin, je m'efforce simplement d'être aimable.

Il y a des gens à qui l'expérience ne sert jamais de leçon.

Il poussa le portillon, traversa le patio et s'assit tranquillement sur le bord du bassin pour remplir les verres.

— A nos futures relations de bon voisinage, dit-il en levant le sien.

— Il ne faut pas boire d'alcool en se baignant, c'est très dangereux.

Elle avala une petite gorgée de cognac, puis reposa son verre. Heureusement, l'eau bouillonnante masquait sa nudité, et la buée faisait boucler ses cheveux bruns qui encadraient son visage.

— Vue de près, vous êtes différente, remarqua-t-il.

— Vue de près ?

— Je vous ai aperçue plusieurs fois, quand vous rentriez chez vous.

— Oh...

Ainsi, il l'avait donc observée, lui aussi.

— Vous ressemblez à la petite fille qu'il y a sur les paquets de raisins secs Sun Maid.

— Je ne suis plus vraiment une petite fille.

— Disons que vous ressemblez à la grande sœur de cette belle enfant.

— Dois-je le prendre pour un compliment ?

— J'adore les raisins secs.

Margo essaya de se remémorer la fillette représentée en effigie sur les paquets de raisins. Elle se rappelait seulement l'énorme béret rouge qui la coiffait.

— Je ne me suis jamais plongé dans un jacuzzi. C'est bon ?

— Très chaud. Certaines personnes ne le supportent pas.

— Je voudrais bien essayer.

— Notre ville compte plusieurs clubs équipés de jacuzzi. Il paraît que *Boulder Springs* est le meilleur. Mais vous avez intérêt à réserver à l'avance. Ils sont surchargés.

— Vous m'avez mal compris. Je voudrais essayer maintenant.

— Maintenant ? Avec moi ?

— Vous ne me dérangez pas, répliqua-t-il en enlevant son sweat-shirt.

— Hé ! une minute...

Il se débarrassa de ses espadrilles, dégrafa sa ceinture et ôta son jean. Il portait un slip bikini, nota Margo qui se méfiait terriblement des hommes en caleçon. Freddy achetait exclusivement des caleçons, et exigeait qu'ils fussent toujours soigneusement repassés.

— Une minute ! répéta-t-elle, comme il quittait son slip.

Elle ne l'avait évidemment pas regardé en face pendant son strip-tease, mais elle en avait vu suffisamment pour savoir qu'il était grand, mince et extrêmement sexy. Qualités qu'elle avait d'ailleurs remarquées pendant le week-end, alors qu'il était habillé de pied en cap.

Il était déjà immergé dans le bain chaud, et la dévisageait.

— Vous m'avez bien donné la permission ?

— Non, pas du tout.

— Vous préférez que je sorte ?

— J'aurais préféré que vous n'entriez pas.

— Oh, j'ai certainement mal interprété vos paroles.

— En effet.

— Mais, puisque j'y suis, vous me permettez de rester un moment ? Juste pour essayer.

— Bon, d'accord. Un petit moment.

Lorsque la minuterie s'arrêta, il s'empressa de la régler à nouveau sur vingt minutes. Et, bientôt, Margo l'entendit marmonner que la tête lui tournait. Elle lui ordonna de se relever immédiatement, avant de s'évanouir. Il lui obéit docilement, en flageolant sur ses jambes, si bien qu'elle fut obligée de le frictionner avec une serviette, de lui servir un remontant et de le reconduire chez lui. Ce ne fut pas une mince affaire que de l'aider à escalader les hauts degrés de l'escalier extérieur menant à son appartement, au-dessus du garage voisin.

— Je vous avais averti, dit-elle quand il s'effondra sur le divan de son salon.

— Vous aviez raison.

— Vous devriez prendre deux aspirines et vous coucher.

— Je pourrai faire un nouvel essai demain ?

— Je ne crois pas que ce soit très indiqué. Ça ne vous réussit visiblement pas.

— Je m'y habituerai.

— J'ai deux enfants, vous savez.

— Moi, j'en ai un.

— Les miens sont déjà adolescents.

— La mienne a douze ans.

— Les miens ont passé l'été chez leur père. Ils reviennent demain.

— Je serai ravi de les rencontrer.

— N'y comptez pas trop.

— Vous êtes une mère poule, n'est-ce pas ?

— Moi ?

— En tout cas, vous avez des seins magnifiques.

Baissant le nez, Margo se sentit devenir pivoine. Son peignoir, ouvert jusqu'à la taille, dévoilait généreusement sa poitrine. Elle resserra nerveusement sa ceinture.

— A titre d'information, je vous signale que jacuzzi ne rime pas forcément avec érotisme.

— Je m'en souviendrai.

— Bonne nuit.

— Bonne nuit, Margo.

Le lendemain après-midi, tout en roulant vers l'aéroport de Denver où devaient atterrir ses enfants, Margo songeait à son étrange rencontre avec Andrew Broder. Elle eût été mieux inspirée de ne pas le laisser se baigner avec elle. Vivre à côté de chez lui durant le prochain trimestre risquait de se révéler passablement compliqué. Son impulsivité, qu'elle s'efforçait pourtant de juguler, continuait à lui jouer de mauvais tours.

Je t'avais prévenue, non ?

Oui, bon, ça va.

Margo savait que B.B. était divorcée, mais, contrairement à la plupart de ses compagnes d'infortune, B.B. ne se plaignait jamais de son ex-mari. On ne lui entendait jamais dire qu'il était un pauvre type, un père lamentable, un dragueur de nymphettes, un prétentieux totalement dénué d'humour, un iceberg. Elle s'abstenait également de railler ses piètres qualités d'amant. B.B. gardait le silence sur les détails de sa vie d'épouse et sur les raisons de son divorce, et Margo ne se sentait pas assez proche d'elle pour la questionner. B.B. n'avait même jamais prononcé le nom d'Andrew, jusqu'à ce jour du mois de mai dernier où elle lui avait tout à trac accolé l'épithète « salaud ».

Margo avait probablement eu tort de lui procurer cet appartement dans la maison des Hathaway. B.B. n'aurait pas dû lui demander ce service. Enfin, ce qui était fait était fait.

Elle jeta un coup d'œil à son reflet dans le rétroviseur. Comment ses enfants réagiraient-ils en découvrant sa nouvelle coiffure ? Depuis des années, elle portait ses cheveux mi-longs, avec la raie au milieu. Brusquement, cet été, elle avait ressenti le besoin de changer de tête.

— Il vous faut tirer parti de ce que la nature vous a donné, lui avait déclaré Stan, son coiffeur. Un joli teint, un beau regard, des cheveux naturellement bouclés...

Est-ce qu'on change de tête à quarante ans ? s'était demandé Margo.

16

En sortant de la boutique, effarée, elle s'était juré de se laisser repousser les cheveux et de ne plus jamais les couper. Maintenant, elle devait admettre que sa nouvelle coiffure mettait ses yeux en valeur.

— On aurait dû la baptiser Biche, disait souvent son père en plaisantant. Elle a des yeux de biche, immenses et couleur de noisette.

— Personne ne pouvait deviner qu'elle aurait de pareilles soucoupes, répliquait gaiement sa mère.

— Tu as des yeux de vache, avait décrété James, un soir, pour la plus grande joie de Margo.

James avait été son premier amant, et, bizarrement, elle trouvait qu'Andrew lui ressemblait un peu. Peut-être quelque chose dans le regard, ou bien cette manière de rire à gorge déployée, sans retenue.

Elle avait dix-sept ans quand elle avait rencontré James, qui commençait ses études à l'université. Grand, dégingandé, il était fantastiquement drôle, doux et tendre. Son humour leur avait permis de dépasser leur gaucherie et leur timidité du début. Après quelques tentatives amoureuses plutôt décevantes, leurs moments d'intimité avaient comporté autant de fous rires que de passion. Après tout, ce n'était pas si mal. C'était même très bien.

Deux ans et demi plus tard, il avait succombé à un cancer du pancréas. Margo ignorait tout de son état de santé, c'était sa mère qui avait lu la notice nécrologique dans le journal. *James Schoenfeld, emporté à l'âge de vingt ans par une cruelle maladie.* Margo et James ne se fréquentaient plus depuis seize mois, pourtant sa mort l'affecta si profondément qu'elle ne fit plus jamais l'amour jusqu'à son mariage avec Freddy.

Elle ne cessait de penser à la nuit de sa rupture avec James. Ce soir-là, elle avait ostensiblement flirté avec un autre garçon et lui avait non moins ostensiblement noté son numéro de téléphone sur un bout de papier. Pendant ce temps, James se consolait en ingurgitant des litres de bière. Il s'était si consciencieusement enivré qu'il était tombé raide par terre. Et Margo n'avait pas eu d'autre choix que de se faire reconduire chez elle par Roger. Le lendemain après-midi, James avait sonné à sa porte ; blême, l'air penaud, il lui avait présenté des excuses en bonne et due forme. Ils étaient partis se promener au bord de l'étang voisin, cependant elle avait refusé de se laisser embrasser.

— C'est fini, avait-elle dit. Je ne veux plus te voir.

— Pourquoi ? Réponds-moi, c'est tout ce que je te demande. Pourquoi ?

— Je ne sais pas. J'ai envie de... ou plutôt, je n'ai plus envie de...

James avait tourné les talons et marché droit sur l'étang pour entrer tranquillement dans l'eau, tout habillé, les mains sur sa tête. Margo s'était mise à crier, à l'appeler, riant et pleurant à la fois. Peut-être l'aimait-elle vraiment. Mais il y avait tant de garçons à aimer ! Elle n'était pas prête à choisir.

Après le décès, sa mère l'avait gentiment exhortée à ne pas confondre tristesse et remords. Elle n'était pas responsable de la mort de James. Son père la cajolait ; ses sœurs, l'aînée et la cadette, la contemplaient avec compassion.

Elle s'était rendue seule à l'enterrement. Après avoir salué les malheureux parents et le frère de James, elle avait demandé à ce dernier qui était la frêle jeune fille éplorée qui accompagnait la famille.

— C'est Rachel, avait-il répondu. James et elle se fréquentaient.

Margo s'était mordu les lèvres. James l'avait donc remplacée. Eh bien, à quoi s'attendait-elle ? Elle s'était approchée de Rachel.

— Je m'appelle Margo, avait-elle murmuré. Je voulais simplement vous dire que je suis terriblement navrée.

Ravalant ses sanglots, Rachel l'avait dévisagée avec curiosité.

— Il m'a parlé de vous. Vous avez été sa première petite amie, je crois. Il y a longtemps, n'est-ce pas ?

Pas si longtemps, avait mentalement rectifié Margo.

Il lui arrivait encore de rêver de James. Elle le voyait s'avancer dans l'étang, elle criait : « Reviens, James. Recommençons... » Mais il était trop tard. Elle se réveillait toujours en larmes.

Freddy ne ressemblait en rien à James, peut-être était-ce pour cela qu'elle l'avait épousé.

Elle avait vécu quatorze ans avec lui sans jamais le tromper, bien que l'idée l'eût parfois effleurée. Après

Freddy, il y avait eu Leonard, puis Leonard avait cédé la place au patron de Margo, Michael Benson. Elle avait ensuite connu quelques aventures ; certaines avaient duré des mois, d'autres des semaines, d'autres encore une seule nuit. Douze hommes étaient ainsi entrés dans sa vie pour en ressortir au petit matin, notamment un professeur de physiologie de l'université du Colorado, un bouddhiste de Naropa, plusieurs ouvriers rencontrés sur les chantiers. Et cet été, pendant cinq jours, il y avait eu Eric.

Margo conservait dans son bureau la liste de ses amants, rangée dans le tiroir du haut, le seul tiroir de sa table de travail qui fermait à clé. Elle se demandait souvent si les autres femmes tenaient ce genre de comptabilité amoureuse. Elle se demandait aussi ce qu'en penseraient ses enfants, si elle mourait subitement et qu'ils découvraient ce papier. Il y avait dix-sept noms sur sa liste. Dix-sept hommes. Un score somme toute raisonnable pour une quadragénaire divorcée. Elle connaissait des filles qui draguaient tous les week-ends : ça leur faisait en moyenne une cinquantaine d'aventures par an. Or Margo vivait seule depuis cinq années. Cinq multiplié par cinquante... Il pourrait y avoir deux cent cinquante noms sur sa liste. Ce chiffre la fit pouffer. Deux cent cinquante amants. C'était trop drôle, grotesque. Et tellement désespérant qu'elle se mordit la lèvre pour ne pas fondre en larmes.

Elle alluma la radio et baissa sa vitre. Des broussailles desséchées traînaient sur l'autoroute, poussées là par le vent. L'été s'achevait.

Il avait été bien rempli. Margo avait beaucoup travaillé avec Michael Benson sur un nouveau projet de complexe solaire. Elle n'avait pris qu'une semaine de congé à Chaco Canyon, où elle était partie avec la ferme intention de rester seule pour la première fois de sa vie. Il s'agissait d'une sorte de test. Elle voulait se prouver à elle-même — car elle s'interrogeait à ce sujet — qu'elle était capable de supporter la solitude. Le deuxième jour, elle avait rencontré Eric, un irrésistible jeune homme de vingt ans. Eric, avait-elle décidé plus tard, serait sa dernière toquade. Elle se sentait tellement vide quand c'était fini. Vide, solitaire et angoissée.

Désormais, elle résisterait à la tentation et s'efforcerait de trouver un homme équilibré. En attendant, elle se concentrerait sur son travail, qui marchait très bien, et sur ses enfants, qui rentraient à la maison.

Ce matin, elle s'était levée très tôt pour leur préparer leur plat favori : du poulet au rhum. Elle espérait que le retour serait joyeux, que la nouvelle année scolaire se passerait mieux que la précédente. Pour sa part, elle avait pris de bonnes résolutions. Elle essaierait de se montrer plus disponible, plus compréhensive, plus attentive, moins tranchante dans ses jugements. Bref, elle serait cette mère douce et attentionnée qu'elle avait toujours rêvé d'être sans jamais y parvenir vraiment. Elle jouait son va-tout avec Stuart, qui quitterait bientôt le nid. Une fois son diplôme en poche, au printemps prochain, il partirait pour l'université.

Quant à Michelle... Margo craignait de n'avoir pas la force de supporter à nouveau son hostilité. Peut-être allait-elle découvrir que sa fille n'était pas dans l'avion, qu'elle avait décidé de rester avec Freddy et Aliza. Comment réagirait-elle ? Se précipiterait-elle à New York pour ramener Michelle ? Elle n'en savait vraiment rien. Si seulement cette enfant pouvait comprendre que la fuite n'était pas une solution, qu'on ne résoud pas ses problèmes en repoussant les gens qui vous aiment, mais en leur permettant de vous aider, de vous tendre la main.

Elle sortit de l'autoroute et s'engagea sur la bretelle menant à l'aéroport. Elle était en avance de vingt minutes. Tant mieux, cela lui permettrait d'avaler un café et de se relaxer avant de rendosser son costume de maman.

Ce soir-là, après le dîner, Margo se doucha et enfila le déshabillé que son amie Clara lui avait offert une semaine plus tôt, pour son quarantième anniversaire. Le contact de la soie sur sa peau nue la fit frissonner. Hmm, quel délice... Des mètres de soie naturelle, rose tendre.

— Il paraît que le matin, ça donne un teint resplendissant, avait dit Clara. C'est du moins ce que m'a affirmé le vendeur. Qu'en penses-tu ?

— Je pense que ce serait péché de porter cette merveille le matin. Sauf si la nuit a été... intéressante.

Elles avaient éclaté de rire.

Le bruit courait par la ville que Clara avait du sang navajo dans les veines, rumeur qui l'amusait prodigieusement et qu'elle se plaisait à entretenir. Lorsqu'elle s'en donnait la peine, elle avait effectivement tout d'une Indienne avec ses cheveux noirs où brillaient quelques fils d'argent, ses pommettes hautes, son visage bronzé et ses colliers de turquoise et de corail enroulés autour de son cou. Si Margo l'avait rencontrée dix ans auparavant, elle n'aurait peut-être pas eu envie de la connaître mieux. Elle l'aurait cataloguée comme l'héritière d'un magnat du pétrole texan, affligée d'un accent tellement agressif qu'il écorchait les oreilles.

— L'année dernière, avait continué Clara, quand j'ai fêté mes quarante ans, je me suis offert un déshabillé noir transparent et un boa en plumes d'autruche.

Margo s'était brusquement rappelé qu'elle avait un plein tiroir de dessous noirs transparents, vestiges de sa liaison avec Leonard. Elle ne les avait pas portés depuis longtemps ; elle les avait même complètement oubliés. Dommage.

Leonard était l'une des raisons pour lesquelles elle avait quitté New York, trois ans plus tôt. Elle avait fui une histoire qui ne menait à rien. Elle était partie loin de Freddy et de sa deuxième épouse, loin d'elle-même, espérant trouver dans les montagnes une nouvelle Margo ou, du moins, la possibilité de se forger une vie.

Passionnée par l'énergie solaire, elle avait fixé son choix sur Boulder et avait eu la chance de décrocher immédiatement un emploi dans un cabinet d'architecture, *Benson & Gould*. Cela s'était avéré étonnamment facile : il lui avait suffi de montrer son dossier, la lettre de recommandation de son patron new-yorkais, et de subir une brève interview. Elle avait ensuite découvert que Gould passait le plus clair de son temps aux Bahamas, tandis que Benson avait une peur panique des responsabilités. Pour un peu, ils l'auraient suppliée à genoux d'accepter leur offre.

Margo avait emménagé à Boulder vers la mi-août. Freddy et elle ayant vendu leur appartement de Central Park West après le divorce, cet argent lui permit d'acheter une maison située sur une route poussiéreuse au pied des montagnes. Une étrange bicoque sens dessus dessous : le salon et la cuisine étaient aménagés au premier étage, pour profiter de la vue sur les Flatirons ; les chambres étaient au rez-de-chaussée, la plus grande ouvrant sur le patio et le fameux jacuzzi, auquel Margo n'avait pas su résister. L'agent immobilier, une femme surnommée B.B., lui avait d'ailleurs affirmé que cette bâtisse prendrait forcément de la valeur au fil du temps.

Deux mois après son installation dans les lieux, B.B. lui avait présenté Clara, qui cherchait un architecte pour restaurer sa galerie d'art.

Margo sortit dans le couloir et se dirigea vers la chambre de sa fille. Michelle était assise dans son lit, adossée à ses oreillers. Elle lisait *L'Amant de Lady Chatterley*.

— Tu aimes ? demanda Margo.

— Je suis obligée de le lire... pour le lycée.

— Je ne te parle pas du roman ! répliqua gaiement Margo. Mais de ça...

Elle pivota sur elle-même, faisant tournoyer son déshabillé de soie au rythme de la musique que jouait la stéréo de Michelle. Elle ne connaissait d'ailleurs pas la chanteuse qui s'égosillait. Depuis quelque temps, Michelle se passionnait pour les voix féminines et les chansons féministes.

— Seigneur... qu'est-ce que c'est que ce truc ?

— Un déshabillé. Clara me l'a acheté pour mon anniversaire. Il est superbe, non ?

— Une femme divorcée qui achète ce genre de chose à une autre femme divorcée... ce n'est vraiment pas ordinaire. Elle aurait pu te donner un tableau de sa galerie. Ce n'est pas la place qui manque sur les murs de cette maison.

— Elle a sans doute préféré m'offrir un cadeau plus personnel.

— Ouais... pour être personnel, ça l'est.

— Alors, tu aimes ?

— Je suppose qu'on peut trouver ça joli, quand on apprécie les falbalas.

— Je parlais du livre.

Michelle dévisagea sa mère, les lèvres pincées, l'air méfiant, prête à attaquer.

— Je te l'ai déjà dit : je suis obligée de le lire.

— Oui, mais cela ne t'empêche pas d'avoir une opinion.

Arrête, se gourmanda-t-elle. *Cette conversation risque de dégénérer. A quoi bon ?*

Michelle referma son livre et le posa sur ses genoux.

— C'est assez intéressant... dans la mesure où c'est complètement démodé.

Démodé ? s'étonna Margo. C'était un peu dur à avaler. Elle se rappela l'époque où elle avait lu ce roman. Elle était encore au collège et avait jugé les scènes érotiques tellement torrides qu'elle avait couru s'enfermer dans la salle de bains pour prendre une douche froide.

— D. H. Lawrence vivait à Taos, dans le sud-ouest. Tu le savais ?

— Evidemment. Mais je te signale que l'action de *L'Amant de Lady Chatterley* se déroule en Angleterre.

— Oui, je sais.

Margo s'approcha du lit et se pencha pour embrasser sa fille. Celle-ci rejeta la tête en arrière.

— S'il te plaît, maman... Ne sois pas collante.

— Bonne nuit, murmura Margo d'un ton faussement léger, refoulant bravement son désarroi.

Puis elle se détourna et quitta la chambre.

Elle ne comprenait pas comment Michelle avait pu devenir cette créature insupportable. Dans d'autres circonstances, elle n'aurait jamais accepté de vivre avec un être aussi mauvais et hargneux. Jamais. Mais, puisqu'il s'agissait de sa fille, elle n'avait pas le choix. Il lui fallait serrer les dents, espérer contre vents et marées que Michelle s'apaiserait un jour.

Elle dépassa le cabinet de toilette qui séparait les chambres des enfants, et frappa à la porte close de Stuart qui, lui, écoutait le dernier album de Police.

— Qu'est-ce qu'il y a ? cria-t-il.

— Rien... je voulais simplement te souhaiter une bonne nuit.

— Ouais... bonne nuit !

Margo était demeurée bouche bée en voyant apparaître son fils à l'aéroport. Il était littéralement méconnaissable : les cheveux courts, vêtu d'un polo, un sweater jeté sur ses épaules, une raquette de tennis dans une main, un blazer dans l'autre. Il avait l'air de sortir d'une gravure de mode, et Margo avait failli prendre un fou rire. Elle ne savait pas trop si elle devait se réjouir ou regretter que Stuart soit brusquement devenu aussi convenable.

— Où as-tu déniché ces vêtements ? lui avait-elle demandé tandis qu'ils roulaient vers Boulder.

— C'est papa qui l'a habillé, avait répliqué Michelle.

— Ferme-la, je suis assez grand pour répondre tout seul. Et je ne vois pas ce qu'il y a de mal à se soucier un peu de son apparence. D'ailleurs, maman a également changé de coiffure.

— Merci, j'avais remarqué.

Margo n'avait même pas eu le temps d'interroger Michelle sur ce qu'elle pensait de sa nouvelle coupe ; Stuart avait déjà repris le fil de son discours.

— Je veux m'inscrire à l'université le plus tôt possible. Papa m'a dit qu'il s'arrangerait pour se libérer en octobre, et qu'il m'accompagnerait dans les différentes écoles que j'ai sélectionnées.

Margo avait senti son cœur se nouer. Elle comptait accompagner Stuart quand il irait passer ses tests d'admission à l'université. Elle avait conservé une semaine de vacances dans cet unique but.

— A priori, j'aimerais bien entrer à Amherst.

— Pourquoi Amherst ?

— Tu connais l'ami de papa, Wally Lewis ?

— Oui.

— Il a fait ses études là-bas... Il m'a dit qu'il y avait noué des relations durables et extrêmement intéressantes.

Cette fois, l'écœurement avait submergé Margo. Franchement, c'était trop.

— Tu sais, Stuart... Tu commences à parler comme ton père.

— Et alors ? Après tout, il représente le seul modèle masculin auquel je puisse m'identifier. En plus, il est

24

grand temps pour moi de songer à mon avenir. J'ai beaucoup mûri pendant cet été, maman.

Margo gravit les marches menant à la cuisine, et se servit un cognac bien tassé. Elle se sentait misérable, seule. Elle n'avait même pas un allié dans sa propre maison.

— A votre santé, les enfants! marmonna-t-elle en levant son verre. A ta santé, ma vieille : tu vas en avoir besoin.

CHAPITRE II

MARGO était vraiment un cas. S'affubler d'un déshabillé vaporeux, digne d'une star du cinéma muet, et se mettre à tournoyer dans la chambre... Non mais, vraiment ! Et, naturellement, il aurait fallu que Michelle applaudisse, s'extasie. Le comble ! Elle n'arrivait pas à définir ce qui n'allait pas chez sa mère, mais, depuis l'hiver dernier, elle était franchement impossible. Dès que Michelle ouvrait le bec, elle se vexait. Alors, évidemment, il n'était pas question de lui dire ce qu'elle pensait vraiment de son déshabillé.

Dans l'avion qui la ramenait à Boulder, Michelle avait pourtant prié pour que les choses s'arrangent entre Margo et elle. Elle avait pris un tas de bonnes résolutions : plus de serviettes mouillées entassées dans la salle de bains, plus d'assiettes sales oubliées dans l'évier, plus de sarcasmes. Elle espérait que sa mère lui témoignerait un peu plus d'amour cette année, qu'elle la traiterait enfin comme un être humain et lui reconnaîtrait le droit d'avoir ses propres convictions. Malheureusement, après quelques heures à peine, elles étaient revenues au point précis où elles en étaient avant l'été.

Michelle essaya à nouveau de déterminer le moment où sa mère avait commencé à changer. En vain. Pour autant qu'elle s'en souvienne, cela n'avait pas coïncidé avec une rupture. En effet, lorsque sa mère rompait avec l'un de ses amants, l'atmosphère de la maison devenait particulièrement irrespirable. Margo pleurait comme une fontaine toute la journée ; le soir, elle plaquait un grand sourire sur son visage ravagé, pour ne pas perturber Michelle et Stuart. Quand Margo se retrouvait seule, elle avait tendance à apprécier beaucoup plus ses enfants, et à se montrer singulièrement attentive et affectueuse.

Comme après sa rupture avec Leonard.

Leonard avait été son premier amant après le divorce. Manque de chance, il était marié et père de trois enfants, deux filles et un garçon — Anya, Deirdre et Stefan. Des noms à coucher dehors. Ces gamins étaient constamment pendus au téléphone. Téléguidés par leur mère Gabrielle, ils téléphonaient pour pleurer et supplier. « S'il vous plaît, rendez-nous notre papa. » Michelle prenait souvent la communication. Elle avait onze ans. Comment voulait-on qu'elle réagisse ? Les gosses de Leonard étaient très jeunes, ils appelaient chaque semaine, parfois deux fois par semaine. « S'il vous plaît, rendez-nous notre papa. On est triste sans lui, on a besoin de lui. » Michelle le leur aurait restitué avec plaisir, mais il ne vivait pas avec eux. Il avait un appartement à Gramercy Park. « Votre papa n'est pas là. Téléphonez-lui à son bureau. »

Un beau matin, Gabrielle avait débarqué chez eux. Elle avait sorti un revolver de son sac et l'avait agité sous le nez de Margo, en menaçant de la tuer. En fait, le revolver qui les avait tellement terrorisés n'était qu'un jouet. Mais il avait l'air vrai. Le lendemain, Margo avait décidé de quitter New York et de s'installer à Boulder.

Leonard leur avait fait une petite visite dans le Colorado. « Je passais dans le coin », avait-il prétexté. « Je vais à San Francisco. Je voulais simplement voir comment ça allait. » Ça allait très bien sans lui, avait pensé Michelle. Ils n'avaient plus jamais revu Leonard.

Non, la désastreuse évolution de Margo ne coïncidait pas avec une rupture. D'ailleurs, Michelle suivait discrètement la vie amoureuse de sa mère, pour se préparer à affronter une éventuelle catastrophe. Durant la précédente année scolaire, il n'y avait rien eu de spécial. Pas de conversations téléphoniques au milieu de la nuit, pas d'invité surprise pour le petit déjeuner. Margo s'était apparemment contentée d'aventures à droite et à gauche, et encore pas très souvent. Son problème n'avait donc rien à voir avec des questions sexuelles. Il n'avait pas non plus de rapport avec l'argent ou le travail. Au moment du divorce, l'argent et le travail l'avaient énormément préoccupée, mais ce n'était plus le cas aujourd'hui.

Michelle se pelotonna sous ses couvertures, la gorge serrée. Une angoisse atroce la tenaillait. Si elle ne réussissait pas à faire la paix avec sa mère, celle-ci l'expédierait à New York, chez son père et sa nouvelle épouse. Eh bien, qu'elle essaie ! Michelle s'enfuirait, et Margo regretterait amèrement de s'être montrée si méchante ces derniers temps.

Elle détestait s'entendre dire qu'elle était tout le portrait de sa mère. Les gens s'efforçaient toujours de trouver une ressemblance entre les enfants et leurs parents. Quelle imbécillité ! Si Michelle avait pu choisir, elle aurait voulu ressembler à B.B., la directrice de la plus grande agence immobilière de la ville. Quand B.B. entrait quelque part, tout le monde la regardait. Michelle rêvait d'attirer ainsi l'attention. La plupart du temps, elle avait l'impression d'être complètement transparente, invisible.

Au début, Michelle gardait souvent la gamine de B.B., Sara. B.B. sortait avec un producteur de Los Angeles, et ils avaient de fréquentes et terribles disputes. Ils rentraient la plupart du temps vers minuit en criant et en s'insultant. B.B. avait généralement les yeux bouffis de larmes — elle était même revenue deux fois avec un superbe bleu. Elle courait s'enfermer dans la salle de bains, pendant que lui — il s'appelait Mitch — payait Michelle et la reconduisait chez elle. Il ne desserrait pas les dents, sinon pour marmonner bonne nuit, merci beaucoup, et B.B. s'arrangera avec vous pour le prochain week-end. Hiver comme été, il portait des espèces de sandales sans chaussettes, et une chemise largement ouverte sur son poitrail couvert de poils noirs, frisottés et parfaitement dégoûtants.

Michelle n'avait jamais évoqué devant sa mère les bagarres de B.B. et Mitch. Elle craignait que Margo ne l'oblige à interrompre ses activités de baby-sitter. Elle n'avait pas davantage parlé à B.B. ou à Mitch du soir où Sara l'avait sauvagement mordue à l'épaule, parce qu'elle avait éteint la télé et expédié la petite au lit. Or tout le monde sait que la morsure d'un humain est infiniment plus dangereuse que celle d'un animal.

Elle apercevait fréquemment B.B. au volant de sa voiture, une BMW. Elle avait de longs cheveux d'un roux flamboyant, genre setter irlandais, qui contrastaient de façon frappante avec la pâleur nacrée de son teint. Elle était très grande, et tellement mince que Michelle se demandait si elle ne souffrait pas d'anorexie, comme Katie Adriano, une camarade de classe qui ne pouvait rien avaler sans se mettre à vomir. Mais ce n'était sans doute pas le cas de B.B., puisqu'elle dînait souvent en ville. Les anorexiques, ça ne fréquente pas les restaurants.

B.B. avait les dents du haut légèrement proéminentes ; chez elle, ce défaut prenait cependant un certain charme. Michelle connaissait par cœur les problèmes dentaires, à cause de son père. Frederic Sampson — chirurgien-dentiste. Le fait d'avoir un père chirurgien lui donnait une formidable sensation de sécurité.

Mais elle lui en voulait terriblement de l'avoir forcée à passer un nouvel été au camp de vacances.

— Il ne faut pas que tu perdes le contact avec ton milieu naturel, lui avait-il dit. Sinon, tu risquerais de croire que tout le monde ressemble à...

— A qui ?

— Aux gens de Boulder.

— Et alors ? Qu'est-ce qui ne va pas avec les gens de Boulder ?

— Rien... seulement, dans la vie, il y a autre chose que...

— Que quoi ?

Son père avait lâché un lourd soupir.

Son séjour au camp avait été littéralement cauchemardesque. Elle s'était promis de ne plus jamais y remettre les pieds. Dieu merci, elle allait sur ses dix-sept ans : l'année prochaine, elle organiserait ses vacances comme elle l'entendait. De plus, elle en avait assez de toutes ces petites cruches qui la surnommaient « La Pionnière », sous prétexte qu'elle habitait le Colorado. Dire qu'elle aurait pu devenir une pimbêche comme elles! Heureusement que ses parents avaient divorcé, et que sa mère avait déménagé.

Ensuite, elle était restée deux semaines à Bridgehampton, avec son père et Aliza. Mortel. Deux semaines à subir les conseils et les sermons paternels, alors qu'elle lui demandait seulement de l'aimer telle qu'elle était. Le soir, au dîner, la conversation roulait invariablement sur le tennis et le service déplorable de Michelle, qui avait pourtant neuf ans de cours derrière elle. *Oh, s'il te plaît, papa... Aime-moi très fort... ne t'occupe pas de mon service. Dis-moi que tu es fier de moi... que je suis une fille formidable. Dis-moi que tu m'aimeras toujours, envers et contre tout...*

Elle perdait son temps. Aliza occupait à présent toutes ses pensées. Il s'intéressait vaguement aux études de Stuart, mais pas à Michelle. Elle n'était rien pour lui. Elle le gênait, parce qu'elle lui rappelait Margo. Un jour, elle l'avait entendu avouer cela à son ami, le docteur Fritz.

— Chaque fois que je regarde ma fille, j'ai l'impression de voir Margo.

— Il te faut combattre ces sentiments, Freddy.

— J'essaie, mais ce n'est pas facile.

Michelle était âgée de onze ans lorsque ses parents avaient divorcé. A l'époque, elle avait souhaité mourir. Puis elle avait surmonté le choc. Dix-huit mois plus tard, sa mère lui annonçait qu'ils partaient pour Boulder, dans le Colorado.

Toutes ses petites amies new-yorkaises l'avaient enviée. Vivre dans le Colorado, au milieu des stars de la country-music, quelle chance! Michelle leur avait généreusement promis de leur envoyer des autographes de leurs idoles; elle-même caressait le rêve de faire une carrière.

Malheureusement, elle avait vite déchanté. Pas l'ombre d'une vedette dans les rues de la ville: la plupart résidaient en Californie. Michelle ne pouvait certes pas les blâmer. Boulder était minable, une insignifiante cité universitaire perdue en plein milieu du désert. Elle en avait terriblement voulu à Margo, qui s'acharnait à lui gâcher sa vie. Mais elle avait peu à peu réussi à s'y habituer. Maintenant, il lui arrivait de penser que ce coin n'était pas désagréable. Surtout en hiver, quand la neige recouvrait les montagnes.

Le déshabillé rose de sa mère était vraiment d'un ridicule ! Elle ricana, le nez dans l'oreiller. Et, aussitôt, elle sentit sa gorge se serrer à nouveau. Cette fois, elle eut beau avaler sa salive plusieurs fois de suite, rien n'y fit : la petite boule brûlante qui lui nouait le gosier refusait de se dissoudre. Elle ne comprenait pas pourquoi elle avait si mal à la gorge. Elle ne comprenait pas ce qui ne tournait pas rond chez Margo. Et elle ne comprenait pas davantage pourquoi, chaque nuit, elle pleurait toutes les larmes de son corps.

CHAPITRE III

AVEC application B.B. se concentra sur son souffle et le mouvement de ses pieds, qui frappaient l'asphalte en cadence. Tous les matins avant le petit déjeuner, elle s'astreignait à un jogging de trois kilomètres. Ensuite, elle se douchait, s'habillait, et partait pour son bureau vers neuf heures. Elle ne courait pas tellement pour entretenir sa forme physique, mais surtout pour réfléchir et mettre de l'ordre dans ses idées. D'ailleurs, son corps était aussi ferme et musclé qu'à vingt ans ; en outre, elle se sentait plutôt mieux dans sa peau qu'autrefois. Un jour, elle devrait évidemment affronter le vieillissement, comme sa mère l'affrontait aujourd'hui' cependant cette perspective lui paraissait encore très lointaine.

Elle se força à inspirer profondément — quand elle oubliait de le faire, son visage se congestionnait — et jeta un coup d'œil à sa montre-bracelet. Deux kilomètres en dix-huit minutes. Pas mal, B.B. !

On ne l'avait pas toujours surnommée B.B. Elle avait été baptisée Francine Eloïse Brady, née d'une mère juive et d'un père irlandais, en 1940, à Miami. Pendant des années, elle avait été Francie pour sa famille et ses amies, Francine pour les autres. Plus tard, elle avait épousé Andrew, qui lui avait donné son nom : Broder. Elle croyait qu'on l'appellerait ainsi jusqu'à la fin de sa vie. Cela avait duré à peine douze ans.

Elle avait quitté Miami un mois avant que le divorce

fût prononcé. Elle s'était enfuie avec Sara, alors âgée de six ans, deux valises et les vingt-deux mille dollars que lui avaient rapportés quelques ventes immobilières. Elle s'était glissée au volant de sa Buick, à quatre heures du matin, et avait roulé tout droit vers l'ouest. Loin de la Floride, de l'océan. Loin des souvenirs d'un passé à jamais disparu.

Elle s'était arrêtée à Boulder, Colorado, à cause d'un article lu l'année précédente dans une revue d'architecture. On y parlait de demeures victoriennes en cours de restauration. La couleur du ciel, les montagnes enneigées qui fermaient l'horizon s'étaient gravées dans son esprit. A ses yeux, cet endroit représentait le bout du monde, le dépaysement dont elle avait tant besoin.

En arrivant, elle avait pris une chambre au *Boulderado Hotel*. Elle y était restée deux jours, le temps d'acheter une petite maison victorienne à Highland. Une semaine après, elle était embauchée par l'agence qui lui avait vendu la maison. Et, un an plus tard, elle ouvrait sa propre affaire. *Francine Brady Broder-Immobilier*. Les gens avaient commencé à l'appeler B.B., abréviation de ses deux patronymes. Cela ne la dérangeait pas, au contraire. Elle trouvait que ce surnom avait quelque chose de dynamique.

Elle remonta l'allée en courant, et s'arrêta près de la voiture, pour vérifier son pouls. La chienne Lucy s'approcha et se frotta contre ses jambes. B.B. lui flatta distraitement le museau, puis se dirigea vers la cuisine.

— 'jour, maman ! dit Sara. J'ai mis la table. Tu as bien couru ?

— Oui, j'aurais d'ailleurs pu continuer. Je me sens en pleine forme, pas du tout fatiguée.

— Tu sais que les athlètes féminines ont souvent des problèmes de stérilité ?

— Pas possible ?

— Si, je l'ai lu quelque part. Elles deviennent trop maigres, et elles n'ont plus de règles. Le sport, c'est mauvais pour les organes.

34

Sara avala son jus d'orange et s'en versa derechef un deuxième.

— Alors, tu ferais peut-être bien d'être prudente, au cas où.

— Au cas où quoi ?

— Eh bien, au cas où tu voudrais d'autres enfants.

— J'ai quarante ans, Sara. Je n'aurai pas d'autres enfants.

— Qui sait ? La mère de Jennifer a quarante et un ans et elle vient de mettre un bébé au monde.

— En ce qui me concerne, je n'ai aucune intention de faire un bébé.

— Ah bon... Je tenais simplement à t'avertir.

— Merci. Comment préfères-tu tes œufs ? Frits, ou brouillés ?

— Frits... avec les jaunes bien cuits. Dis, maman, tu te rappelles ton premier jour de lycée ?

— Oh, oui... J'étais tellement terrorisée que je n'ai pas pu avaler mon petit déjeuner. Ma mère avait mis des biscuits dans mon cartable : je les ai jetés dans les toilettes des filles.

— Je n'ai quand même pas si peur ! répliqua Sara en riant. D'ailleurs, Jennifer et moi allons retrouver des copines de Mapleton. On sera toutes dans la même classe.

— Tu es plus brave que je ne l'étais à l'époque.

Après le déjeuner, B.B. brossa longuement les cheveux de sa fille, qui étaient remarquablement épais et couleur de miel, comme ceux d'Andrew.

— Natte ou queue de cheval ? demanda-t-elle.

— Natte, répondit Sara.

Quand la fillette fut coiffée et qu'elle eut rassemblé son cahier de textes et ses stylos flambant neufs, B.B. l'accompagna jusqu'au perron.

— Au revoir, mon poussin. Je t'aime.

— Moi aussi.

— Pour combien de temps ?

— Pour toujours.

— Moi aussi.

Elles s'embrassèrent tendrement, puis B.B. regagna la cuisine et entreprit de débarrasser la table.

Jusqu'au printemps dernier, son existence à Boulder, excepté l'épisode Mitch, s'était avérée paisible et agréable. Et puis soudain, au mois de mai, elle avait reçu la lettre d'Andrew.

Ce jour-là, B.B. était arrivée au bureau plus tard qu'à l'ordinaire. Elle avait accordé un soin particulier à sa toilette, car elle avait invité Clara et Margo à déjeuner au *James*, afin de leur présenter une affaire immobilière particulièrement intéressante. Un terrain de dix hectares, situé en bordure de la ville, serait bientôt mis en vente. Si elle parvenait à convaincre Clara de s'associer pour moitié avec elle, elle était prête à s'en porter acquéreur. Le site conviendrait parfaitement à la construction solaire, concept qui, elle le savait, ne manquerait pas de séduire Margo. Elle envisageait donc de demander à celle-ci d'établir les plans, en échange d'un intéressement à l'entreprise. Le travail de Margo l'impressionnait beaucoup ; elle en admirait le style et la classe, même lorsqu'il s'agissait de l'aménagement d'un vulgaire garage.

Miranda, sa secrétaire, avait déposé le courrier du matin sur sa table. B.B. le passa rapidement en revue. Brusquement, elle se figea en découvrant une enveloppe sur laquelle étaient gravées les initiales d'Andrew.

Ils ne s'écrivaient jamais, toutes les questions concernant Sara étant réglées par leurs avocats respectifs, à Miami et Boulder. Alors, que voulait-il ?

Elle ouvrit l'enveloppe avec son coupe-papier d'argent incrusté de turquoise, cadeau d'un client reconnaissant, et parcourut la lettre. Puis elle la relut une deuxième fois, pour être sûre d'avoir bien compris.

« Chère Francine,

J'ai décidé de passer la prochaine année scolaire à Boulder, le temps d'écrire mon nouveau livre. Ainsi je verrai Sara plus souvent, ce qu'elle souhaite autant que moi.
Je compte quitter Miami au cours de la deuxième semaine d'août et voyager un peu à travers le pays. J'arriverai probablement à Boulder vers le 20. J'espère que nous n'aurons pas de difficultés à

trouver un arrangement. Il me faudra évidemment un logement assez grand pour pouvoir y accueillir Sara. Si tu as des suggestions à me faire, je t'en serai très obligé. Bien à toi,

Andrew. »

Il lui sembla qu'un étau se resserrait autour de ses tempes. Elle avait chaud et, en même temps, se sentait glacée. La sueur dégoulinait le long de son dos ; elle qui ne transpirait jamais !

Se levant d'un bond, elle se mit à arpenter le bureau, redressant machinalement au passage les lithographies qui ornaient les murs. Elle revint vers sa table, lut la lettre une troisième fois, et décrocha le téléphone pour appeler son avocat. Mais elle se ravisa aussitôt et fourra la lettre dans son sac. Ce n'était pas possible, il n'envisageait pas sérieusement de s'installer ici !

Immobile, elle se força à respirer profondément et se mit dans la position du lion, l'un des mouvements de yoga qu'elle avait appris l'année précédente. Ceci fait, elle empoigna son sac et partit rejoindre Margo et Clara au *James*.

CHAPITRE IV

CETTE invitation avait surpris Margo, qui ne s'était jamais sentie très proche de B.B. Elle ne parvenait pas à forcer la réserve que lui opposait la jeune femme, aussi s'était-elle contentée de nouer avec elle des relations amicales plutôt qu'une véritable amitié. Clara était au fond le seul lien qui les unissait, et elles n'auraient pas eu l'idée de se rencontrer en tête à tête.

Ce jour de mai était particulièrement doux, un temps idéal pour manger dehors. Elles s'installèrent donc à la terrasse du restaurant, embaumée de lilas. Pour ajouter encore à leur bien-être, la serveuse qui vint prendre leur commande était à la fois charmante et efficace, qualités rarissimes chez les employés habituels du *James.*

Quand on leur eut apporté leurs salades, B.B. expliqua brièvement pourquoi elle les avait conviées à déjeuner. Margo fut flattée d'avoir été choisie pour dessiner les plans du futur lotissement, et se réjouit de participer à une pareille aventure. Si tout marchait comme prévu, elle pourrait en retirer un joli bénéfice. Son salaire et ses commissions lui assuraient de quoi vivre correctement — elle avait même réussi à mettre quelques sous de côté — mais elle ne roulait pas précisément sur l'or. La pension que Freddy lui versait pour l'entretien des enfants arrondissait ses fins de mois, cependant ces subsides lui seraient retirés dès que Stuart et Michelle entreraient à l'université. Elle ne s'en plaignait d'ailleurs pas, au contraire.

Au cours du repas, elle remarqua que B.B. portait souvent la main à son front et fermait les yeux. Elle ne s'en étonna pas : B.B. semblait souvent absente, même lorsqu'elle était en pleine conversation, et même s'il s'agissait d'affaires sérieuses.

Elles s'attardèrent un moment après le café, puis B.B. consulta sa montre et réclama l'addition.

— Il faut que je regagne mon bureau.

Elles sortirent ensemble du restaurant et descendirent la rue. Mais, au bout de quelques mètres, B.B. se passa à nouveau la main sur le front. Elle chancelait, paraissait sur le point de s'évanouir. *Le vin ne lui réussit pas*, pensa Margo.

— Ça ne va pas ? s'inquiéta Clara en l'agrippant par le bras.

— Non, répondit tranquillement B.B.

Et soudain, elle se dégagea et lança rageusement son sac sur la chaussée.

— Non, cria-t-elle, ça ne va pas !

Le contenu du sac s'était éparpillé sur l'asphalte. Un flacon de parfum Opium se fracassa aux pieds de Margo, éclaboussant ses chaussures. Les tubes de rouge à lèvres roulaient allègrement sous les voitures. Une brosse à cheveux, un agenda, une calculatrice de poche, une enveloppe froissée atterrirent dans le caniveau.

— Qu'il crève ! hurla B.B.

— Qui ? demandèrent en chœur Margo et Clara.

— Mon ex-mari, ce salaud !

Margo en demeura bouche bée de stupéfaction. Jusqu'à ce jour, elle n'avait jamais vu B.B. manifester la moindre émotion. Et ce fut ainsi qu'elle entendit pour la première fois le nom d'Andrew Broder.

Clara lui téléphona cinq jours plus tard, pour savoir si elle connaissait la recette du bouillon de poule. B.B. s'était alitée tout de suite après leur mémorable déjeuner et, depuis, elle refusait de s'alimenter.

— Elle prétend que le seul remède, c'est du bouillon de poule. Sa mère lui en mitonnait quand elle était petite. Du bouillon de poule à la juive. Son père affirmait toujours que cela guérissait toutes les maladies, excepté les verrues. Et encore, il n'était pas sûr que les verrues résistent à cette potion miracle. Tu connais la recette, Margo ?

— Je n'en ai pas fait depuis des années, mais je peux demander à ma mère.

— Essaie, s'il te plaît. Sinon, je crains que B.B. n'atterrisse à l'hôpital : elle n'aura bientôt plus que la peau sur les os.

Ce soir-là, Margo téléphona donc à New York. Sa mère s'apprêtait à partir pour le Lincoln Center, où elle devait assister à un spectacle de ballet. Elle fut cependant ravie d'apprendre que sa fille souhaitait préparer du bouillon de poule, et elle s'empressa de lui expliquer en détail comment s'y prendre. Il fallait choisir une belle poularde, ne pas lésiner sur le fenouil et, surtout, ne pas oublier d'ajouter un peu de panais.

Le lendemain, Margo se leva aux aurores pour aller faire les courses. De retour chez elle, elle disposa soigneusement tous les ingrédients sur le comptoir de la cuisine. Un profond silence régnait dans la maison. Comme tous les samedis, Stuart travaillait dans une entreprise de la ville qui fabriquait des crèmes glacées. Michelle dormait encore. Margo se lava les mains et remonta ses manches. Bientôt après, les parfums de son enfance embaumaient l'atmosphère.

Lorsque Michelle apparut sur le seuil, mal réveillée et la mine chiffonnée, elle renifla d'un air circonspect.

— Qu'est-ce que tu fabriques, maman ?

— Du bouillon de poule.

— Oh ?

— Oui, c'est pour B.B. Elle ne se sent pas dans son assiette.

— Moi, quand je ne me sens pas bien, je n'ai pas droit à ce genre de chose.

— Je croyais que tu détestais le bouillon de poule. Il me semble t'avoir souvent entendue clamer que les yeux flottant à la surface te levaient le cœur.

— Je l'aime bien quand il y a du riz, comme le prépare grand-mère.

— Grand-mère Belle ou grand-mère Sampson ?

— Grand-mère Belle, évidemment. Grand-mère Sampson m'a toujours fait du bouillon de légumes. Et elle le passe au mixer pour que je ne me casse pas les dents sur des bouts de légumes.

— Tu m'en diras tant ! rétorqua Margo en riant.

— Qu'est-ce qui ne va pas, avec B.B. ?

— Elle est déprimée. Son ex-mari lui a annoncé sa visite.

— Le père de la Punaise ?

— Sara n'est pas une punaise, Michelle.

— On voit bien que tu ne l'as jamais gardée quand elle était petite.

— Elle a grandi.

— Ça m'étonnerait qu'elle ait changé.

— Michelle, tu es vraiment très dure avec les gens. Pourquoi refuses-tu de leur donner une chance ?

— Moi... dure ? Quelle blague !

Elle ouvrit le réfrigérateur, en sortit une carotte puis, traînant les pieds, se dirigea vers la porte.

— C'est tout ce que tu prends pour déjeuner ? demanda Margo.

— La carotte est un aliment extrêmement nutritif, répliqua sentencieusement Michelle.

Lorsque le bouillon eut mijoté durant plusieurs heures, Margo le goûta. Ce n'était pas mauvais du tout, quoiqu'il manquât peut-être un peu de fenouil. Elle se rengorgea, satisfaite de son œuvre. Après son divorce avec Freddy, elle s'était promis de ne plus s'astreindre à la fastidieuse corvée de préparer deux repas par jour. Elle avait appris à cuisiner aux enfants et, maintenant que personne ne l'obligeait à se mettre aux fourneaux, confectionner de bons petits plats l'amusait.

Le soir, Clara et elle arrivèrent chez B.B. avec tout ce qu'il fallait pour dîner : bouillon, salade composée, une miche de pain de campagne et une bouteille de vin blanc. B.B. était assise dans son lit, vêtue d'un déshabillé immaculé, ses longs cheveux retenus par un ruban. Elle semblait aussi belle et éthérée que la Dame aux Camélias à ses dernières heures, et le décor de sa demeure était à son image, empreint d'un exquis raffinement. Il y avait des fleurs dans chaque pièce, y compris dans les salles de bains. Margo, qui se sentait passablement mal à l'aise dans son jean et sa chemise de flanelle, songea à sa propre maison. Elle dut réprimer l'envie de courir chez elle pour tout astiquer du sol au plafond.

B.B. la remercia chaudement pour le bouillon.

— Délicieux ! s'exclama-t-elle en souriant. C'est exactement la recette de ma mère.

Elle vida son bol et en demanda un deuxième.

— Demain, je me lève. Et lundi, je retourne au bureau. Je prendrai peut-être rendez-vous chez Thorny Abrams... simplement pour avoir son avis.

Thorny Abrams était l'un des nombreux psychiatres exerçant à Boulder. L'année précédente, Margo avait travaillé pour lui, car il souhaitait équiper sa maison d'installations solaires. Sa femme Marybeth souffrait d'une totale impuissance à prendre une quelconque décision, si bien que Margo avait dû réviser sept fois ses plans. Quand elle commençait à s'énerver, Thorny répondait : « C'est à Marybeth de choisir. » Sur quoi Marybeth rétorquait avec désespoir : « Tu sais bien que je suis incapable de me décider, mon chéri. »

— Richard Haver est en train d'éplucher les textes de loi pour moi, continua B.B. Il y a peut-être moyen de me défendre. Après tout, le droit de garde a été fixé par le juge. Andrew peut avoir Sara deux semaines à Noël, pendant les vacances de Pâques, et un mois l'été. C'est tout. Alors, s'il s'installe ici et qu'il n'est pas autorisé à voir Sara, il ne restera sûrement pas.

Elle dévisagea alternativement ses deux amies.

— Je veux dire... pourquoi resterait-il dans ces conditions ?

Une semaine après, B.B. appela Margo pour l'inviter à boire un verre au *Boulderado*.

— J'irai droit au but, déclara-t-elle dès qu'elles furent assises. Sais-tu si l'appartement des Hathaway est libre ?

— Je crois que oui. En principe, ils le louent pour l'été à des universitaires.

— Cela ne t'ennuierait pas de te renseigner ? S'il est vacant, j'aimerais que tu le réserves au nom d'Andrew Broder. Un trimestre à partir de la deuxième quinzaine d'août, pour... trois cent cinquante dollars par mois, environ.

— Tu as l'intention de lui trouver un appartement ?

— C'est la meilleure solution.

— Cela me paraît pour le moins épineux. Tu souhaites vraiment t'en occuper ? Pourquoi ne pas le laisser se débrouiller tout seul ?

— Parce que, si Sara doit aller chez lui, je veux que ce soit dans un quartier décent. Si je ne m'en mêle pas, il est bien capable de dénicher un logement dans les rues chaudes de la ville.

— Mais tu es dans l'immobilier... tu peux certainement...

— Fais cela pour moi, Margo. S'il te plaît.

— Bon, d'accord. Puisque tu y tiens tellement...

— Oui, je... je n'ai pas le choix.

Margo comprenait parfaitement les motivations de B.B. Lorsqu'on est au fond de l'abîme, il faut absolument se raccrocher à des choses concrètes, essayer d'agir. Cela donne au moins l'illusion de contrôler la situation. Quand elle avait quitté Freddy, elle avait sombré dans cette sorte de désespoir, jusqu'au moment où elle s'était forcée à élaborer des projets pour les mois suivants. Elle n'avait pas vraiment suivi ses plans à la lettre, cependant cela lui avait permis de surmonter l'amer sentiment de défaite qui l'accablait.

Ce soir-là, avant le dîner, elle téléphona à son voisin, Martin Hathaway, afin de savoir si l'appartement était libre.

— Qu'est-ce qui te prend d'appeler M. Hathaway ? lui demanda Michelle pendant le repas.

— Suis-je obligée de justifier chacun de mes gestes ? rétorqua Margo d'un ton brusque.

Seigneur, elle devenait aussi agressive que sa fille ! C'était sans doute contagieux.

— Tu ne te prives pas de dire que c'est un vieil enquiquineur ! remarqua Michelle.

— J'ai dit cela, moi ? fit Margo avec un petit rire.

— Oui, très souvent. D'ailleurs, je suis largement d'accord avec toi.

— Nous avons discuté de son appartement, celui qui est au-dessus du garage.

— Pourquoi ça ?

— Eh bien... L'ex-mari de B.B. compte s'installer ici. Je t'en ai parlé, non ?

— Oui. Et alors ?

— Alors, elle essaie de lui trouver un logement.

— Continue, je t'écoute.

— Et elle m'a priée de lui réserver l'appartement des Hathaway.

— Pour combien de temps ?

— Trois mois, environ.

— Attends, marmonna Michelle, je crois que j'ai mal compris. Tu veux dire que l'ex-mari de B.B. va habiter ici... dans la maison d'à côté ?

— Exactement.

— Mais enfin, maman ! s'écria Michelle en reposant brutalement sa fourchette.

Se redressant d'un bond, elle prit un œuf dur dans son assiette et l'enfourna d'un air furibond.

— Tu es vraiment inouïe !

Sur ce, elle se précipita hors de la pièce et dévala l'escalier quatre à quatre.

Margo se leva à son tour, et descendit quelques marches.

— Michelle ! appela-t-elle. Pourquoi ne pas exprimer clairement ce que tu penses ? Pourquoi refuser le dialogue ?

Mais, naturellement, sa fille ne répondit pas. Elle regagna la cuisine et s'effondra sur sa chaise ; elle se sentait subitement exténuée.

— Pourquoi refuse-t-elle le dialogue ? demanda-t-elle à Stuart. Pourquoi êtes-vous tellement fermés, tous les deux ?

— S'il te plaît, maman, oublie-moi. Je suis en train de dîner.

CHAPITRE V

SARA aurait sans doute dû avouer à sa mère que son père comptait venir à Boulder. Ainsi, elle n'aurait pas eu un tel choc en recevant la lettre. Ce jour-là, quand Sara était rentrée de l'école, elle avait trouvé Clara dans la maison.

— Où est maman ?
— Au lit.
— Mais... elle est malade ?
— Elle a un petit coup de pompe.

Tout d'abord, Sara n'avait pas très bien saisi, à cause du terrible accent de Clara. Elle déformait tous les mots et semblait avoir la bouche pleine de pommes de terre brûlantes. Du coup, comme elle ne comprenait pas, elle avait eu peur.

— Qu'est-ce qu'on peut faire... il vaudrait mieux appeler le docteur, non ?
— Ce n'est pas la peine. Elle a besoin de repos, voilà tout.
— Ce n'est pas contagieux, au moins ?
— Non.
— C'est bien ce que je pensais. Combien de temps ça va durer, à votre avis ?
— Le temps nécessaire. Ne t'inquiète pas, elle sera vite sur pied.

L'après-midi, Sara entendit sa mère pleurer et se lamenter. Elle bredouillait des phrases comme : « Il n'a pas le droit... il n'a pas le droit de me faire ça à moi. » Et aussi : « J'ai toujours su que je ne pouvais pas avoir confiance en lui, c'est une preuve de plus. » Il n'y avait plus de doute possible, le coup de pompe maternel avait bien un rapport avec son père.

Sara s'était donc empressée de téléphoner à son amie Jennifer pour lui demander son avis. Jennifer lui avait conseillé de ne pas se mêler de cette histoire. Il fallait bien, un jour ou l'autre, que les parents apprennent à se débrouiller seuls. Puis elle lui avait recommandé de manger légèrement, à cause de la Nuit des Etoiles, spectacle annuel de l'école. Toutes les deux devaient participer à un numéro de danse.

Sara fut extrêmement désappointée quand sa mère lui déclara dans un souffle qu'elle se sentait trop faible pour l'emmener au gala. Sa déception fut à son comble en apprenant que Clara ne pourrait pas non plus l'accompagner, à cause d'un important dîner d'affaires à Denver. Mais Clara s'était arrangée avec Margo Sampson, qui était disponible. Sara n'avait aucune envie de passer la soirée avec cette femme qu'elle connaissait à peine, elle aurait de très loin préféré partir avec la famille de Jennifer. Malheureusement, elle n'eut pas son mot à dire.

Margo vint la chercher avec ses enfants, Stuart et Michelle. Ils dînèrent à la pizzeria *Beau Jo's*. Stuart engloutit à lui tout seul une énorme pizza, après avoir réclamé un supplément de piments et de mozzarella. Margo, Michelle et Sara se partagèrent une « Spéciale ». Sara s'empressa d'ôter les oignons et les champignons, Michelle écarta les olives.

— On aurait peut-être dû commander autre chose, remarqua sa mère.

Sara se rappelait fort bien l'époque où Michelle la gardait le soir. Elle ne lui permettait jamais de veiller, comme est censée le faire n'importe quelle baby-sitter digne de ce nom. Sara ne tarderait plus à pratiquer à son tour le baby-sitting. Elle avait l'intention de se montrer formidablement gentille et complaisante, et de ne pas obliger les gamins à se coucher, même s'ils titubaient de sommeil.

Elle ne termina pas sa pizza, de crainte d'être trop ballonnée pour danser.

... Lorsqu'elle rentra à la maison, elle se glissa sans

bruit dans la chambre de sa mère. Celle-ci semblait dormir. Le collier que Clara lui avait offert pour son quarantième anniversaire gisait sur la table de nuit ; il était formé de minuscules lettres d'or assemblées de manière à composer le mot AMITIE. Sara le trouvait ravissant.

— Comment s'est passé le spectacle ? balbutia B.B. en ouvrant péniblement les yeux.

— Très bien.

Sa mère avait les paupières gonflées et le visage marqué de taches rouges, comme meurtri.

— Tu te sens un peu mieux ?

— Un peu... mais j'ai toujours mal à la tête.

— Tu veux que je t'apporte un gant mouillé ?

— Merci, tu es mignonne.

Sara se précipita dans la salle de bains, trempa un gant de toilette dans l'eau glacée, puis revint auprès de B.B. et lui appliqua précautionneusement cette compresse sur le front.

— Ça fait du bien ?

— Oui...

S'asseyant au bord du lit, elle prit la main de sa mère dans les siennes. Elle adorait lui tenir la main. Sa peau était si douce, ses doigts longs et fins, ses ongles soigneusement polis. Elle portait deux anneaux d'or, l'un à l'annulaire droit, l'autre au majeur.

Elle s'apprêtait à quitter la chambre, quand elle aperçut la lettre de son père posée sur la coiffeuse. S'approchant sur la pointe des pieds, elle la parcourut d'un coup d'œil, tout en feignant de ranger les flacons de parfum, au demeurant parfaitement alignés. La lettre lui parut amicale. Non, il n'y avait vraiment rien de méchant là-dedans.

Le coup de pompe de B.B. dura cinq jours. Lorsqu'elle se releva pour reprendre son travail, elle était toujours terriblement nerveuse. Or, chaque fois qu'elle avait ainsi les nerfs en pelote, elle avait tendance à houspiller sa fille. Et celle-ci se mettait à se ronger frénétiquement les ongles, ce qui redoublait invariablement l'irritation de sa mère. Conclusion : Sara souffrit des intestins pendant plusieurs semaines et fut obligée de se bourrer de médicaments. Elle accueillit avec un immense soulagement le moment de partir pour le camp de vacances, où elle devait rester jusqu'au mois d'août. D'ici là, sa mère aurait peut-être digéré la décision de son ex-mari.

CHAPITRE VI

LE 20 août, Andrew appela B.B. pour lui annoncer qu'il se trouvait à Hays, Kansas, et comptait arriver à Boulder vers huit heures du soir. Il y avait six ans qu'elle n'avait pas entendu sa voix. Six ans qu'ils ne s'étaient pas vus.

Elle passa la journée à se traîner misérablement dans la maison, à ingurgiter de la vitamine C et du jus de canneberge. Son estomac n'était plus qu'un nœud douloureux. Elle dîna d'un toast grillé et d'une tasse de camomille. Puis elle se doucha et inspecta longuement sa garde-robe. Impossible de se décider. A bout de nerfs, elle s'effondra sur son lit et resta ainsi plus d'une heure, hébétée. Elle était tellement crispée qu'elle se mordit inconsciemment l'intérieur des joues jusqu'à en avoir un goût de sang dans la bouche.

Finalement, elle se redressa, enfila un jean, un ample sweater blanc et des sandales. Elle laissa ses cheveux flotter librement sur ses épaules, et renonça à se maquiller. Après tout, pourquoi diable se soucierait-elle de son apparence ?

C'était une simple question de fierté, décréta-t-elle en vaporisant un peu d'Opium sur sa gorge et ses poignets. Elle voulait qu'il regrette de l'avoir perdue. Elle voulait qu'il l'aime, la désire, pour pouvoir le repousser une nouvelle fois. Pour le punir. Le faire souffrir. Comme elle avait souffert à cause de lui. Le salaud ! Elle avait eu tant de mal à oublier, à se persuader qu'elle ne le reverrait plus jamais. Du moins pas avant que Sara ne soit bachelière, ou diplômée de l'université, ou mariée. C'est-à-dire pas avant des années. D'ici là, l'un ou l'autre serait peut-être mort.

Elle s'était longuement entretenue avec son avocat, au printemps dernier. D'après lui, elle n'avait légalement pas le droit d'empêcher Andrew de s'installer en ville. Cette révélation l'avait emplie d'une telle rage que le soir, après le dîner, elle s'était réfugiée dans sa chambre et avait poussé un hurlement strident dont elle avait été la première surprise.

Sara était accourue, blême d'effroi.

— Maman... maman, qu'est-ce qu'il y a ?

— Sors d'ici !

— C'est à cause de papa ?

— Il essaie de gâcher ma vie !

Ivre de fureur, B.B. avait saisi une chaussure et l'avait lancée à travers la pièce. Le projectile avait heurté un carreau qui s'était brisé en mille morceaux.

— Ton salaud de père cherche à gâcher ma vie !

— Non, maman... Je te jure...

— Oh, tais-toi ! Tu ne peux pas comprendre, tu n'es encore qu'un bébé !

A présent, Andrew était en route pour Boulder, et B.B. n'avait qu'à se résigner. Elle fit le tour du salon, retapant machinalement les coussins disposés sur les divans, retirant une fleur flétrie du bouquet posé sur le piano, vérifiant qu'il n'y avait plus le moindre grain de poussière sur la table de chêne. Tout était parfait, impeccable. Elle pouvait s'enorgueillir de son œuvre. D'autant qu'elle l'avait accomplie seule. Elle n'avait pas eu besoin de lui.

Ouvrant la porte d'entrée, elle s'avança sur le perron. De gros nuages sombres s'amoncelaient à l'horizon, poussés là par le vent. On entendait le tonnerre gronder dans le lointain, des éclairs zébraient le ciel au-dessus des montagnes. Elle s'assit sous la véranda avec Lucy, le cœur au bord des lèvres chaque fois qu'une voiture s'approchait.

Enfin, un pick-up Datsun cabossé de couleur verdâtre s'engagea dans l'allée. Il avait toujours manqué de goût. Il stoppa son engin et descendit de la cabine. Lucy se mit à japper furieusement, blottie contre les jambes de B.B. qui la calma d'une caresse. Il s'était

52

laissé pousser la barbe, d'un blond plus sombre que sa crinière hirsute, décolorée par le soleil. Il portait un jean, un sweat-shirt gris, des tennis. Autrefois, B.B. lui choisissait ses vêtements. Elle lui avait notamment acheté neuf pull-overs en cachemire, avec les chemises coordonnées. A l'époque, il était le reporter le plus élégant du *Herald*. Elle adorait s'enfermer dans son dressing-room, au milieu de ses affaires — les chaus-sures, les vestes, les pantalons, les cravates alignés dans un ordre parfait. Elle se sentait bien, au chaud, en sécurité. Elle avait un mari, un homme qui lui apparte-nait. Maintenant, il avait l'air d'un hippy vieillissant. Il ressemblait aux types que fréquentait Margo. Boul-der regorgeait d'individus de ce genre.

— Bonsoir, Francine.

En entendant cette voix si familière, elle dut se raidir pour ne pas chanceler. Une âpre nausée lui mordait la gorge.

— Ici, on m'appelle B.B. A cause de Brady Broder.

— J'essaierai de m'en souvenir.

Elle ne l'avait pas encore regardé en face.

— Tu es superbe. Cette coiffure te va bien.

— Merci. Toi, tu... tu as changé.

Il se passa la main dans les cheveux en riant.

Jadis, son rire suffisait à l'emplir de bonheur.

— Sara est déjà couchée?

— Elle dort chez une amie.

— Oh... Je pensais qu'elle serait là. Tu l'as prévenue que j'arrivais ce soir, n'est-ce pas?

— Eh bien, en fait, non. J'ai jugé préférable d'atten-dre un peu.

Elle s'exprimait avec une assurance extrêmement satisfaisante. Satisfaisante et surprenante.

— Bon. Dans ce cas, je la verrai demain.

— Demain, elle doit aller à Denver acheter les fournitures pour la rentrée des classes.

Il ne répondit pas.

B.B. gardait sa main posée sur le crâne de Lucy. Pour l'instant, la chienne était son seul garde-fou, le lien qui la rattachait au réel.

— Bon, répéta-t-il. Ça me donnera le temps de m'installer dans mes meubles.

Il lui sembla remarquer qu'une veine de son front

s'était gonflée. Cette veine se mettait toujours à palpiter quand il était furieux ou préoccupé. B.B. avait prévu de l'inviter à entrer, pour lui offrir un verre, lui montrer le cadre raffiné qu'elle avait créé pour leur fille. Mais, à présent, elle n'avait plus qu'un désir : en finir le plus vite possible.

— Veux-tu que je te conduise à ton appartement ? suggéra-t-elle.

— Ce serait très aimable à toi.

Elle se leva et descendit les marches du perron, Lucy sur les talons. La chienne s'arrêta près d'Andrew et entreprit de le renifler consciencieusement. Il attendit qu'elle ait terminé son inspection, puis lui caressa l'échine.

— C'est un très beau colley.

— Elle s'appelle Lucy.

— Je sais.

— Comment cela ?

— Sara me l'a dit.

— Ah oui, évidemment.

L'idée de Sara bavardant avec Andrew lui parut brusquement intolérable. Ainsi, la petite lui avait parlé de son chien, de son existence à Boulder. Quoi d'autre ? Que complotaient-ils derrière son dos ?

— Tu n'as qu'à me suivre, marmonna-t-elle. L'appartement n'est pas très loin d'ici.

— D'accord.

Ouvrant la portière de sa BMW, elle s'installa au volant et démarra. Elle tremblait de la tête aux pieds. Machinalement, elle se mit à compter à l'envers, en espagnol. *Ciento, noventa y nueve, noventa y ocho.* Cette gymnastique mentale, qu'elle pratiquait souvent pour lutter contre l'insomnie, avait généralement le don de lui détendre les nerfs. Les yeux rivés sur le rétroviseur, elle s'engagea à faible allure dans 4th Street, puis à gauche dans Pearl Street ; ils parcoururent ainsi un kilomètre et demi avant d'atteindre l'allée desservant la maison de Margo et celle des Hathaway.

Ils se garèrent et, sans échanger un mot, grimpèrent l'escalier extérieur menant à l'appartement au-dessus du garage. Une fois devant la porte, B.B. essaya d'introduire la clé dans la serrure. Impossible, elle ne parvenait pas à contrôler le tremblement de ses doigts.

54

— Attends, laisse-moi faire... murmura Andrew en tendant la main.

— Je vais y arriver ! Tu as une minute, non !

— Bien sûr. Ne t'énerve pas, je voulais simplement t'aider.

— Je n'ai pas besoin de ton aide.

Finalement, après bien des efforts, la serrure se décida à céder. B.B. poussa la porte et alluma la lumière. Andrew se tenait derrière elle, tout près.

— Voilà, déclara-t-elle. Salon, chambre, salle de bains et cuisine.

— C'est parfait. Exactement ce que j'espérais. Merci de t'être donné tout ce mal.

— L'appartement est bien entretenu, les propriétaires viennent juste de le repeindre, répliqua-t-elle, retrouvant avec soulagement le ton assuré et précis qu'elle réservait à ses clients. Ils ont accepté de te le louer à trois cent cinquante dollars. Tu as un bail de trois mois.

— Renouvelable ?

— Tu devras en discuter avec les Hathaway. Je ne me charge pas de rédiger les contrats.

Quel toupet ! Un bail renouvelable. Il ne pensait quand même pas qu'elle allait faire des pieds et des mains pour lui permettre de s'incruster dans la région ? Elle lui accordait trois mois. Ensuite, elle voulait le voir déguerpir.

— Je te laisse les clés sur la table. Je suppose que tu souhaites t'installer, et, de toute manière, il faut que je rentre chez moi. Si tu as besoin de quelque chose, de sucre ou de café par exemple, mon amie Margo habite à côté.

— J'aimerais que tu restes un moment. Nous avons à parler, toi et moi.

— Je n'ai pas envie de parler.

— Ecoute, Francie... Je ne suis pas ici pour te harceler, te faire du mal. Je désire simplement me rapprocher de Sara. C'est tout.

— C'est peut-être tout pour toi, balbutia-t-elle en refoulant un sanglot. Mais moi ? As-tu seulement songé à moi ?

— Oui.

— J'en doute !

— Tu n'as jamais eu confiance en moi, n'est-ce pas ?

— A juste titre.

Tendant le bras, il l'empoigna par les épaules pour l'obliger à se tourner vers lui.

— J'ai passé six années de ma vie à payer pour une faute dont je ne suis peut-être pas responsable. Je n'oublierai jamais. Mais j'ai appris à vivre avec... avec mes remords... avec ta haine... avec l'absence de Bobby... puis avec ton absence et celle de Sara. Six ans suffisent largement.

— Parle pour toi !

— Je parle pour nous deux, répliqua-t-il doucement.

Il la tint un moment serrée contre lui, comme autrefois, plongeant son regard dans ses yeux emplis de larmes, puis se pencha et l'embrassa. Terrifiée par ce qui risquait de se produire si elle répondait à son baiser, elle se dégagea brutalement et s'essuya les lèvres d'un revers de main.

— Pourquoi fais-tu cela ? s'écria-t-elle d'une voix rauque. Que cherches-tu exactement ?

— Je ne sais pas. Te revoir après tout ce temps... les souvenirs... Je ne sais pas ce qui m'a pris.

Secouant la tête d'un air égaré, il alla vers la fenêtre. Epuisée, B.B. s'appuya contre la bibliothèque aux rayonnages vides.

— Pourrai-je avoir Sara ce week-end ? demanda-t-il après un long silence.

— Tu l'auras dimanche, de dix heures du matin à six heures du soir.

— Ce n'est pas précisément ce que j'appelle un week-end.

— Pour l'instant, tu devras pourtant t'en contenter.

— Francie... soupira-t-il. Je te préviens : si nous ne réussissons pas à nous mettre d'accord, nos avocats trancheront. Et, s'il le faut, nous irons en justice.

— Je n'en crois pas mes oreilles ! Débarquer ainsi dans ma vie, après six années, pour détruire tout ce que j'ai essayé de construire !

— Tu ne me laisses pas le choix.

— Tu n'as pas changé : toujours aussi égoïste et irresponsable.

— Et toi, tu es toujours aussi inflexible.

Ulcérée, elle se précipita vers la porte et l'ouvrit à la volée.

— Encore une chose... lança-t-elle par-dessus son épaule. N'attends surtout rien de moi pendant ton séjour ici. Pour moi, tu n'existes pas !

— Evidemment... Continue donc à jouer les autruches, à te cacher la tête dans le sable, comme tu l'as toujours fait...

Elle dévala l'escalier et courut jusqu'à sa voiture. Des éclairs striaient le ciel nocturne, le tonnerre grondait au loin, dans les montagnes. Elle démarra et sortit de l'allée en marche arrière, dans un hurlement de pneus. De grosses gouttes de pluie commençaient à s'écraser sur le pare-brise, puis, soudain, les nuages crevèrent. Des trombes d'eau s'abattirent sur la route, martelant la carrosserie de la BMW. Mais B.B. n'entendait plus rien, assourdie par le vacarme de son sang battant contre les parois de son crâne.

Les hommes étaient décidément des monstres, songeait-elle. Les femmes devaient apprendre à se servir d'eux, comme ils avaient appris à les soumettre au fil des siècles. B.B. avait assimilé cette leçon depuis déjà longtemps. Elle avait quatorze ans quand son père était mort d'une crise cardiaque, dans le lit d'une de ses employées. Cette fille avait des cheveux roux, comme B.B. Elle était jeune, mère de deux enfants en bas âge, et célibataire. Sa famille était originaire d'Irlande, la lointaine patrie de M. Brady. Kathleen Dooley. Il couchait avec elle depuis plus de six mois, quand la mort l'avait terrassé. Et B.B. n'avait jamais rien soupçonné.

Sa mère, en revanche, était au courant. Elle le lui avait confié sitôt les funérailles achevées.

— C'était plus fort que lui. Il nous aimait, Francie, de tout son cœur. Mais certains hommes, surtout les Irlandais, ont l'aventure dans le sang. Dès qu'ils voient passer un jupon, ils se mettent à frétiller comme des chiens. Ils ne peuvent pas résister, malgré leur meilleure volonté.

Francine avait essayé de s'imaginer son père métamorphosé en toutou frétillant, pourchassant Kathleen Dooley dans les allées de son magasin, les *Brady Army Surplus*. Ecœurant.

— Tu sais, avait poursuivi sa mère, je ne lui en voulais absolument pas. La première fois qu'il m'a trompée, il est rentré à la maison et s'est jeté dans mes bras en sanglotant. J'ai refusé de l'écouter. *Ne me dis rien, Dennis. Tu es forcé de travailler tard une ou deux fois par semaine... Ça ne me dérange pas... Mais, surtout, épargne-moi les détails.* Ensuite, je n'y ai plus pensé. C'est ce qu'il faut faire avec les désagréments de l'existence : tu les chasses énergiquement de ton esprit, et tu te concentres sur autre chose. Cela t'évite la souffrance et la colère.

— Ses trahisons ne te révoltaient pas ?

— Il aurait dû mourir dans sa propre maison. C'est tout ce que je lui reproche.

— A ta place, je n'aurais pas supporté.

— Si tu veux un bon conseil, avait répliqué Mme Brady en haussant les épaules, épouse un Juif. Ils font les meilleurs maris. Regarde ta tante Sylvie... Elle est parfaitement heureuse avec Morris. Elle vit dans un palais, il la couvre de bijoux, de fourrures — le climat de Miami n'est pourtant pas franchement polaire — et il l'emmène en croisière chaque année. Quant aux enfants, ils n'ont pas à se plaindre de lui. Alors, quand le moment sera venu, débrouille-toi pour tomber amoureuse d'un gentil garçon juif avec un brillant avenir devant lui.

— Je ne me marierai peut-être pas.

— Ne dis pas de sottises, s'il te plaît. Tu te marieras, évidemment. Essaie simplement de ne pas commettre les mêmes erreurs que moi, et médite l'exemple de Kathleen Dooley. Cette fille n'était pas une idiote. Sers-toi des atouts que le ciel t'a donnés pour obtenir ce que tu désires, mais prends garde à n'écraser personne sur ton chemin.

Francine avait retenu la leçon, et exploité ses atouts. C'est-à-dire sa beauté. Aucun homme ne pouvait y résister. Elle n'avait qu'à claquer des doigts pour les réduire à sa merci. Il était si facile d'éblouir cette bande de crétins ! Au collège, elle ne se déplaçait jamais sans sa cour d'admirateurs, et jouissait auprès de la gent masculine d'une extrême popularité. Sa mère s'enorgueillissait de ses succès, sur quoi tante Sylvie rétorquait :

— Comment en serait-il autrement ? Avec son petit nez irlandais et ses cheveux flamboyants... elle ressemble à une vamp. Si maman la voyait, elle se retournerait dans sa tombe.

Puis Francine s'inscrivit à l'université de Miami. Pendant les deux premières années, elle rentra chez elle tous les soirs, après quoi sa mère l'encouragea à prendre une chambre à la cité universitaire, afin de goûter aux charmes de la vie d'étudiant. Quelques mois plus tard, elle rencontrait Andrew Broder, un tout jeune journaliste originaire de Hackensack, New Jersey. Elle fut aussitôt séduite par son sérieux, sa timidité, son sens de l'humour, et par le fait qu'il la dépassait d'une tête.

Il était fasciné par sa beauté, aussi n'eut-elle pas de mal à le subjuguer. Dès le premier regard, elle avait su qu'il serait un jour son mari. Il lui fallut néanmoins un certain temps pour le persuader que son plus cher désir était de l'épouser. Finalement, par une douce nuit embaumée, elle se glissa dans son lit, nue, et s'offrit à ses mains impatientes. Elle ne lui permit cependant pas de la posséder : elle se laissa seulement caresser et étreindre jusqu'à ce que le plaisir le submerge.

Ils se marièrent une semaine après qu'elle eut obtenu son diplôme, dans le parc de la tante Sylvie et de l'oncle Morris, sous une tonnelle fleurie. Elle portait une robe en piqué blanc, ceinturée à la taille, une capeline à larges bords, et tenait entre ses doigts une rose blanche.

Avant la cérémonie, son oncle l'entraîna dans son bureau et glissa un rouleau de billets dans son décolleté.

— Deux mille cinq cents dollars, dit-il en effleurant ses seins de sa main grasse et moite.

— Merci, mon oncle, répondit-elle poliment.

— Tu sais que tu es superbe ?

— Merci.

— Je n'aurais pas à me forcer beaucoup pour t'emmener au septième ciel. Tu vois ce que je veux dire ?

— Je vois surtout que tu veux me taquiner.

— Taquiner... c'est une manière de parler. En tout cas, si ton bonhomme n'est pas à la hauteur... tu peux compter sur moi. Tu me comprends ?

— Pas vraiment... mais je te remercie de ton généreux cadeau.

Surmontant sa répugnance, elle lui posa un rapide baiser sur la joue et s'enfuit en courant, le cœur au bord des lèvres. Il lui avait fait des avances ! L'oncle Morris venait de lui faire des avances, le jour de son mariage.

Les hommes ne pensaient qu'au sexe. Et les femmes devaient les satisfaire, entretenir leur passion, feindre le plaisir. Sinon, ils ne vous épousaient pas. Ensuite, après le passage à la mairie, il fallait continuer à se plier à leurs appétits, au moins deux fois par semaine.

Mais l'acte sexuel était bien moins agréable que les baisers, ainsi que Francine le découvrit pendant sa lune de miel. Andrew, lui, paraissait très satisfait, aussi se garda-t-elle prudemment de lui avouer ce qu'elle ressentait. La jouissance lui arrachait toujours un cri rauque, puis il s'effondrait sur elle, comme mort. Au début, hantée par le souvenir de son père, elle craignait qu'il n'ait une attaque ; au bout d'une semaine, elle se rendit compte qu'il n'y avait pas lieu de s'inquiéter. Andrew était en pleine forme.

— Oh, Francie... gémissait-il. Ma chérie, tu es si belle, si merveilleuse...

Ils passèrent les deux années suivantes à Fort Benning, en Georgie, où elle trouva un emploi de réceptionniste dans une agence immobilière. L'immobilier la passionna aussitôt, et elle entreprit des études afin d'obtenir sa licence de courtier.

Ils faisaient l'amour deux fois par semaine, généralement le mercredi et le samedi. Leurs étreintes ne duraient jamais longtemps. Francine s'obstinait à préférer les préliminaires à la conclusion, malheureusement dès qu'elle le câlinait, Andrew se méprenait sur ses intentions. Ne sachant pas comment le détromper, elle en arriva à ne plus le toucher et à lui laisser prendre l'initiative. De cette manière, au moins, les choses étaient claires.

Au bout de deux ans, ils revinrent à Miami. Andrew entra au *Herald*, Francine obtint sa licence et fut engagée dans une grande agence immobilière. Elle prit six mois de congé pour la naissance de Bobby, quatre pour celle de Sara. Lorsqu'elle retrouva son poste, après son deuxième accouchement, on la nomma vice-présidente de la société, chargée des propriétés résidentielles.

Entre-temps, Andrew était devenu l'un des chroniqueurs les plus en vue du journal. Ce fut à cette époque qu'il commença à envisager de s'accorder une année sabbatique. Elle essaya naturellement de l'en dissuader : ils avaient beaucoup trop de responsabilités.

— Je me fous des responsabilités ! Oublions cela et partons vivre aux Fidji.

— Il y a des moments où je me demande vraiment ce que tu as dans la tête.

— Et New York ? Oui, si nous nous installions à New York ?

— Il y fait bien trop froid. Miami est un endroit idéal pour élever des enfants. Ils peuvent jouer dehors toute l'année.

— Francie, je vais perdre la boule si je reste ici. J'ai besoin de changement.

— Le moment est mal choisi, Andrew. Mets-toi au tennis, ou à un autre sport. Tu te sentiras mieux.

Au lieu de s'acheter une raquette, il s'offrit un petit voilier, et passa désormais la plupart de ses week-ends à naviguer dans la baie, avec Bobby. Mais cela ne lui suffisait pas : il était de plus en plus exigeant, et l'obligeait à faire l'amour dans des positions insensées, en pleine lumière. Elle se plia de mauvaise grâce à certains de ses désirs. Quel choix avait-elle ? Elle ne voulait pas le quitter et frémissait d'horreur à la seule pensée qu'il pût l'abandonner. Hélas, le besoin d'excitation qui le tenaillait empirait au fil des mois. Plus rien ne le satisfaisait, pas même les vacances qu'ils prirent à la Jamaïque, où il se traîna misérablement sur la plage durant des journées entières. Il rêvait de descendre des rapides en radeau, d'explorer des jungles, de brûler la chandelle par les deux bouts. Francine s'efforçait de conserver son calme.

— C'est le démon de midi, lui disait souvent sa mère.

— Mais il n'a que trente-quatre ans !

— Eh bien, il est précoce, voilà tout. Tant mieux, au fond. Laisse-le avoir sa crise... tu auras la paix plus tard.

Oh, pourquoi s'était-il ainsi acharné à tout gâcher ? Ne pouvait-il donc pas rester le gentil mari qu'il était au début, celui qui travaillait sans rechigner, qui aimait ses enfants et ne posait aucun problème ?

L'année où Francine reçut une nouvelle promotion au sein de l'agence, sa tante Sylvie mourut d'un cancer à l'estomac. Douze mois après, l'oncle Morris épousait Mme Brady.

— Je suis comme un coq en pâte ! s'extasiait celle-ci. Je crois que ta tante serait contente de nous savoir heureux ensemble. D'ailleurs, même si ce n'était pas le cas, ça ne changerait rien. La vie appartient aux vivants.

Ce fut vers cette époque-là qu'Andrew conçut le projet de quitter le journal pour écrire un livre.

— Quel genre de livre ? demanda Francine.

— Je ne sais pas encore.

— Alors, nous en parlerons quand tu auras les idées plus claires.

Mais ils n'eurent jamais l'occasion d'en discuter : deux mois après, Bobby disparaissait.

CHAPITRE VII

SARA avait décidé d'aider son père à nettoyer son pick-up Datsun, dont la cabine ressemblait à un véritable capharnaüm. Quand il voyageait, Andrew avait en effet l'habitude de mastiquer un nombre impressionnant de tablettes de chewing-gum ; cela le tenait éveillé, prétendait-il. Les papiers froissés s'amoncelaient donc sur les sièges et le plancher, voletant en tous sens au moindre souffle d'air.

Apparemment, la mère de Sara n'acceptait toujours pas sa présence à Boulder. Sinon, elle ne ferait pas un drame chaque fois que la fille et le père devaient se voir. Et Sara ne serait pas obligée de venir chez lui en cachette, comme aujourd'hui. Elle dirait simplement : « Je passerai chez papa après l'école. Je rentrerai vers six heures. »

Et sa mère répondrait : « D'accord, mon cœur... à ce soir. »

L'appartement d'Andrew n'était pas précisément un palais — trois pièces minuscules au-dessus du garage de M. Hathaway, au bout d'une route poussiéreuse et à moitié défoncée par les pluies d'été. Rouler en bicyclette sur ce champ de nids-de-poule relevait de l'exploit. Sara s'était déjà affalée deux fois, et ses genoux étaient encore couronnés de mercurochrome.

Son père lui avait également demandé de lui donner un coup de main pour aménager son nouveau logement, afin de le rendre un peu plus accueillant. Dimanche dernier, ils étaient allés acheter une poêle en fonte ; d'après Andrew, le secret des œufs bien cuits résidait dans la qualité de la fonte. Par la même occasion, ils avaient choisi quelques plantes vertes et trois posters. Dès leur retour, Andrew avait accroché le poster préféré de Sara — représentant trois coyotes chaussés de patins à roulettes — au-dessus du canapé convertible, dans le salon. C'était là qu'elle dormirait, plus tard. Son père lui avait promis qu'elle pourrait bientôt passer un week-end entier avec lui. Pour l'instant, elle devait patienter et, surtout, ne pas discuter la question avec sa mère.

En principe, Sara n'était autorisée à voir son père que le dimanche, de dix heures du matin à six heures du soir. Mais elle se disait qu'il n'y avait pas de mal à venir plus souvent : puisque sa mère l'ignorait, elle ne risquait pas d'en souffrir. D'ailleurs, toute cette histoire lui semblait complètement stupide. Pour la première fois depuis six ans, son père habitait dans la même ville qu'elle et, jusqu'à la rentrée des classes, elle disposait de tous ses après-midi. Alors pourquoi ne pas en profiter ? Après tout, c'était uniquement pour cela qu'il avait emménagé à Boulder.

Il avait échafaudé ce projet en avril dernier, pendant les vacances de printemps. Ce jour-là, ils étaient partis faire un tour en bateau dans Biscayne Bay. Sara avait remarqué que son père paraissait très triste et solitaire.

— J'aimerais que nous soyons ensemble plus souvent, avait-il dit tout à coup.

— Moi aussi.

— Je voudrais vivre avec toi, au moins pendant quelque temps.

— Oui, ce serait formidable.

— Vraiment ? Tu le penses sincèrement ?

— Oui, bien sûr... Seulement, c'est impossible.

— Pourquoi ?

— Je ne peux pas quitter maman... elle a trop besoin de moi.

Elle avait croisé les doigts, priant qu'il n'objecte pas : « Moi aussi, j'ai besoin de toi. » Elle eût été bien embarrassée pour répondre.

Par chance, il avait parfaitement compris. Et ce fut à ce moment-là que l'idée commença à germer dans son esprit. Puisque Sara ne pouvait pas partir de Boulder, il s'installerait là-bas. Elle aurait ainsi la possibilité de le voir chaque fois qu'elle le souhaiterait. A l'époque, ce plan lui avait paru excellent.

Ensuite, elle s'était mise à douter.

Ses parents ne s'écrivaient et ne se téléphonaient jamais, contrairement à d'autres couples divorcés de son entourage. Cette absence totale de contacts comportait évidemment un aspect positif : ils n'avaient pas l'occasion de se chamailler, ce qui, à en croire Jennifer, était une véritable bénédiction. Ses parents à elle ne cessaient de se bagarrer à propos de la pension alimentaire et du droit de visite ; ils se lançaient également leurs aventures amoureuses à la tête, surtout depuis que la mère de Jennifer avait eu un bébé de son amant.

Pour le moment, la mère de Sara n'avait pas de petit ami. Sa liaison avec Mitch l'avait sans doute échaudée, cette brute la rendait atrocement malheureuse. Sara le détestait.

Elle avait un rêve secret dont elle se berçait souvent : ses parents se retrouvaient, s'apercevaient qu'ils s'aimaient encore et décidaient de se remarier. Pourquoi pas ? Jennifer connaissait des gens à qui c'était arrivé.

Avant le divorce, prononcé l'année de son sixième anniversaire, Sara vivait avec son père et sa mère dans une grande maison en Floride. Sa chambre donnait sur le patio. Le matin, à son réveil, elle n'avait qu'à ouvrir la porte pour courir piquer une tête dans la piscine. Malheureusement, bien qu'elle nageât comme un poisson, on ne lui permettait pas de se baigner toute seule. Elle devait attendre que quelqu'un vienne la surveiller. C'était idiot de croire que la présence d'un adulte suffisait à éviter les accidents. Son père lui-même n'avait pas le pouvoir d'empêcher l'inévitable. La preuve, Bobby se trouvait avec lui quand le drame s'était produit.

Il n'y avait aucun portrait de Bobby dans la maison. Comme s'il n'avait jamais existé. Lorsqu'on lui posait des questions sur sa famille, Sara répondait toujours qu'elle était fille unique, ainsi que le lui avait recommandé sa mère. Parfois, elle sentait d'autres mots lui monter aux lèvres : « J'ai eu un frère, mais il est mort. » Elle les ravalait aussitôt, pour ne pas attrister sa mère. D'ailleurs, toute cette histoire appartenait au passé.

Elle possédait cependant une photographie les montrant tous les quatre : sa mère, son père, Bobby et elle-même. L'image était soigneusement rangée, à l'abri des regards indiscrets, dans le double fond de son coffret à bijoux. Bobby avait dix ans au moment de sa mort, il serait aujourd'hui en pleine adolescence. Sara se demandait souvent ce qu'eût été sa vie avec un frère plus âgé. Seraient-ils devenus des alliés, ou bien se seraient-ils disputés comme chien et chat ?

Son père lui avait envoyé un exemplaire de son livre. Sur la page de garde, il avait inscrit une dédicace à son intention. *A ma Sara chérie. J'espère que tu comprendras un jour. Avec tout mon amour, papa.* Elle avait à peine neuf ans à l'époque de la publication du roman, aussi lui fut-il difficile d'en saisir les subtilités. Elle comprit néanmoins qu'il s'agissait d'une famille assez semblable à la leur. On y parlait aussi d'un accident, dans lequel le plus jeune des enfants trouvait la mort. Un garçon prénommé David. La photographie d'Andrew figurait au dos du livre. Il ne portait pas encore la barbe ; assis sur une jetée, dans sa bonne vieille veste en jean aux poches à moitié décousues, il contemplait la mer.

Sa mère l'avait surprise un jour en train de lire le roman, et menacée de le lui confisquer. Sara avait versé un tel torrent de larmes qu'elle avait finalement obtenu gain de cause. Sa mère s'était contentée de la prévenir : elle ne voulait plus jamais voir cette « chose ». Depuis, le livre gisait au plus profond du placard, dans le coffre à jouets.

Sara était toujours occupée à traquer les papiers de chewing-gum dans la cabine, quand une Subaru bleue s'engagea dans l'allée et se gara devant la maison voisine. Quelques secondes après, Margo et ses enfants sortàient de la voiture.

— Bonjour ! lança Andrew, affairé à lessiver l'arrière du pick-up.

— Bonjour, répliqua Margo.

— Qui c'est ? marmonna Michelle, qui ne s'embarrassait jamais de politesses superflues.

— Andrew Broder, lui répondit sa mère.

— Le mari de B.B. ?

— Son ex-mari.

Jetant son éponge dans un seau, Andrew se dirigea vers Margo. Dévorée de curiosité, Sara lui emboîta le pas. Elle ignorait que son père connaissait cette femme.

— Comment allez-vous ?

— Bien, et vous ?

— Beaucoup mieux.

Qu'est-ce que cela signifiait ? s'inquiéta Sara. Il avait donc été malade ?

— Vous étiez malade ? interrogea Michelle.

— Non, rétorqua-t-il gaiement. J'ai simplement failli m'évanouir dans le jacuzzi, l'autre soir.

Le jacuzzi ? pensa Sara, de plus en plus ahurie. Où ça ?

— Notre jacuzzi ? fit Michelle.

— Oui. Je crois que la température était trop élevée pour moi.

— Andrew, intervint Margo, permettez-moi de vous présenter mes enfants, Stuart et Michelle. Voici Andrew Broder.

Il essuya ses paumes sur son jean, et serra cordialement la main de Stuart. Michelle, elle, ne daigna que lui tendre le bout de ses doigts.

— Et moi, je vous présente ma fille Sara, dit-il en la prenant par les épaules.

— Papa, nous nous connaissons déjà... bredouilla-t-elle, rouge de confusion.

— Oh, bien sûr. J'oubliais que Boulder est un village.

— A une époque, je la gardais souvent le soir, expliqua Michelle.

— Il y a longtemps, précisa Sara, pour remettre les pendules à l'heure. J'étais une toute petite fille.

— Une petite punaise, oui.

— Tu n'étais pas précisément la baby-sitter de mes rêves.

Margo se mit à rire d'un air passablement gêné.

— Alors, Sara ? se hâta-t-elle d'enchaîner. Tu as passé de bonnes vacances ?

— Excellentes. J'étais dans un camp près de San Diego.

— Je sais, ta mère m'avait dit que tu devais t'y rendre.

— Et je vais entrer au lycée, ajouta Sara pour impressionner Stuart et Michelle.

— Ouah ! s'exclama celle-ci. Fantastique.

— Tu es inscrite à Casey ? demanda Stuart.

— Oui.

— Méfie-toi de M. Lory. Il paraît qu'il colle la moitié de sa classe chaque année, rien que pour embêter les élèves.

— Oh, c'est vrai ?

— Bon, je rentre, coupa Michelle avec un reniflement de mépris.

— Moi aussi, renchérit son frère. Enchanté d'avoir fait votre connaissance, monsieur Broder.

— Appelle-moi Andrew.

— D'accord, Andrew, répéta Stuart en lui serrant à nouveau la main.

— J'arrive dans une minute ! fit Margo.

Andrew et elle demeurèrent plantés là, à se manger des yeux. Sara les observait.

— Voilà... murmura Margo au bout d'un moment. Vous connaissez mes enfants.

— Si nous allions au cinéma, ce soir ? suggéra-t-il.

— Non, pas ce soir.

— Demain ?

— Eh bien, nous aviserons, répondit-elle en coulant un regard vers Sara.

— Je pourrais peut-être venir avec vous, papa. Je demanderai la permission à maman, et...

— Ce serait formidable, ma chérie. En attendant, tu veux être gentille ! Monte à l'appartement me chercher le détergent pour nettoyer les sièges du pick-up.

— Tout de suite ? se plaignit-elle.

— Oui, s'il te plaît.

Sara n'était pas dupe : il essayait de se débarrasser d'elle. Qu'avait-il donc de si important à confier à Margo ?

— S'il te plaît, insista-t-il.

— Bon, d'accord... soupira-t-elle.

Tournant les talons, elle courut vers la maison. Son père souhaitait certainement expliquer à sa voisine que Sara était venue le voir sans permission, et qu'il ne fallait pas vendre la mèche.

Quand elle revint avec le détergent, Andrew et Margo étaient en pleine conversation. Ils se tenaient tout près l'un de l'autre, et s'interrompirent en l'apercevant.

— Je dois rentrer à présent, déclara Margo. Mais je vous accompagnerai peut-être au cinéma, un de ces soirs... s'il y a un bon film.

— Prévenez-moi dès qu'une affiche vous paraîtra alléchante.

— Au Fox, ils jouent *Le Retour de Frankenstein*, dit Sara.

Son père et Margo se regardèrent et, brusquement, éclatèrent de rire.

Il n'y avait pourtant rien de drôle, songea Sara, d'autant que le film en question était vraiment terrifiant.

CHAPITRE VIII

L E bureau de B.B. se trouvait dans une ancienne et majestueuse demeure de Spruce Street. Elle y avait accompli de nombreux travaux de restauration au cours des dernières années, puis avait loué le premier étage à un agent d'assurances. Tous les guides touristiques recommandaient aux voyageurs de faire un détour pour admirer ce bâtiment datant de 1877, et B.B. en était aussi fière que de sa propre maison.

Mais voilà qu'elle avait eu l'idée de repeindre les locaux de l'agence. Le peintre lui avait conseillé de choisir une belle laque plutôt qu'une vulgaire peinture à l'eau. Cela durerait plus longtemps et ce serait bien plus chic, avait-il dit. Elle s'était laissé convaincre, et n'avait pas tardé à le regretter. Une odeur insupportable empestait l'atmosphère, les employés souffraient de migraine, de nausée, et Miranda, la secrétaire, était à moitié étouffée par d'incessantes crises d'asthme. B.B. assura à tout le monde, y compris aux autres occupants de l'immeuble, que leur supplice s'achèverait dès le vendredi et qu'elle veillerait personnellement à ce que les pièces soient aérées durant le week-end. Ainsi, quand ils reprendraient leur travail le lundi matin, l'air serait à nouveau respirable.

Elle s'en voulait aussi d'avoir entrepris ces maudits travaux au moment de la rentrée des classes. Elle aurait dû se débrouiller pour consacrer ses après-midi à Sara, l'emmener visiter les musées de Denver, faire du shopping — n'importe quoi. Savoir sa fille livrée à elle-même après l'école l'ennuyait au plus haut point. Elle grandissait, et il allait désormais falloir la surveiller de près. Le lycée fourmillait en effet de dangers : la drogue, le sexe, l'influence néfaste de certains élèves. B.B. devrait se montrer particulièrement vigilante, pour empêcher Sara de s'écarter du droit chemin. Chaque fois qu'elle y pensait, elle se sentait accablée par le poids de ses responsabilités.

En sortant du bureau, elle s'arrêta chez le volailler pour acheter un beau poulet de grain. Elle achevait de préparer une purée de potiron lorsque Sara arriva.

— Où étais-tu, ma chérie ? Il est plus de six heures.

— Oh... je faisais du vélo avec des amies. Qu'est-ce qu'on mange, ce soir ?

— Poulet et potiron.

— En purée ?

— Oui... ma recette habituelle, avec une pincée de cannelle.

Elles se mirent à table quelques instants plus tard.

— Hmm, c'est bon ! s'exclama Sara.

— Je suis contente que ça te plaise.

Toutes deux retombèrent dans le silence. B.B. avait l'esprit ailleurs. Elle se demandait s'il n'eût pas mieux valu choisir des couleurs vives pour la réception, plutôt que de la repeindre en blanc cassé.

— Je ne savais pas que Margo habitait à côté de chez papa, dit soudain Sara. J'ai été drôlement surprise de la voir là.

— Tu as vu Margo ?

— Oui.

— Quand ?

— Cet après-midi.

B.B. reposa sa fourchette.

— Que faisais-tu là-bas cet après-midi ?

— Oh... je...

Cramoisie, Sara porta la main à sa bouche et se mit aussitôt à se ronger frénétiquement les ongles.

Prise la main dans le sac, songea B.B.

— J'avais oublié un livre que je devais rendre à la bibliothèque cette semaine. Alors, je suis allée le chercher en vélo. Mais je ne suis pas restée longtemps.

— Je ne veux pas que tu recommences ce petit manège. Est-ce bien clair ? Je te défends d'aller là-bas sans ma permission.

— Mais, maman... J'y suis restée à peine cinq minutes.

— Je te préviens, Sara. Si j'apprends que tu m'as désobéi, tu le regretteras. Et tu ne verras plus du tout ton père.

B.B. n'avait aucune envie de punir Sara pour l'inconscience d'Andrew, malheureusement elle y était forcée. Si elle ne tenait pas solidement les rênes, Dieu seul savait ce qui pouvait arriver.

— Et je te conseille de ne plus me mentir, conclut-elle sévèrement.

— Je n'ai pas menti.

— Inutile de nier. Tu n'avais certainement pas oublié ce fameux livre.

— C'est vrai, je te demande pardon. Seulement, les cours finissaient à midi cette semaine. Ça me laissait beaucoup de temps libre, et papa ne travaillait pas non plus...

— Tu aurais dû en profiter pour ranger ta chambre.

— Elle est déjà rangée.

— Eh bien, tu n'as qu'à trier tes vêtements et mettre de côté ceux qui ne te vont plus. Je te donnerai un carton pour les emballer.

— D'accord.

B.B. se leva pour débarrasser la table.

— Alors, comme ça... tu as présenté ton père à Margo ?

— Ils se connaissaient déjà.

— Ah bon ?

— Papa a dit qu'il avait failli s'évanouir dans le jacuzzi de Margo.

— Oh ?

— Enfin, il a dit quelque chose dans ce genre.

— Tu en es sûre ?

— Non, pas vraiment.

Sara devait se tromper, pensa B.B. en lavant la vaisselle. Les enfants sont très doués pour additionner des pommes et des poires. Elle appellerait cependant Margo pour la prier d'ouvrir l'œil et la prévenir, au cas où Sara continuerait à voir son père en cachette. Par la même occasion, elle lui suggérerait de surveiller discrètement Andrew. Elle avait intérêt à rassembler le maximum d'informations sur son compte : elle pourrait toujours s'en servir contre lui, si elle se retrouvait un jour dans l'obligation de recourir à la justice.

Mais quand elle téléphona à son amie pour lui demander cette faveur — pourtant bien insignifiante — il y eut un silence glacé à l'autre bout du fil.

— Tu veux que je l'espionne ?

— Qui te parle d'espionnage ? Il s'agit simplement de me tenir au courant, surtout en ce qui concerne Sara.

— Je ne peux pas faire cela.

— Pourquoi ?

— Parce que ce serait déloyal. Tu sais, j'aimerais que tu arrêtes de m'impliquer dans vos affaires.

— En quoi t'ai-je « impliquée », s'il te plaît ?

— D'abord en le casant à côté de chez moi, et maintenant en me demandant de le surveiller. Je refuse de me mêler de ce qui ne me regarde pas. Ce que je sais de lui me suffit, je n'ai aucune envie d'en apprendre davantage.

— Que sais-tu de lui, exactement ?

— Rien ou presque. Je le trouve plutôt sympathique, c'est tout.

— Il paraît qu'il a déjà pris un abonnement pour ton jacuzzi ? dit doucement B.B.

Elle espérait que Margo s'indignerait, lui demanderait où elle avait pêché cette ridicule supposition.

— Oh, ça ne vaut pas la peine d'en parler...

Sara ne s'était donc pas trompée.

— Ecoute... poursuivit Margo après un silence. Je suis désolée de te laisser tomber. Mais essaie de me comprendre.

— Bien sûr, rétorqua B.B. d'un ton sec. A bientôt.

Elle reposa le téléphone. Décidément, on ne pouvait compter sur personne. Est-ce qu'au moins ils portaient leurs maillots de bain, ce soir-là ?

CHAPITRE IX

MARGO se surprenait de plus en plus souvent à penser à Andrew Broder. Plantée sur la terrasse, elle contemplait stupidement le pick-up Datsun, ou bien encore elle s'imaginait avec béatitude une rencontre fortuite sur le Mall. Elle s'y voyait déjà. « Oh, bonjour... dirait-elle. Si nous allions boire un café ? » Il répondrait naturellement : « Avec plaisir ! » Puis tous deux se dirigeraient vers Pearl Street et s'installeraient à une terrasse. Margo, ce jour-là, porterait son poncho de tweed rose. « Cette couleur vous va divinement, murmurerait-il. Cela vous met des cerises aux joues. »

Elle finissait toujours par secouer la tête avec irritation. *Idiote, tu ne peux pas te trouver un autre rêve ?*

L'appel de B.B. l'avait affreusement embarrassée. Son refus d'espionner Andrew avait manifestement vexé son amie, le ton de sa voix ne laissait aucun doute sur ce point.

Le lundi matin, Margo termina l'ébauche des plans du lotissement résidentiel, et décida de les déposer immédiatement au bureau de B.B. Avant de partir, elle s'arrêta à la réception pour prévenir Barbara, la standardiste de *Benson & Gould*, qu'elle rentrerait après le déjeuner, vers treize heures trente. Elle hésita un instant, puis, saisissant le combiné posé sur la table de Barbara, composa son propre numéro. Mme Herrera décrocha presque aussitôt.

— Ici la résidence de Mme Sampson, j'écoute...

— Bonjour, madame Herrera. C'est moi...

Mme Herrera tenait la maison de Margo depuis l'arrivée de celle-ci à Boulder. Le mardi et le vendredi, elle travaillait chez B.B. ; le mercredi, elle se rendait chez l'une de leurs amies communes.

Ce matin-là, elle était apparemment de méchante humeur. Depuis le retour de Stuart et Michelle, se plaignit-elle, la maison était toute chamboulée. Il lui faudrait au moins deux heures supplémentaires pour tout remettre en ordre. Naturellement, elle ne voulait pas s'atteler à la tâche si Margo n'était pas disposée à payer.

— Parce que, vous comprenez, je ne fais pas ça pour m'amuser, ajouta-t-elle.

— Je comprends très bien. Ne vous inquiétez pas, je vous dédommagerai.

— Encore autre chose, tant que je vous tiens : la semaine dernière, je vous ai laissé la liste de tout ce qui manquait, mais vous l'avez oubliée. Avec quoi je vais nettoyer, moi, si je n'ai pas les produits ?

— Excusez-moi... je n'y ai plus pensé.

— Mme B.B., elle achète tout en double. Comme ça, je ne me retrouve jamais le bec dans l'eau.

— Vous aurez tout ce qu'il vous faut la semaine prochaine, promis.

Margo raccrocha et sourit à Barbara, qui se délectait de ses pourparlers hebdomadaires avec la femme de ménage.

— Je n'aurais pas dû appeler.

— Si vous ne l'aviez pas fait, elle aurait téléphoné ici pour vous relancer.

— Hélas ! soupira gaiement Margo.

Saisissant son sac, elle salua amicalement Barbara d'un geste de la main, puis sortit d'un pas vif.

L'élégant bâtiment de brique rouge qui abritait le cabinet *Benson & Gould* servait autrefois d'entrepôt. Jeffrey Gould l'avait rénové et transformé en 1973, avant de se prendre d'une passion dévorante pour le soleil des Bahamas. A l'époque où Michael Benson et Margo étaient amants, ils avaient l'habitude de rester au bureau jusqu'au départ de Barbara et Jeffrey. Ils verrouillaient alors les portes et faisaient l'amour par terre. Puis Margo rentrait chez elle pour préparer le dîner. Cet arrangement les satisfaisait pleinement. Deux fois divorcé, nanti de quatre rejetons, Michael avait une sainte horreur des responsabilités, un trait de caractère qui se reflétait parfois dans sa vie professionnelle. Lorsque Margo lui avait présenté ses propres enfants, il avait carrément paniqué. Les sentiments qu'elle lui portait s'étant déjà passablement refroidis, elle avait accueilli avec placidité sa suggestion de se séparer et de demeurer bons amis.

Dehors, la température était encore très douce. Si seulement l'automne pouvait durer toute l'année!

Marchant d'un bon pas, elle eut tôt fait d'atteindre Spruce Street, où se trouvait le bureau de B.B.

— Elle est partie déjeuner, lui annonça Miranda. Au *James*, avec des clients. Elle sera de retour dans une heure environ.

— Vous voulez bien lui remettre ce dossier, s'il vous plaît?

— Vous devriez passer au restaurant pour le lui donner. Je suis sûre qu'elle serait ravie de vous voir, cela la distrairait un peu. Les clients en question sont as-som-mants!

Miranda avait été engagée à l'agence deux ans plus tôt, alors qu'elle était toute fraîche émoulue de l'université du Colorado. A présent, elle s'habillait comme B.B., se coiffait comme elle, et commençait même à copier ses tics de langage.

— Je suis pressée, répondit Margo. Vous n'oublierez pas le dossier?

— Bien sûr que non, comptez sur moi.

En sortant de l'agence, elle se dirigea vers le Mall. Ce quartier datait en majeure partie de la fin du XIXe siècle, époque où Boulder servait de centre d'approvisionnement pour les cités minières des montagnes. Les boutiques, les restaurants et les galeries d'art bordaient à présent les rues pavées et piétonnières, au grand dam de certains autochtones. Ils s'indignaient en effet que cette zone fût devenue essentiellement touristique. Margo ne partageait pas leur point de vue: il lui semblait au contraire bien agréable de travailler non loin de là et de pouvoir y flâner tranquillement pendant la pause déjeuner.

Elle entra au *New York Deli*, où elle commanda deux

sandwiches au pastrami à emporter, ainsi que deux cafés glacés. Puis, son paquet à la main, elle traversa le Mall, baigné par le chaud soleil de midi, et marcha jusqu'à la galerie de Clara. Ce lieu représentait à ses yeux sa plus belle réussite en matière de restauration. Elle s'était ingéniée à conserver au maximum les installations de la banque qui occupait naguère le bâtiment, notamment les guichets des caissiers et l'escalier en colimaçon menant à la mezzanine où l'on exposait maintenant des collections de sculptures.

Clara s'était installée à Boulder dans les mêmes circonstances que Margo, c'est-à-dire après sa séparation d'avec Robin Carleton-Robbins, un banquier texan qui avait emmené l'une de ses caissières en croisière sur l'Amazone, ou sur le Nil — Clara n'était pas sûre de leur destination. La caissière était très jeune et, toujours d'après Clara, aussi alléchante qu'un chou à la crème. L'épouse délaissée avait donc emménagé à Boulder, avec sa fille Puffin qui étudiait dans le même lycée que les enfants de Margo, et un nombre impressionnant de millions. Elle avait investi une part de ce capital dans l'ouverture de sa galerie, l'une des rares de la ville qui ne servait pas de couverture à quelque sordide trafic. « Je n'ai dans ma caisse que du bon argent, honnêtement gagné ! » clamait fièrement Clara. Elle avait aussi solennellement juré de ne plus jamais manger de chou à la crème.

Au début, Margo s'étonnait qu'une femme dont le mari s'était enfui avec une caissière eût choisi une ancienne banque pour y créer sa galerie. Elle lui en avait un jour fait la remarque. Clara avait éclaté de son grand rire généreux. « C'est bizarre, non ? »

Margo poussa la lourde porte vitrée.

— Le déjeuner de madame ! annonça-t-elle.

— J'arrive ! cria Clara. Jette un coup d'œil en m'attendant.

L'exposition d'automne, inaugurée le premier lundi de septembre à l'occasion du Labour Day, réunissait des toiles de R. C. Gormans, Doug Wests et Celia Ramseys, des artistes originaires du sud-ouest des Etats-Unis. Margo les admira au passage, tout en se dirigeant vers le bureau de Clara, une petite pièce voûtée qui faisait autrefois fonction de chambre forte.

Elle déposa son paquet sur la table, puis grimpa à l'étage. Joe, l'assistant de Clara, était en train d'installer une collection de sculptures sur bois, représentant les animaux de la ferme.

— Ce qu'ils sont mignons! s'extasia Margo en examinant un cochon brun au groin retroussé sur un grand sourire. Combien coûte cet amour?

— Quatre-vingt-quinze dollars. Mais s'il vous plaît, on peut...

— Je sais.

Clara devait partir pour l'Europe dans deux jours. Elle s'y rendait chaque année au mois de septembre, après l'inauguration de l'exposition d'automne. Margo voyait toujours arriver cette période avec appréhension, car elle se sentait très seule sans son amie.

Elles n'avaient pas passé de soirée tête à tête depuis le quarantième anniversaire de Margo. Ce soir-là, Clara l'avait emmenée dîner chez *John's*, un restaurant français. Elle lui avait offert le déshabillé de soie, et avait royalement commandé un magnum de champagne. Tout en savourant le dessert, un gigantesque gâteau aux noisettes, meurtrier pour la ligne, Margo avait avoué que, pour ses quarante ans, elle souhaitait surtout rencontrer un homme équilibré.

— Un type qui serait là le matin au réveil, qui ne jouerait pas les courants d'air, avait-elle bredouillé, étourdie par le champagne.

— J'aimerais bien ça, moi aussi. Mais autant chercher un merle blanc. Et puis, même si nous avions la chance d'en dénicher un, ce serait aux dépends de notre amitié.

— Ridicule! Pourquoi faudrait-il choisir entre un homme et une amie?

— Eh bien... je crois difficile de partager son intimité avec plusieurs personnes. Quand je vivais avec Robin, je n'avais pas d'amies.. enfin, pas de vraies amies. Et toi?

— Moi, si. Quoique, jusqu'à mon divorce, je ne me sois jamais vraiment fiée à elles.

— C'est bien ce que je disais.

— Il y a sûrement moyen de sortir de ce schéma,

avait décrété Margo en s'octroyant une autre coupe de vin, sans se soucier des signaux de détresse que lui lançait son estomac.

Clara entra dans le bureau et s'étendit sur le sofa pour se reposer.

— Je suis folle amoureuse du petit cochon brun... celui qui sourit, déclara Margo en lui tendant un sandwich.

— Il est à toi.

— Je veux *l'acheter*.

— Si tu y tiens, je suis d'accord.

— Pour un prix décent.

— Evidemment.

— Michelle me travaille au corps depuis des mois pour que je lui achète un animal de compagnie. Peut-être ce cochon la satisfera-t-il.

Clara éclata de rire.

— Tu vas beaucoup me manquer, dit Margo. Qui m'écoutera quand tu seras partie ? Et qui appréciera mes fines plaisanteries ?

— Je serai de retour dans trois semaines.

— Une éternité.

— Je me tue à te le répéter : tu devrais m'accompagner.

— Je le ferai, la prochaine fois.

— Prends des nouvelles de B.B. de temps en temps. Elle m'inquiète. La présence de son « ex » dans les parages la perturbe énormément.

— Elle s'habituera, il le faudra bien.

— Eh oui, soupira Clara. La vie n'est qu'une longue suite de compromis, n'est-ce pas ?

— J'ai fait sa connaissance, je te l'ai raconté ?

— Non. Il est comment ?

— Sympathique.

— Qui sait, B.B. et lui renoueront peut-être.

— J'en doute.

— Pourquoi ? Tu n'as jamais pensé à recommencer avec Freddy ?

— Au début, si... pendant les moments difficiles. Il me semblait que je me compliquais l'existence pour rien. Mais je ne me sentais pas prête à rendre les armes. En plus, je n'étais pas certaine qu'il veuille me reprendre.

— Ils le veulent tous, au bout du compte.

— Je ne le crois pas. De toute façon, je me félicite d'avoir tenu bon. Je ne me serais jamais pardonné d'être revenue vers lui simplement parce qu'il m'offrait la sécurité. Cette tentation ne m'effleure plus depuis des années. D'ailleurs, comme il est remarié, je n'ai plus à me poser la question.

— Moi, j'y songe quelquefois...

— A quoi?

— A revivre avec Robin. Nous sommes séparés depuis quatre ans, pourtant rien n'a vraiment changé depuis qu'il a filé avec son chou à la crème. Toujours pas de divorce à l'horizon. Les riches ont du mal à divorcer, rit-elle. Trop d'argent, de propriétés à partager... ça risque de prendre des siècles... et ça n'en vaut peut-être pas la peine.

Clara s'interrompit un instant.

— Il est rentré, murmura-t-elle.

— Robin?

— Oui, il est à Dallas.

— Pourquoi ne m'as-tu rien dit?

— Je ne l'ai appris qu'hier. Il m'a téléphoné: il souhaite me voir.

— Et le chou à la crème?

— C'est fini, ça a duré six mois. Ensuite, il est resté à Cuernavaca, seul. D'après lui, il a eu un passage à vide: la crise existentielle des quadragénaires.

— Seigneur! grogna Margo. J'en ai ma claque des hommes et de leurs crises existentielles! Et nous, alors? Quand avons-nous droit à notre crise?

— A mon avis, nous nous la sommes déjà offerte.

— Tu comptes le voir?

— Je n'en ai pas la moindre idée. J'y réfléchirai à Paris.

— Surtout, ne fais rien que tu puisses regretter.

— Si je suivais ton conseil, je ne ferais rien du tout... et tu le sais pertinemment.

— Je parle pour ton bien, je ne veux pas que tu souffres.

— Te voilà bien maternelle, tout à coup.

— Pas étonnant, je *suis* une mère.

— Oui, mais pas la mienne.

Margo quitta la galerie à une heure et quart. Elle se hâtait vers son bureau, quand une voix cria son nom. Elle s'immobilisa et tourna la tête. Andrew Broder s'avançait vers elle, les bras chargés de paquets.

— Bonjour ! dit-il gaiement. Ça va ?

— Oui... et vous ?

— Je dévalise les boutiques. Vous venez boire un café avec moi ?

— Il faut que je retourne au travail. Ce sera pour une autre fois.

— Je vous rappellerai votre promesse !

« Le rêve devient réalité, songea-t-elle en s'éloignant. Dommage que mon poncho de tweed rose soit trop chaud pour la saison. » A cette idée, un rire silencieux la secoua. Elle riait encore en franchissant la porte de son bureau.

CHAPITRE X

L E dimanche suivant, B.B. ne se leva pas. Blottie sous ses couvertures, dans sa chemise de nuit froissée, elle s'immergea au sein d'un sommeil agité, entrecoupé de rêves. Elle avait besoin de récupérer, se disait-elle, quoiqu'elle ne fût pas dupe de ce mauvais prétexte. En réalité, elle n'avait aucune raison de sortir de son lit, puisque Sara passait la journée avec Andrew. A neuf heures, B.B. s'était postée derrière sa fenêtre pour regarder sa fille partir. Un jeu de Monopoly sous le bras, Sara s'était élancée vers l'affreux pick-up de son père. Puis le véhicule avait disparu au coin de la rue, et B.B. s'était recouchée. Le soleil brillait, il faisait doux. Du fond de son hébétude, B.B. percevait de loin en loin des voix et des rires d'enfants. Mais ce n'étaient pas ses enfants qui riaient.

A cinq heures, tirée de sa torpeur par quelque mystérieux signal d'alarme, elle se redressa d'un bond, prit une douche et s'habilla avec soin. Dès que Sara rentrerait, elle l'emmènerait dîner au restaurant. Assise à la table de la cuisine, elle buvait du jus de tomate en lisant le journal, lorsqu'elle entendit le pick-up se garer dans l'allée. Un instant après, Sara apparaissait dans l'encadrement de la porte, suivie d'Andrew.

Ignorant délibérément son ex-mari, B.B. embrassa tendrement la fillette.

— Bonsoir, mon cœur... Je me suis ennuyée sans toi. On va dîner chez *Rudy's*, d'accord ?

— J'ai déjà mangé. Papa m'a fait des hamburgers et des frites.

— Tu as déjà mangé?

— Oui, alors je n'ai plus faim. Remarque, j'ai encore un peu de place pour une glace.

Sara se hissa sur la pointe des pieds pour embrasser son père.

— Au revoir, papa. A la semaine prochaine.

Tremblante de rage, B.B. dévisagea fixement Andrew.

— Si je tiens tellement à ce que tu me la ramènes à six heures, c'est justement pour pouvoir l'emmener dîner dehors, articula-t-elle d'une voix sourde.

— Excuse-moi, je l'ignorais.

— Sara aurait dû te prévenir.

— Mais, maman... se défendit la fillette. Tu ne m'as pas dit que nous sortirions...

— Tu aurais dû y penser. Nous allons chez *Rudy's* tous les dimanches soir, n'est-ce pas?

— Mais, maman...

— Tais-toi! coupa durement B.B. Et file dans ta chambre!

Les yeux pleins de larmes, Sara tourna les talons et s'enfuit en courant.

— Tu n'es pas trop sévère avec elle? hasarda Andrew.

— Je n'ai pas besoin de toi pour savoir comment je dois élever ma fille!

Et elle lui claqua la porte au nez.

Après quoi, elle regagna sa chambre, se déshabilla et se recoucha.

Ce fut seulement le lendemain matin, pendant son jogging, qu'elle se rappela ne rien avoir avalé de tout le dimanche. Elle fut obligée de s'arrêter au bout d'un kilomètre, épuisée.

Ça n'allait pas du tout. Plus rien n'allait, en fait. Elle perdait peu à peu le contrôle d'elle-même. Ses cheveux commençaient à tomber, elle éprouvait des démangeaisons dans la plante des pieds, qui alternaient avec une sensation de brûlure. Et, surtout, elle continuait à maigrir.

Cet amaigrissement anormal avait débuté pendant l'été. Tout d'abord, elle avait mis ce phénomène sur le compte de l'angoisse que lui causait l'arrivée d'Andrew à Boulder. Le stress lui coupait toujours l'appétit. Durant des semaines, elle s'était exclusivement nourrie de céréales et d'abricots secs. Comme elle ressentait la nécessité de s'éclaircir les idées, elle s'était astreinte à courir davantage : quatre, cinq, parfois six kilomètres par jour. Puis, après le départ de Sara pour le camp de vacances, elle s'était absorbée dans le travail. Mais elle avait la tête désespérément vide. Les gens, qui l'admiraient ordinairement pour son dynamisme et son esprit inventif, ne cessaient de l'interroger sur son état de santé.

Vers la mi-juillet, elle s'était accordé une semaine de congé pour aller voir Sara et s'était installée à La Costa, convaincue qu'un peu de farniente lui détendrait les nerfs.

Le premier jour, elle s'inscrivit à un cours de tennis. Le professeur, un homme séduisant malgré ses traits taillés au burin, la couvrit aussitôt de compliments. Elle était la plus somptueuse créature qui ait circulé dans les parages depuis le début de l'été. Et elle avait un de ces coups droits ! Vraiment, il était très impressionné.

Ils passèrent la nuit ensemble, mais il se révéla un amant décevant, brutal et pressé. Quand ce fut fini, il la gratifia d'un « Formidable, mon chou... » exactement comme il l'avait fait sur le court. Après quoi, il lui tourna le dos et s'endormit. Il ronflait et grognait en dormant, aussi fut-elle soulagée de se retrouver seule à cinq heures du matin.

Le lendemain soir, pour son quarantième anniversaire, elle revêtit une belle robe de satin blanc et dîna dans l'immense salle à manger de l'hôtel. Lorsqu'elle était enfant, sa mère organisait toujours un grand goûter pour son anniversaire. Ce jour-là, elle portait ses chaussures noires en cuir verni, et des rubans dans les cheveux. Elle se rappelait surtout les petits pots de crème glacée que sa mère leur servait. Il fallait ouvrir le couvercle et le lécher soigneusement pour faire apparaître le portrait d'une vedette de cinéma. Une fois, elle avait trouvé l'image de la chienne Lassie. Ses camarades en avaient pâli d'envie et l'avaient suppliée d'échanger son couvercle contre les leurs. Comme elle refusait de négocier, ils s'étaient moqués d'elle en la traitant de « sac d'os », de « poil de carotte », et autres « taches de son ». Elle avait naturellement pleuré et trépigné, mais ne leur avait pas cédé l'image de Lassie.

... Après le dîner, elle retourna dans sa chambre et resta un long moment assise sur son lit, accablée par un terrible cafard. Il fallait absolument qu'elle parle à quelqu'un. Mais à qui ? Elle décrocha le téléphone pour appeler sa mère, puis se ravisa. Dès qu'elle entendrait le son de sa voix, elle fondrait en larmes et devrait ensuite subir un interrogatoire en règle. Mieux valait y renoncer.

Elle connaissait une foule de gens, cependant ses amis se comptaient sur les doigts d'une main. Clara était l'une des rares personnes de qui elle se sente vraiment proche, parce qu'elle comprenait tout à demi-mot, sans poser de questions indiscrètes ni demander d'explications. Dommage que les êtres comme elle soient si peu nombreux. Dommage aussi que Clara soit partie pour Padre Island, dans sa famille.

Et si elle téléphonait à Margo ? Non, Margo n'était pas une véritable amie. Elles déjeunaient ensemble de temps en temps, voilà tout.

De plus en plus déprimée, elle saisit la carte de vœux que Sara avait dessinée pour elle, au camp. *A Superwoman*. Etait-ce donc ainsi que Sara la voyait, comme une superwoman ? Dans ce cas, pourquoi se sentait-elle si désemparée, si minable ?

Rien ne l'empêchait d'appeler Mitch, en souvenir du bon vieux temps. Elle pourrait même l'inviter pour le week-end. Après tout, elle célébrait son anniversaire. Elle devait fêter l'événement.

Il décrocha à la troisième sonnerie.

— B.B. ? Quelle bonne surprise !

— Je suis à San Diego... enfin, à La Costa.

— Un coin très agréable.

— Pourquoi ne viendrais-tu pas dîner avec moi samedi ou dimanche ? Nous bavarderons...

— Ce serait avec plaisir, mais j'ai du travail par-dessus la tête. Je tourne un feuilleton, tu sais.

— Je l'ignorais.

— C'est un projet important.

— Félicitations.

Il y eut un long silence à l'autre bout du fil.

— Et puis... je vis avec quelqu'un. Je suppose que tu es au courant ?

— Non, pas du tout.

— Elle est productrice, nous avons beaucoup de choses en commun. Ça marche bien.

— Je suis contente pour toi.

Avait-elle donc perdu la tête ? La dernière fois qu'ils s'étaient vus, ils s'étaient battus comme des chiffonniers.

Malade d'humiliation, elle raccrocha et se jeta à plat ventre sur le lit, le nez dans l'oreiller, pour sangloter tout son soûl.

Longtemps après, elle passa dans le cabinet de toilette et baigna soigneusement son visage rougi et gonflé. *Regarde-toi. Quarante ans... déjà la moitié de ta vie, peut-être davantage. Regarde ces lignes autour de tes yeux, de ta bouche. Tu vieillis, Francine. Oh bien sûr, de loin, tu peux encore passer pour une jeune femme, mais de près... la catastrophe. Non, tu ne trompes plus personne.*

Vieillir, se répéta-t-elle. C'était bien la pire injustice de l'existence.

Sa robe de satin blanc ressemblait à un chiffon, toute froissée et déformée. Elle l'avait achetée des années plus tôt, pour partir en croisière avec Andrew, à l'occasion de leur dixième anniversaire de mariage. Mais Andrew avait boudé pendant tout le voyage, errant dans le bateau comme une âme en peine. Un soir, excédée, elle s'était laissé courtiser par le capitaine et avait dansé plusieurs slows langoureux avec lui. Andrew les observait, écumant de rage.

De retour dans leur cabine, il lui avait arraché sa robe, l'avait renversée sur la couchette. Debout, la dominant de toute sa taille, il lui avait montré son sexe orgueilleusement dressé et lui avait expliqué en détail les sévices qu'il s'apprêtait à lui faire subir. Mais à peine avait-il réussi à la pénétrer que sa superbe érection s'évanouissait. Conclusion, il l'avait rendue responsable de ce fiasco, l'avait accusée de vouloir le castrer, et s'était rué hors de la cabine à moitié dévêtu. Il était revenu à l'aube pour s'excuser, après une nuit de beuverie. « Pardonne-moi, Francine. C'est cette fichue croisière... Je ne supporte pas d'être coincé dans cette cage flottante. » Elle lui avait dit de ne pas se tourmenter, qu'elle avait déjà recousu sa robe. Mais quand il s'était couché contre elle et l'avait prise dans ses bras pour l'embrasser, elle l'avait repoussé en prétendant tomber de sommeil.

Elle aurait dû se débarrasser de cette robe depuis longtemps. Agacée, elle la dégrafa, la roula en boule et la jeta au panier.

Puis elle se coucha et éteignit la lumière. Pourquoi Mitch s'entendait-il si bien avec sa productrice, alors qu'il ne s'était jamais entendu avec elle? Elle avait pourtant tout mis en œuvre pour que les choses marchent bien: En vain. Elle pensait qu'ils se marie-raient et s'installeraient à Beverly Hills, dans une grande et luxueuse maison. Elle ouvrirait une nouvelle agence *Francine Brady Broder-Immobilier*. Sara irait à l'école avec des enfants comme il faut. Mitch et elle évolueraient dans un milieu brillant : producteurs, metteurs en scène, écrivains, acteurs. Tout le monde lui demanderait pourquoi, avec un physique pareil, elle ne faisait pas de cinéma. Elle répondrait par une boutade, et se serrerait contre Mitch en souriant. Et lui remercierait le ciel de lui avoir donné une femme aussi extraordinaire.

Malheureusement, Mitch ne lui avait jamais proposé de l'épouser. Elle avait préféré ne pas aborder le sujet. D'ailleurs, il était assez vite devenu franchement odieux. Sa violence, son agressivité la stupéfiaient et l'effaraient. Même l'amour ne parvenait pas à le radoucir. Il lui reprochait sans arrêt d'en faire trop, ou trop peu. Elle ne ménageait pourtant pas ses efforts pour le satisfaire, elle était même allée jusqu'à étudier des manuels de sexologie. Mais cela ne suffisait pas, il la critiquait de plus en plus méchamment. Néanmoins elle s'obstinait à croire qu'avec de la douceur et de la compréhension, tout finirait par s'arranger.

Il disait souvent qu'elle éveillait en lui les pires instincts et le poussait à la brutalité. D'où leurs disputes incessantes, leurs bagarres. Il la jugeait trop exigeante, étouffante. Quelle mauvaise foi! Avait-elle jamais demandé quelque chose? Non. Bien sûr, elle aimait planifier, organiser. Et elle avait une foule de projets les concernant. Mais cela n'avait rien à voir avec la possessivité.

Pourquoi lui avait-elle téléphoné ce soir ? Qu'espérait-elle entendre ? Qu'elle lui manquait, qu'il voulait tout recommencer, qu'il avait changé ? *Idiote. Espèce de sombre idiote !* Vraiment, elle eût été mieux inspirée d'appeler sa mère.

Le lendemain matin, elle descendit à la piscine pour faire quelques longueurs. Le spleen la tenaillait toujours, elle commençait à regretter son bureau, son travail. Peut-être valait-il mieux écourter ses vacances et rentrer chez elle dès le lendemain. Dans sa maison, entourée par ses objets familiers, elle se sentirait certainement mieux. Il ne lui resterait plus que trois semaines à patienter avant le retour de Sara, avant de retrouver une raison de vivre.

Elle avait atteint le milieu du bassin quand, brusquement, elle entra en collision avec un autre baigneur. Il nageait sous l'eau, aussi ne l'avait-elle pas aperçu. Il la heurta durement à la tête.

— Je suis terriblement navré, dit-il en émergeant à son côté. Vous avez très mal ?

— Non, pas trop. Et vous ?

— Ça va.

Il l'aida gentiment à regagner l'échelle, puis, comme elle était encore étourdie par le choc, la guida jusqu'à son transat.

— Je suis médecin, déclara-t-il. Laissez-moi vous examiner.

Il lui prit le pouls, lui fit pivoter la tête de droite à gauche, puis de haut en bas, après quoi il décréta qu'elle survivrait.

— Mais je préfère vous garder sous surveillance pour la journée... au cas où, ajouta-t-il en approchant son transat.

Elle apprit bientôt qu'il s'appelait Lewis Branscomb, qu'il était cardiologue et vivait à Minneapolis. Veuf, âgé de cinquante-sept ans, deux fois grand-père, il était passablement déplumé et ne correspondait guère à l'image conventionnelle du Don Juan, néanmoins il semblait en bonne forme. Quand ils passèrent à table pour déjeuner, elle décida qu'au fond il ne manquait pas de charme. D'ailleurs, elle avait toujours apprécié les médecins. Il émanait d'eux une assurance qui lui plaisait. Au dessert, elle savait déjà que ce monsieur allait fatalement tomber amoureux d'elle, et elle n'essaya même pas de le décourager.

Ils dormirent ensemble cette nuit-là, et aussi le lendemain. Finalement, Lewis prolongea son séjour jusqu'au week-end. Son admiration agissait comme un baume sur l'ego meurtri de B.B. dont le moral remontait en flèche. Il était doux, simple, et très peu exigeant en amour. Cela la changeait agréablement de Mitch et de ses extravagances érotiques.

Lewis disait n'avoir jamais brûlé d'une telle passion. Il disait qu'il lui suffisait de la regarder se déshabiller pour retrouver son âme de collégien.

— Je ne supporte pas l'idée de te perdre, lui avoua-t-il le dernier soir. Viens avec moi à Minneapolis.

— Je ne peux pas.

— Pourquoi ?

— Il fait beaucoup trop froid là-bas.

— Ne crains rien, je te réchaufferai.

— Tu es gentil, Lewis, mais... non.

— Alors, c'est moi qui viendrai à Boulder.

— Attends l'automne, les trembles sont si beaux à cette époque.

— Et d'ici là, que vais-je devenir ?

Elle ne répondit pas.

— Si tu m'épousais, tu pourrais t'appeler « Triple B ».

— Ce n'est pas une raison suffisante pour se marier ! répliqua-t-elle en riant.

— J'essaierai d'en trouver une plus convaincante.

Le lendemain, lorsqu'ils se séparèrent, il lui offrit un superbe bracelet en or. Décidément, cet homme était charmant. Il avait de la classe, du savoir-vivre. L'idée d'avoir un amant lointain la séduisait par son romantisme. Pour l'instant, elle ne se sentait pas la force de vivre une liaison au quotidien.

Elle ne lui avait pas soufflé mot de la prochaine arrivée d'Andrew.

Lewis prit l'habitude de lui téléphoner plusieurs fois par semaine. Il lui envoyait des petits mots délicieusement absurdes, des livres, des disques, des fleurs. Il avait déjà réservé une chambre au *Boulderado* pour la première semaine d'octobre. Il lui tardait tant de la serrer dans ses bras, de voir sa maison, de connaître sa petite fille.

Elle ne lui avait pas parlé de Bobby.

Il languissait d'amour pour elle. Aucune autre femme n'existait à ses yeux, elle serait toujours la seule, l'unique. Et il finirait bien par l'en convaincre.

Ce lundi-là, quand il l'appela, elle ne lui raconta pas qu'elle avait passé une nuit blanche à ruminer des pensées morbides, à s'imaginer au bout d'une corde, ou bien gisant dans son propre sang, un trou béant à sa tempe.

CHAPITRE XI

Depuis le départ de Clara pour l'Europe, Margo appelait régulièrement Puffin pour prendre de ses nouvelles, et s'assurer que tout se passait bien avec la cousine de Padre Island qui s'occupait d'elle en l'absence de sa mère. Elle souhaitait l'inviter à dîner, aussi demanda-t-elle à Michelle et Stuart de choisir le jour qui leur convenait.

— Oh, maman... grogna Michelle. Il faut vraiment l'inviter ? Elle est tellement bécasse !

— Elle a peut-être changé pendant l'été, rétorqua Margo. Qui sait ?

— En tout cas, elle a perdu dix bons kilos, remarqua Stuart. Je l'ai vue au lycée, hier. Elle n'est pas mal du tout.

— Parfait, fit Margo. En ce qui me concerne, jeudi ou vendredi m'arrangerait. Mais je vous laisse décider. Vous me direz ça demain matin. Ce soir, je vais au cinéma.

— Pour voir quoi ? demanda Michelle.

— *Apocalypse Now.*

— Il paraît que c'est mortel.

— Tant pis, j'y vais quand même. Je rentrerai vers onze heures.

Margo descendit dans sa chambre. Elle se brossa les dents, changea de chemise, jeta un sweater sur ses épaules, puis saisit le téléphone et composa le numéro d'Andrew Broder.

Il répondit aussitôt, au moment précis où la raison lui intimait de raccrocher.

— Allô ?

— Euh... bafouilla-t-elle. Bonsoir, c'est Margo.

— Margo ? répéta-t-il, comme s'il n'avait jamais entendu ce nom.

— Votre voisine.

— Ah, cette Margo-là.

Franchement désopilant, pesta-t-elle.

— Oui... Je vais au cinéma ce soir, on donne *Apocalypse Now*.

— Les critiques sont mitigées.

— Je prends quand même le risque. J'ai un faible pour Martin Sheen.

— Et pas pour Brando ?

— Si, pour lui aussi. Bref, la séance commence à dix-neuf heures trente. Je pars dans cinq minutes. Si ça vous chante, rejoignez-moi dehors.

Sur quoi, sans lui laisser le temps d'ajouter un mot, elle raccrocha. Pourquoi diable l'avait-elle appelé ? Elle se brossa les cheveux et appliqua un peu de brillant sur ses lèvres.

Quand elle atteignit sa voiture, il était déjà installé sur le siège du passager.

— Finalement, ça m'a chanté, dit-il.

— Très bien, répliqua-t-elle d'un ton détaché.

Elle se glissa au volant, chaussa ses lunettes et démarra.

— Je vous trouve mignonne avec vos lunettes.

— Je suis myope. J'en ai besoin pour conduire et pour comprendre ce qui se passe sur un écran de cinéma.

— Mais pas pour faire l'amour ?

— Vous ne pensez donc qu'à ça ? rétorqua-t-elle en lui coulant un regard réprobateur.

— Absolument. Ma question n'avait toutefois rien de personnel. Simple curiosité.

— Eh bien, sachez que je ne porte pas mes bésicles pour faire l'amour. Simple information.

— Sans plaisanter, il y a des gens qui gardent leurs lunettes au lit... mais je suppose qu'ils sont presbytes.

— Je n'avais jamais envisagé le problème sous cet angle.

— Parce que vous ne vivez pas de votre plume. Je vois d'ici l'article passionnant que je pourrais tirer d'un sujet aussi original. Je le vendrais au *Bulletin trimestriel de l'opticien.*

— Ça existe ?

— Je l'ignore, s'esclaffa-t-il. Ce n'est malheureusement pas impossible !

Elle éclata de rire. Il était bien difficile de résister à sa bonne humeur.

Le film leur parut long et plutôt ennuyeux. Au bout d'une heure, Andrew extirpa deux paquets de raisins secs de sa poche et en tendit un à Margo. Elle n'en avait pas goûté depuis des lustres, depuis ses seize ans. A l'époque, comme elle était un peu anémiée, sa mère lui avait prescrit un remède à sa façon. « Tu bois de l'eau ferrugineuse, ou bien tu manges un paquet de raisins secs par jour. Que préfères-tu ? » Margo avait choisi les raisins. Après une semaine de ce régime, la simple vue de l'emballage rouge lui levait le cœur. Elle s'était précipitamment rabattue sur l'eau ferrugineuse. « Je ne veux plus jamais trouver le moindre grain de raisin sur mon chemin ! »

Puis Andrew lui prit la main. Ce geste semblait parfaitement naturel, comme s'ils avaient depuis longtemps l'habitude de se tenir ainsi la main, dans l'ombre d'une salle de cinéma. Et ce fut non moins naturellement que Margo, gagnée par une douce somnolence, appuya sa tête contre son épaule. Elle sentit sur sa joue une caresse légère. Andrew souriait et, à demi assoupie, elle lui rendit son sourire.

Plus tard, lorsqu'elle se gara devant la maison, il remarqua gaiement :

— Normalement, vous êtes censée m'inviter à prendre le café.

— Vous croyez ?

— C'est ce que préconise le guide du savoir-vivre.

— Dans ce cas... Puis-je vous offrir une tasse de café, cher monsieur ?

— Avec plaisir, chère madame.

— Mes enfants ne sont sans doute pas encore couchés.

— Très bien.

— Un homme averti en vaut deux.

— Vous ne pourriez pas arrêter de vous excuser pour eux ?

— D'accord, je me tais.

Michelle dormait déjà ; quant à Stuart, il était attablé dans la cuisine, devant un énorme sandwich au beurre de cacahuètes.

— C'est bien meilleur avec du pain de seigle, des feuilles de laitue et de la mayonnaise, lui dit Andrew.

— Vous rigolez ?

— Non, tu devrais essayer.

— Je préfère m'en tenir au pain blanc et à la gelée de pamplemousse.

— Andrew m'a accompagnée au cinéma, déclara Margo, poussée par un besoin subit de se justifier.

— Ah bon ? fit Stuart d'un air totalement indifférent. Le film était comment ?

— Long, répondit-elle.

— Ta mère l'a même jugé prétentieux.

— Pas complètement, objecta-t-elle en branchant la cafetière. Certaines scènes m'ont émue... mais la fin... Comment dire ? Cela ne m'a pas touchée.

— Rien d'étonnant : vous dormiez.

— Sans blague ? s'exclama Stuart, hilare. Elle s'est vraiment endormie ?

Cramoisie, Margo disposa fébrilement deux tasses sur un plateau et entreprit de découper un gâteau à la banane.

— Alors, vous vous plaisez à Boulder ? demanda son fils à Andrew.

— C'est encore un peu tôt pour le dire, mais jusqu'ici je n'ai pas à me plaindre. Je vais bientôt m'atteler à un nouveau livre. Je serai au calme pour écrire.

— Ce sera quoi, votre livre ?

— Un essai.

— Sur quel sujet ?

— Le système carcéral de Floride.

— Autrement dit, les prisons ?

Stuart n'avait donc pas sommeil ? soupira mentalement Margo.

— C'est cela, répondit gentiment Andrew. Mais la Floride n'est qu'un exemple, un support pour mon étude. Le système pénitentiaire pose des problèmes dans l'ensemble du pays.

— Eh ben, fit Stuart. Au fait, ajouta-t-il en se tournant vers sa mère, papa a appelé. Il paraît que Michelle a oublié un maillot de bain au bungalow. Aliza vient juste de le retrouver, sous le lit. Comme il était à moitié moisi, elle l'a flanqué à la poubelle.

— Elle a eu raison. Il y a eu d'autres coups de fil ?

— Ouais... un certain Eric. Tu l'as rencontré cet été à Chaco Canyon, d'après ce que j'ai compris. Il voulait simplement de tes nouvelles, il n'a pas laissé de numéro. Il te retéléphonera un de ces jours, s'il passe dans le coin.

Eric. Il ne manquait plus que celui-là.

— Bon, reprit Stuart en se levant, son sandwich dans une main, un verre de lait dans l'autre. Je vais me coucher. Bonne nuit.

— Bonne nuit, répliqua-t-elle, soulagée. A demain matin, mon grand.

— Bonne nuit, dit Andrew.

Dès que Stuart eut disparu, Margo saisit le plateau pour l'emporter au salon.

— Je peux peut-être vous aider ?

— Si vous voulez...

Tandis qu'il déposait le plateau sur la table basse, elle brancha la stéréo et chercha une station diffusant de la musique classique, puis rejoignit Andrew sur le divan, devant la cheminée. Il faisait encore trop doux pour allumer du feu, mais, dans un mois ou deux, ils pourraient passer des soirées entières à contempler les flammes. Oh, ce serait si bon d'aimer à nouveau. De vivre avec un homme amoureux. Un homme qui ne sauterait pas dans son pantalon à deux heures du matin pour rentrer chez lui, qui la garderait nichée au creux de ses bras toute la nuit, jusqu'à la fin des temps.

Arrête de délirer !

— Il est gentil, remarqua Andrew, la ramenant brusquement à la réalité.

— Pardon ?

— Stuart... il a l'air gentil.

— L'année dernière à cette époque, il vous aurait accueilli par un vague grognement. Il vous aurait peut-être même mordu. Maintenant, il me rappelle Freddy.

— Son père ?

— Oui.

— Comme toute bonne ex-épouse qui se respecte, vous redoutez que votre fils ressemble à son papa.

— Et vous, en tant qu'ex-mari, vous ne souffrez pas d'une psychose similaire ?

— Pour moi, c'est différent.

Elle se tut, s'attendant à ce qu'il développe sa réponse, partagée entre le désir d'en apprendre davantage sur ses relations avec B.B., et celui de n'en rien savoir.

— Parlez-moi de votre travail, reprit-il, changeant délibérément de sujet.

— Il n'y a pas grand-chose à raconter.

Ce soir, elle n'avait aucune envie de parler de son travail. Elle voulait du romantisme, comme tout à l'heure au cinéma.

— Je suis architecte, spécialisée dans les constructions solaires.

— Où avez-vous fait vos études ?

— D'abord à l'université de Boston. Les Beaux-Arts. J'ai enseigné pendant quelques années, à New York.

— Et ensuite, pourquoi avez-vous viré de bord ?

— Je ne me l'explique pas très bien moi-même. Dix ans d'enseignement, deux enfants... J'avais besoin de bouger. J'ai demandé un long congé, et j'ai repris mes études. Une fois mon diplôme en poche, j'ai trouvé du travail dans un petit cabinet. Ensuite, quand Freddy et moi nous sommes séparés, j'ai décidé de m'oxygéner un peu, et j'ai atterri à Boulder. Et me voilà.

— Il y a longtemps que vous êtes divorcée ?

— Cinq ans. Et vous ?

— Six. Vous l'ignoriez ?

— Oui. Ça vous étonne ?

— Eh bien, je pensais que Francine et vous étiez des amies...

— Nous entretenons des relations amicales. L'amitié, c'est autre chose.

Impatientée, elle remplit les tasses une seconde fois. Les hommes n'avaient vraiment aucune imagination, c'était chaque fois la même histoire. Parlez-moi de votre travail, de vos études, de votre divorce, de vos problèmes avec vos enfants. Quelle barbe !

98

— Tout ceci pour vous dire, poursuivit-elle avec irritation, que je ne sais rien de vous, sinon que vous écrivez et...

— Et que voulez-vous savoir ?

Il lui coupait sa tirade, ce monstre ! Elle s'apprêtait à lui déclarer qu'elle ne s'intéressait pas spécialement à lui. Qu'il semblait sympathique, intelligent, tout à fait charmant, mais que vu les circonstances...

— J'ai longtemps été reporter au *Miami Herald*, avant de donner ma démission. Puis je suis parti en Israël vivre dans un kibboutz, mais je n'y ai pas trouvé ce que je cherchais. A mon retour en Amérique, j'ai publié un roman. Depuis environ deux ans, je travaille en free-lance, je mène des enquêtes sur les problèmes de société. J'aime votre bouche, c'est une bouche qui doit souvent sourire. Vous êtes très jolie, en avez-vous conscience ?

— Je vous en prie.

— Oui ?

— Je crois préférable d'éviter les propos de ce genre.

— Pourquoi ?

— Vous voyez très bien à quoi je fais allusion.

— Pas du tout.

— Je vous enverrai une longue lettre pour vous l'expliquer, d'accord ?

— Excellente idée. Je vous donne mon adresse ?

— Inutile, je me la rappelle. Je serai ravie de lire votre livre.

— Je vous en apporterai un exemplaire.

— Merci. Et maintenant, il faut que j'aille dormir. Je me lève tôt demain matin.

— Quand comptez-vous m'inviter à dîner ? demanda-t-il en se redressant. Vous devez impérativement offrir un repas de bienvenue à chaque nouveau voisin.

— Vous avez encore pêché ça dans le guide du savoir-vivre ?

— Oui, page quarante-deux.

— Vous m'en direz tant.

— Evidemment, je pourrais vous convier chez moi. Je suis passable pour les *lasagne verdi*, remarquable pour le curry de poulet. En ce moment, je m'entraîne sur des *zucchini* farcis.

— Je salive déjà.

— Alors, quand dînons-nous ensemble?

— J'y réfléchirai.

— Je vais tous les après-midi à la piscine de la cité universitaire. Ça vous amuserait de m'accompagner, un de ces jours?

— Je ne nage pas vraiment comme un poisson. L'eau m'entre toujours dans les narines, ça me fait éternuer.

— Je vous achèterai un pince-nez.

— Avec ça, j'aurai l'air d'une grenouille.

— Qu'est-ce qui vous déplaît chez les grenouilles?

— Elles sont vertes et visqueuses.

— Exact.

Elle le reconduisit au rez-de-chaussée et ouvrit la porte.

— Je suis en train de lire Proust, déclara-t-il tout à trac. *La Prisonnière.*

— Moi, je n'ai jamais pu terminer *Du côté de chez Swann.*

— Dans ce cas, vous n'êtes pas romantique.

— Et pourquoi cela?

— Si vous l'étiez, vous aimeriez Proust.

— Votre argument se discute.

Ils sortirent sur le perron, noyé dans l'ombre. Elle oubliait toujours de remplacer l'ampoule grillée de l'applique murale.

— Au fait, pourquoi me racontez-vous tout cela? demanda-t-elle.

— Je veux sans doute que vous me connaissiez mieux. Que vous m'appréciiez.

— Je vous apprécie. Maintenant, rentrez chez vous.

— Si nous faisions trempette dans votre jacuzzi?

— Non, pas ce soir.

— Quand?

— Je n'en sais rien. Peut-être jamais.

— Ce serait vraiment dommage.

Elle haussa les épaules.

— Margo... Je peux vous embrasser?

— Non.

— Je peux quand même vous serrer la main?

Elle lui tendit sa main. Le contact de sa paume

contre la sienne fit naître un frisson délicieux le long de son bras, dans tout son corps. Elle avait le vertige.

Une vraie gamine. Une petite gourde romantique.

— Bonne nuit, Margo, murmura-t-il.

— Bonne nuit, Andrew.

Elle s'écarta de lui juste à temps. Une seconde de plus, et elle se retrouvait dans ses bras, bouche contre bouche. Au lieu de quoi, elle se détourna sagement, rentra dans le hall et referma la porte derrière elle.

Elle se brossait les dents, quand la petite voix familière, son censeur intime, résonna dans sa tête.

Ça recommence comme avec Leonard.

Ça va pas, non ? Il ne ressemble pas du tout à Leonard.

N'empêche que ces frissons...

Attraction purement physique.

Elle appuya furieusement sur le tube de pâte dentifrice.

Tu ne comptes quand même pas me convaincre ?

Bon, admettons. Ce type m'attire énormément. Mais il est très gentil.

Et Leonard, tu ne le trouvais pas « gentil » ?

Si, bien sûr... au début... après, je me suis aperçue qu'il était complètement névrosé.

Et comment sais-tu que celui-là n'est pas cinglé, lui aussi ?

Je n'en sais rien, évidemment. Nous nous connaissons à peine.

Ah ! C'est précisément ce que j'essaie de te dire.

Margo se coucha.

Les aventures qui ne menaient nulle part, c'était terminé pour elle. Promis, juré. Désormais, elle ne s'intéresserait qu'aux hommes soucieux de bâtir un vrai couple. Des divorcés, des veufs, ou des célibataires. A choisir, elle préférait toutefois un divorcé. Il n'invoquerait pas sans arrêt le cher fantôme de la disparue et, au moins, il aurait une certaine pratique du mariage. Il aurait des enfants du même âge que les siens, peut-être même un peu plus grands. Pouponner ne la tentait vraiment pas. Dans un an et demi environ, Stuart et Michelle quitteraient le nid. Elle aurait enfin le loisir de penser un peu à elle : pas question de sacrifier cette liberté à un jeune papa muni d'une ribambelle de gamins.

Elle le voyait déjà, cet homme de rêve. Il aurait une grande expérience des femmes et de la vie, et serait donc heureux et soulagé de s'assagir, de se fixer. Il ne deviendrait pas pour autant pantouflard et routinier. Non, bien sûr que non. Mais il ne ressentirait plus le besoin lancinant d'aller chercher ailleurs, pour se prouver Dieu sait quoi. Ensemble, ils se concentreraient sur l'essentiel. Il afficherait des opinions libérales, mais ne militerait pas pour ses idées. Les révolutionnaires attardés, non merci. Il ne serait pas un maniaque du ménage et du rangement. Il n'aurait pas non plus la manie de collectionner n'importe quoi, comme Leonard qui ne se décidait pas à divorcer par peur de perdre ses De Kooning, ses tapis persans et ses porcelaines Ming. En un mot, ils couleraient des jours paisibles, pleins de rires et de passion, sans demander l'impossible.

Oui, il ferait bon vivre avec lui, l'homme tranquille, le compagnon fidèle.

Andrew était probablement couché maintenant. Peut-être pensait-il à leur soirée, à elle. Si elle n'avait pas refusé son baiser, si elle l'avait suivi jusque chez lui, ils seraient à présent étendus côte à côte. Nus, enlacés. Elle adorerait l'embrasser. Sa lèvre inférieure était charnue, sensuelle; elle appelait le baiser, la morsure. Et ses cheveux, si fins... Ce devait être doux d'y glisser ses doigts, de les écarter pour découvrir la nuque et y presser sa bouche.

Ça suffit, Margo! Dors.

Dormir... Comment trouver le sommeil, tu peux me le dire?

Commence d'abord par fermer les yeux. Compte les moutons. Ou tes amants. Ce que tu veux. Mais arrête de rêvasser au Roméo d'à côté. Sinon, tu finiras par te prendre pour Juliette. A quarante ans!

CHAPITRE XII

ICHELE avait les jambes couvertes d'urticaire. D'après le médecin, elle s'était probablement fait mordre par des puces pendant l'été, ce qui avait provoqué une réaction allergique. Il lui avait prescrit une pommade blanche, à appliquer deux fois par jour. Mais comme elle était toujours en retard le matin, elle oubliait généralement de se soigner. Conclusion, ses jambes la démangeaient atrocement et elle se grattait jusqu'au sang.

Cette année, ça ne se passait pas trop mal au lycée. Elle aimait bien son professeur d'anglais, et aussi celui de chimie. Sans oublier Gemini, la nouvelle de la classe. Il y avait une chance pour qu'elles deviennent amies. De vraies amies. Elle arrivait même à s'entendre à peu près avec sa mère, qui s'était sensiblement améliorée ces derniers temps. Margo ne la tarabustait plus sans arrêt, et elles n'avaient pas encore eu de dispute sérieuse depuis que Michelle était rentrée de New York.

Ce soir, Puffin dînerait à la maison. Elles étaient dans la même classe, mais n'avaient jamais éprouvé d'amitié l'une pour l'autre. Puffin était gâtée, pourrie, elle se pavanait dans les rues de Boulder au volant de sa Porsche. La princesse du Texas. Michelle ne comprenait pas comment sa mère pouvait tenir autant à Clara.

— Je ne juge pas mes amis à travers leurs enfants,

lui avait dit Margo un jour qu'elles abordaient le sujet. Comme tu ne juges pas les tiens à travers leurs parents.

— Voyons, maman, Puffin est le produit de son environnement. Si elle est comme ça, Clara en porte évidemment la responsabilité.

— Clara a beaucoup évolué au fil des ans. Sa fille changera aussi. Ce n'est pas sa faute si ses parents ont tellement d'argent qu'elle ne sait pas comment le dépenser. Elle achète une voiture comme toi un paquet de bonbons. N'oublie pas ça.

— N'empêche que je ne l'aime pas. Je n'apprécie pas sa façon d'envisager l'existence.

— C'est ton droit le plus strict.

Bref, Margo avait invité Puffin à dîner. Après quoi, elle avait décidé de convier également Andrew Broder, le père de la punaise, sous prétexte qu'il ne connaissait encore personne en ville et qu'il se sentait un peu seul. Du coup, Michelle avait demandé la permission d'inviter aussi Gemini, qui se trouvait dans la même situation que le voisin.

Gemini était indienne, originaire d'une réserve du Nouveau-Mexique. Elle vivait à présent dans la famille d'un anthropologue, professeur à l'université du Colorado. Il l'avait rencontrée un an plus tôt, au cours d'un séjour d'étude dans la réserve. Il avait persuadé les parents de Gemini de lui permettre d'emmener leur fille à Boulder, où elle pourrait bénéficier d'un enseignement à la hauteur de sa remarquable intelligence. La mère et les quatre sœurs aînées de Gemini étaient célèbres pour leurs poteries, qui valaient des fortunes. Margo allait souvent les admirer dans la galerie d'art indien, sur le Mall.

Gemini avait l'ambition d'étudier à Harvard, Yale, ou M.I.T. Elle savait qu'elle n'aurait aucun mal à y entrer et à obtenir une bourse, grâce à son appartenance ethnique. Les grandes écoles se battaient pour recruter des Indiens. C'était à la mode.

En réalité, elle ne s'appelait pas vraiment Gemini. Elle avait choisi ce prénom parce qu'il lui semblait plus approprié à sa nouvelle existence. Michelle et elle avaient de nombreux points communs. Elèves studieuses, résolument vierges, elles considéraient Stuart et ses copains comme de parfaits imbéciles qui, pour reprendre les mots de Gemini, ne connaissaient pas le secret du monde. Michelle ne saisissait pas bien toute la portée de ce jugement, mais il s'agissait vraisemblablement d'une question de priorités, de valeurs morales. Or, pour les principes, Michelle ne craignait personne. Ceci expliquait sans doute pourquoi Gemini avait choisi de se lier avec elle.

Donc, il y aurait six convives. Michelle décida de cuire du pain et des macarons pour le dessert. Margo mitonna un poulet à la marengo, sa grande spécialité, et Andrew Broder apporta la salade et le vin. Michelle n'aimait pas du tout la façon dont ils se regardaient, ces deux-là.

A table, Puffin n'arrêta naturellement pas de minauder. Elle ne parlait pas, elle gazouillait.

— Oh, Margo... ce poulet est tout simplement divin! Oh, Stuart, je te trouve très beau avec tes cheveux courts! Oh, monsieur Broder, j'espère que vous vous plaisez à Boulder autant que moi!

Michelle n'aimait pas non plus la manière dont son frère louchait sur cette mijaurée. Puffin ne savait pas se tenir. Avait-on idée de flirter ainsi, devant tout le monde? Ecœurant. Gemini ne disait rien. Elle mangeait tranquillement, mais aucun détail ne lui échappait. Sa natte trempait un peu dans son assiette, elle avait du riz collé à ses cheveux.

Margo avait un peu trop bu, ce qui la rendait toujours exubérante. Seigneur, Michelle détestait la voir dans cet état. C'était épouvantablement embarrassant. Margo n'en avait donc pas conscience? A un moment, Andrew Broder lui prit la main dans un geste qui ne trompait pas. Et voilà. Sa mère était évidemment folle de ce type. Michelle repensa à cette soirée du printemps dernier, quand elle avait crié au feu en apprenant que Margo comptait louer l'appartement des Hathaway pour l'ex-mari de B.B. Si seulement elle avait pu lui faire comprendre qu'elle cherchait surtout à la protéger. Elle avait immédiatement flairé ce qui arriverait. Elle avait senti que sa mère allait fatalement tomber amoureuse de son voisin, s'engager dans une autre aventure. Mon Dieu, elle exécrait ce mot : « s'engager ».

Margo aurait dû tirer une leçon de son expérience avec Leonard. Mais non, elle s'entêtait à courir au-devant du désastre.

Puffin et Stuart insistaient un peu trop sur le vin, eux aussi. Quand Michelle apporta les macarons et la crème glacée, Puffin était quasiment sur les genoux de Stuart. Naturellement, Margo ne prêtait aucune attention à leur tenue scandaleuse. Elle était pratiquement sur les genoux d'Andrew Broder. Et Gemini observait la scène en silence. A présent, elle avait de la glace dans les cheveux.

Ils se levèrent tous pour aider à débarrasser la table, puis Margo les mit à la porte. La cuisine était trop petite pour tout ce monde, prétendit-elle, Andrew Broder et elle se chargeraient de laver la vaisselle. *Oh, maman, qui crois-tu abuser ?*

A onze heures, Puffin reconduisit Gemini chez elle. Un quart d'heure après, le téléphone sonna. Michelle et Stuart décrochèrent en même temps, chacun dans leur chambre. C'était Puffin, qui demandait Stuart. Ils restèrent au moins une heure en ligne, estima Michelle. Elle ne put malheureusement évaluer avec exactitude la durée de leur conversation, vu qu'elle s'endormit sur son livre. Par conséquent, elle ne sut pas non plus à quelle heure Andrew Broder avait quitté la maison. Elle s'était pourtant promis de contrôler.

CHAPITRE XIII

Sara allait enfin pouvoir dormir chez son père. Ivre de joie, elle téléphona aussitôt à Jennifer pour lui communiquer la fantastique nouvelle.

— C'est bizarre, marmonna pensivement son amie. La semaine dernière, quand tu lui as demandé de rester là-bas, ta mère a bien poussé des hurlements ?

— Oui. Je suppose que, depuis, elle a changé d'avis.

— Enfin... Un tiens vaut mieux que deux tu l'auras : c'est ma devise. Remarque, Omar l'avait prédit. *Vous avez le courage de vos opinions, et vous savez amener votre entourage à partager vos vues.*

Toutes deux lisaient assidûment « La carte du ciel, par Omar ». En fait, c'était même la seule raison qui les incitât à ouvrir quotidiennement le *Daily Camera*. A l'occasion, elles jetaient un coup d'œil au courrier du cœur, qui se révélait parfois intéressant.

— Tu crois que c'est ça, l'explication ? Parce que j'ai « le courage de mes opinions » ?

— Peut-être bien.

De toute manière, Sara ne s'aviserait pas d'interroger sa mère sur son brusque revirement. Mieux valait adopter la devise de Jennifer.

Le week-end dernier, Lewis, l'ami de B.B., était venu à Boulder pour voir les trembles. Chaque année au début d'octobre, ils devenaient tout jaunes et la forêt qui couvrait le flanc de la montagne ressemblait à un tapis d'or. Il avait offert à Sara un sweat-shirt portant l'inscription *Les amoureux aiment le Minnesota*. Elle s'était bien gardée de lui dire qu'on vendait exactement les mêmes dans la librairie du campus, avec l'inscription *Les amoureux aiment le Colorado*. Pour elle, le Minnesota représentait un rectangle vertical en haut de la carte des Etats-Unis qu'elle avait dû mémoriser lors de sa première semaine de lycée. Le professeur d'histoire leur avait permis de colorier les différents Etats, et Sara avait choisi le turquoise pour le Minnesota.

Elle ignorait si Lewis était simplement un ami de sa mère, une relation d'affaires, ou son nouvel amant. Comme ils s'étaient rencontrés en Californie, où B.B. avait connu Mitch, elle s'inquiétait. Et s'il allait ressembler à cet affreux bonhomme ? Mais non. Il semblait plutôt vieux, gentil, et il lui avait même montré la photo de ses petits-enfants. Sara avait bien observé sa mère et Lewis, et elle en avait conclu qu'ils ne dormaient certainement pas ensemble. D'abord, parce que Lewis logeait au *Boulderado ;* ensuite, parce qu'ils ne se tenaient pas par la main et ne se chuchotaient pas des choses à l'oreille.

Quoi qu'il en soit, sa mère lui avait proposé de passer la nuit du samedi soir chez Jennifer. Sara avait illico tenté sa chance en implorant la permission d'aller chez son père. Et c'est là que B.B. avait explosé.

— Pourquoi me fais-tu cela ?

— Quoi ?

— Tu cherches vraiment à me blesser ? C'est tellement méchant de me parler ainsi...

— Mais qu'est-ce que j'ai dit ?

— Je ne tolérerai pas ça, je te préviens.

— Bon... j'irai chez Jennifer.

Le samedi suivant, ce fut donc avec une intense stupéfaction qu'elle apprit la formidable nouvelle, de la bouche même de sa mère : elle passerait la nuit chez son père.

Le lendemain, elle se leva de très bonne heure et descendit à la cuisine sur la pointe des pieds, pour ne pas importuner B.B. Le moindre bruit risquait de lui attirer des réprimandes ou, pire, une punition : par exemple, l'interdiction de partir. Depuis quelque temps, sa mère la houspillait sans arrêt. Sara avait beau se creuser la tête, elle ne comprenait pas ce qu'elle faisait de mal.

B.B. ne se leva pas pour l'embrasser, ce que Sara jugea extrêmement bizarre, sa mère étant généralement très matinale. En désespoir de cause, elle décida donc de lui laisser un petit mot, où elle lui expliquait qu'elle s'en allait, qu'elle avait préparé la pâtée de Lucy, et qu'elle lui souhaitait un excellent week-end.

L'après-midi, Andrew et elle firent une longue promenade à bicyclette. Il avait emprunté les vélos à Margo, précisa-t-il. Puis, le soir, ils s'offrirent une séance de cinéma. On jouait un film intitulé *10*, une histoire rigolote avec quelques scènes un peu osées.

Le dimanche, ils emballaient du fromage et du pain pour un pique-nique en montagne, quand on frappa à la porte. C'était Margo.

— Je vous rapporte votre livre.

Sara n'eut pas besoin de déchiffrer le titre ni le nom de l'auteur pour reconnaître l'ouvrage : le roman de son papa !

— Je ne saurais vous dire à quel point j'ai été émue... bredouilla Margo.

— Merci, répondit-il. Mais je ne veux pas que vous me le rendiez, il est à vous. Attendez... ajouta-t-il en cherchant un stylo sur son bureau, je vais vous le dédicacer.

Sara ne put évidemment pas lire ce que son père avait écrit sur la page de garde, mais Margo, en découvrant la dédicace, devint subitement toute chose. Elle fixait le bout de ses chaussures en se dandinant, et semblait presque sur le point de pleurer.

— Je vous ai écrit un mot, moi aussi, dit-elle en feuilletant fébrilement le livre.

Une petite enveloppe bleue tomba sur le sol. Comme mus par un ressort, Andrew et Margo s'accroupirent pour la ramasser et se cognèrent durement la tête. Tous deux se mirent à rire en se frottant le crâne.

— Cet après-midi, nous projetons une balade en montagne, annonça-t-il. Vous venez avec nous ?

Margo se redressa, lissa sa jupe, et contempla longuement Sara qui la regardait en silence.

— Non... une autre fois, peut-être. Il faut que je travaille, j'ai du retard à rattraper.

Sara réprima un soupir de soulagement. Que son père ait eu l'idée saugrenue d'inviter Margo à les accompagner la dépassait. Le dimanche, c'était *leur* jour.

Le soir, en la reconduisant à la maison, il affirma avoir passé deux merveilleuses journées. Il espérait pouvoir bientôt la garder une semaine entière avec lui.

Elle répondit que ce serait épatant.

... Lorsqu'elle la rejoignit dans le salon, sa mère paraissait très énervée, beaucoup plus en tout cas que les autres dimanches soir. Elle bombarda littéralement Sara de questions.

— Alors, qu'avez-vous fait aujourd'hui?

— On a pique-niqué en montagne.

— Qu'est-ce que vous avez mangé?

— Du fromage... du Cheddar, je crois. Du pain et des pamplemousses.

— Vous étiez seuls... rien que vous deux?

— Oui.

— Tu n'as pas vu Margo?

— Si, elle est passée rapporter un livre à papa. Mais je ne sais pas de quel livre il s'agissait, ajouta précipitamment Sara.

— Et samedi soir, qu'avez-vous fait?

— On est allé au cinéma.

— Pour voir quoi?

— *10.*

— Quoi? Ce n'est pas un film pour les enfants!

— Moi, je l'ai trouvé marrant.

— Il n'a pas une once de bon sens, pas la moindre jugeote.

— C'est pas grave, maman... L'histoire était facile à comprendre, je t'assure.

— Là n'est pas la question.

L'estomac noué, Sara porta instinctivement les doigts à sa bouche.

— Ne te ronge pas les ongles!

B.B. se détourna et regarda par la fenêtre. Immobile,

Sara retenait son souffle, priant le ciel que cet interrogatoire s'achève.

— Tu as dormi dans des draps propres, au moins ? demanda sa mère en revenant vers elle.

— Oui, des draps à rayures.

— Et quand vous n'êtes pas au cinéma ou dans la montagne, à quoi vous occupez-vous ?

— On discute.

— De quoi ?

— Ben, je sais pas... De tout et de rien.

— De moi, par exemple ?

— Non. On ne parle jamais de toi.

Ce commentaire ne s'imposait peut-être pas, cependant Sara se figurait qu'il contenterait sa mère. De plus, c'était la stricte vérité.

— Pourquoi ne parlez-vous jamais de moi ?

— Je ne sais pas... Comme ça.

— Tu as peur de prononcer mon nom devant lui, de lui expliquer combien nous nous aimons, toutes les deux ?

— Mais non, maman. Je n'ai pas peur !

— Heureusement.

— Seulement, je voudrais bien que tu ne me poses pas toutes ces questions chaque fois que je reviens de chez papa.

— Pourquoi ?

— Ça serait mieux... voilà.

— Je ne te comprends pas, Sara. Quand on est profondément attaché à quelqu'un, on s'intéresse à lui. Toi aussi, tu as bien envie de me demander comment j'ai passé le week-end ?

Franchement, pour l'instant, Sara aurait préféré changer de sujet.

— Tu as envie de me le demander, continua B.B., parce que tu m'aimes et que tu penses à moi. N'est-ce pas... n'est-ce pas que tu m'aimes... et que tu penses à moi ?

Et voilà. Sa mère avait les yeux pleins de larmes, et sa voix tremblait.

— Oui, maman. Alors, tu t'es bien amusée ce week-end ?

— Non. Je me suis sentie très seule, tu m'as terriblement manqué.

— Qu'est-ce que tu as fait ?

— Rien.

— Tu n'es pas sortie avec tes amis ?

— Non.

— Mais... la semaine dernière, tu es pourtant sortie avec Lewis et tu t'es bien amusée, non ?

— C'était différent. D'ailleurs, Lewis habite à Minneapolis.

— Et tes autres amis ? Tu les vois souvent, d'habitude. Pourquoi tu ne les as pas appelés ?

— Sans doute parce que tu me manquais trop. Je ne sais plus que faire de moi, quand tu t'en vas.

— Tu ne devrais pas, maman. Jennifer dit que, chaque fois qu'elle part chez son père, sa mère en profite pour s'amuser. Toutes les femmes divorcées fonctionnent comme ça.

Sara ne comprenait vraiment rien. Sa mère ne se plaignait jamais lorsqu'elle dormait chez Jennifer.

— Eh bien, pas moi, hoqueta B.B. en se mouchant. Mais je ne suis quand même pas restée tout le temps à la maison. Clara m'avait invitée à sa réception. Elle est rentrée de voyage.

— C'était bien ?

— Oui, les soirées de Clara sont toujours très réussies. Elle m'a présentée à son ex-mari. Ils envisagent de revivre ensemble.

— Tu crois que papa et toi vous pourriez vous remarier ?

— Cela te plairait ?

— Comme ça, tu ne te sentirais plus seule.

— C'est vrai. Et je n'aurais plus à te partager, n'est-ce pas ?

B.B. esquissa un sourire, un curieux petit sourire tout de guingois, que Sara observa avec perplexité. Sa mère était vraiment bizarre.

Epuisée, elle s'étira en bâillant.

— J'ai sommeil, maman. Je vais me coucher.

Un peu plus tard, B.B. vint la border dans son lit. Elle lui caressa les cheveux, lui posa un baiser sur le front.

— Je t'aime, mon poussin.

— Moi aussi, je t'aime.

— Pour combien de temps ?

— Pour toujours.

— Moi aussi.

Une fois seule dans sa chambre, Sara se pelotonna sous ses couvertures. Elle avait peur. Tantôt sa mère se fâchait contre elle, et tantôt elle la couvrait de baisers. Elle ne savait plus sur quel pied danser. Elle se sentait comme une toupie, entraînée dans un tourbillon infernal et risquant à tout instant de s'effondrer sur le sol.

CHAPITRE XIV

POUR la réception de Clara B.B. étrennait une nouvelle toilette, une robe pourpre avec une ceinture ton sur ton. De loin, elle était vraiment sensationnelle, se dit-elle en jetant un coup d'œil à son reflet dans l'immense miroir de la chambre de maître. Mais, de près, on ne pouvait pas ne pas remarquer ses joues creusées, ses yeux cernés et comme éteints.

Elle se réjouissait du retour de Clara, et était curieuse de voir le tour que prendraient ses relations avec Robin. A en croire Clara, leur mariage avait été presque idéal, jusqu'à ce qu'il perde la tête pour le chou à la crème. Un mariage presque idéal. Andrew et elle auraient peut-être pu vivre la même chose. Clara lui avait un jour demandé la cause de leur échec. Elle avait failli lui parler de l'accident, de Bobby, mais n'en avait pas eu le courage. Rouvrir cette blessure, s'exposer à nouveau à cette atroce souffrance dépassait ses forces. « Oh, rien de très original, avait-elle répondu. Nous nous sommes simplement mariés trop jeunes. » Clara n'avait pas insisté.

Robin Carleton-Robbins ressemblait à l'image qu'elle s'était forgée de lui. Grand, maigre, le regard noir, il était affecté d'un léger bégaiement et s'exprimait avec une pointe d'accent texan. Il semblait timide et plutôt mal à l'aise au milieu des autres invités. Clara avait expliqué à tout le monde qu'il était venu rendre visite à Puffin ; seule B.B. connaissait la vérité : tous deux envisageaient sérieusement de revivre ensemble.

Peut-être devrait-elle les imiter, tenter de tout recommencer avec Andrew. Ce ne serait naturellement pas facile, d'autant que cette idée lui inspirait des sentiments mitigés. Il y avait là du positif et du négatif. D'un côté, elle ne redouterait plus de partager, voire de perdre, Sara. Et Andrew était toujours séduisant. Elle le persuaderait de se couper les cheveux, de se raser la barbe, et lui achèterait des vêtements décents. Il était aujourd'hui un auteur célèbre, sur le point d'écrire son second livre. Un écrivain à succès n'a pas une dégaine de vagabond. Elle n'avait évidemment pas lu son roman — et il n'était pas question qu'elle le fît un jour — mais elle savait qu'il avait été salué par la critique.

D'un autre côté, Andrew était toujours le même homme. Jamais elle ne pourrait le changer, ni se fier à lui. Et il ne serait jamais en adoration devant elle, comme Lewis. Son histoire avec Lewis n'avait rien de destructeur, de douloureux. Bref, elle était indécise.

Sa mère lui avait téléphoné quelques jours auparavant, en lui laissant entendre qu'elle n'était pas étrangère à la venue d'Andrew.

— Tu lui donnes au moins une chance, Francie ?

— Une chance de quoi ?

— De reprendre la vie commune.

— Tu penses qu'il le souhaite ?

— Pourquoi se serait-il installé à Boulder ?

— Pour se rapprocher de Sara, tout simplement.

— Ce n'est pas la seule raison... crois-moi.

— Explique-toi plus clairement, maman. Il t'a dit quelque chose avant son départ ?

— Je sais ce que je sais.

— C'est-à-dire ?

— Il n'est pas bon pour une femme de rester seule.

— Maman...

— Ne m'interromps pas, Francine. Ta réussite professionnelle me comble, je suis profondément fière de toi. Mais à long terme, une femme a besoin d'autre chose. Elle a besoin d'un homme, voilà.

— Maman, je ne...

— Ne proteste pas, c'est la vérité toute pure.

116

— Je n'ai pas envie de parler de ça.

— De quoi veux-tu donc que nous discutions... de la pluie et du beau temps ?

— Exactement. Il fait beau, chez vous ?

— Un soleil superbe.

— Et l'oncle Morris ?

— En pleine forme. Il joue au golf tous les jours, et il surveille sa ligne. Nous nous sommes mis au régime sans sel, tous les deux. Comment va Sara ?

— Très bien.

— Quand la verrai-je ?

— Sans doute à Noël. Nous passerons les fêtes de Thanksgiving à Minneapolis.

— Minneapolis ? Tu connais quelqu'un dans cette ville ?

— Un ami.

— Depuis quand le fréquentes-tu ?

— Depuis cet été.

— Ah bon...

Si Andrew songeait à reprendre la vie commune, il lui faudrait faire le premier pas. Et il avait intérêt à se manifester avant Noël : Lewis lui avait déjà proposé de l'emmener à Hawaii pour les vacances, et elle n'avait pas l'intention de refuser son offre à la légère.

B.B. se tenait immobile devant la monumentale cheminée de pierre, dans le salon de Clara. La maison elle-même était extraordinaire : un palais de verre érigé au sommet d'une colline, avec une vue panoramique sur Boulder dont les lumières scintillaient en contrebas. Elle avait été mise en vente trois ans plus tôt, par la famille d'un bouddhiste richissime et alcoolique qui, un soir de beuverie, s'était précipité dans un ravin au volant de sa voiture. Clara l'avait immédiatement achetée par l'intermédiaire de B.B.

Elle balaya du regard la foule qui se pressait dans la salle. Oh, non ! Clint, le politicien qui la surnommait « B.B. la Rousse », était là. Il l'avait aperçue et agitait la main pour attirer son attention. Elle détourna les yeux, espérant qu'il comprendrait le message. Si jamais il s'avisait de parler d'elle à quelqu'un, d'insinuer qu'il la connaissait bien, elle le démolirait.

Elle l'avait rencontré quelques années auparavant, lors d'une réception chez le maire de la ville. Un peu grise, elle s'était laissée aller à flirter. Il comptait se présenter aux élections du Congrès, lui avait-il fièrement expliqué, tout en la serrant de près. Il était jeune, extrêmement attirant; elle n'avait pas eu le cœur de refuser son offre de la reconduire chez elle. Il en avait bien sûr profité pour l'emmener dans sa garçonnière et lui avait fait l'amour à la va-vite sur le canapé du salon, en lui murmurant des mots espagnols à l'oreille. C'était là le seul souvenir qu'elle gardait de cette soirée.

Ensuite, elle l'avait revu de loin en loin. Un jour qu'elle avait crevé, elle s'était fait remorquer jusqu'au garage Big-O. Il était là, en train d'acheter un nouveau train de pneus pour sa jeep. Il l'avait saluée avec chaleur.

— Bonjour, belle rousse... Comment va?
— Pardon?
— C'est moi, Clint... Tu ne te rappelles pas?
— Non, excusez-moi.
— La soirée chez le maire...
— Oh, oui. Bien sûr. Je suis ravie de vous revoir.

Récemment, elle avait lu un article sur lui dans le *Daily Camera*. Il était candidat aux élections législatives de l'Etat et, d'après le journaliste, il avait une bonne chance d'obtenir un siège.

Elle avisa Margo, à l'autre bout de la pièce, en grande conversation avec Caprice, l'une des antiquaires de la ville. Margo portait l'ensemble en daim que B.B. l'avait aidée à choisir. Apercevant son amie toute seule devant la cheminée, elle abandonna son interlocutrice et s'approcha.

— Bonsoir, B.B. Comment vas-tu?
— Bien.
— Comment trouves-tu mon ensemble? demanda Margo en tournant lentement sur elle-même.
— Tu aurais peut-être dû prendre la taille au-dessus. Il me semble qu'il te serre un peu à la poitrine.
— Tu crois? Je m'y sens pourtant à l'aise. Il s'élargira sans doute à l'usage.
— Sans doute.
— Tu as fait la connaissance de Robin?

— Oui. Boulder est envahi par les ex-maris, il ne manque plus que le tien.

— Ça m'étonnerait que Freddy vienne ici! rétorqua Margo en riant. Il considère notre bonne ville comme l'extrême limite du monde civilisé.

— A propos d'ex-maris, il paraît que tu es en très bons termes avec le mien.

Margo baissa le nez, subitement fascinée par sa coupe de champagne.

— Nous sommes voisins, alors, forcément...

— Il sait se montrer charmant, n'est-ce pas?

— Oui, effectivement.

— Mais on ne peut absolument pas compter sur lui.

— Je ne le connais pas assez pour en juger.

— Tu n'as pas vu Sara, par hasard?

— Si, très brièvement. Elle semblait contente.

— Je n'aime pas qu'elle passe tout ce temps avec lui.

— Je comprends combien c'est difficile. Chaque fois que mes gamins prennent l'avion pour aller chez leur père, j'ai peur de ne plus jamais les récupérer.

— Comment réagirais-tu si Freeddy s'installait à Boulder et exigeait de passer tous les week-ends avec tes enfants?

— J'accepterais mieux ces deux jours de repos hebdomadaires que la présence de Freddy en ville. Mais je me ferais une raison, puisque je n'aurais pas le choix.

Pas le choix. C'était ce que Clara lui avait dit dans la semaine, alors qu'elles déjeunaient ensemble.

— Il est là, et Sara veut le voir. Pourquoi compliquer encore la situation? Laisse-la dormir chez lui, comme il te le demande.

— Pourquoi devrais-je satisfaire ses exigences?

— Parce qu'elles sont raisonnables. Et que, si tu t'acharnes, tu finiras par craquer. Regarde-toi, regarde tes yeux. Qu'as-tu donc à perdre en permettant à la petite de rester chez lui pour la nuit?

— Tout...

— Tu adores Sara, cependant tu ne pourras jamais contrôler entièrement sa vie.

B.B. avait hoché la tête, tristement.

— Tu as raison. Samedi, elle dormira chez lui.

— Voilà qui est mieux. Et toi, tu viendras à ma réception. Je veux que tu connaisses Robin.

— Si vous reprenez la vie commune, tu penses que cela marchera ?

— Je l'ignore. Une seule chose est sûre : en quatre ans, je n'ai rencontré personne susceptible de le remplacer... Et pourtant, Dieu sait que ce n'est pas faute d'avoir essayé !

Clara avait éclaté d'un rire joyeux, puis avait enchaîné :

— Et maintenant, si nous nous offrions un dessert bien bourratif ? Que dirais-tu d'un gâteau à la noix de coco ?

— Je goûterai une bouchée du tien.

CHAPITRE XV

L E dimanche soir, pendant le dîner Michelle
demanda :
— Comment s'est passée la réception de
Clara ?

— Très bien, répondit Margo. J'ai fait la connaissance de son ex-mari.

— Ils ne sont pas officiellement divorcés, objecta
Stuart. Il n'est donc pas son ex-mari.

— Et il est comment ? coupa Michelle.

— Timide, mais sympathique.

— Sympathique ! C'est un mot fourre-tout, maman.
Cela ne signifie absolument rien.

— Que veux-tu que je te dise ? Nous nous sommes à
peine serré la main.

— Puffin le déteste, déclara Stuart. Il les a royalement laissées tomber, tout ça pour se tirer avec une
petite nana qui travaillait sous ses ordres.

— Au moins, Clara n'a jamais manqué d'argent,
rétorqua sa sœur. Contrairement à certaines femmes
qui se retrouvent sans un sou.

— Voilà précisément pourquoi il faut s'armer contre
les coups du sort, rétorqua Margo à sa fille. Si tu es
financièrement indépendante, tu peux tout affronter.

— Il n'est pas seulement question d'indépendance,
décréta Stuart. L'argent, c'est essentiel. Inutile de se
voiler la face. Si tu as du fric, tu as le pouvoir, les
moyens de te payer du bon temps et de prendre ta
revanche sur la vie.

Margo reposa sa fourchette.

— D'où tiens-tu cette théorie ? s'enquit-elle posément.

— D'Aliza ! clama Michelle.

— Aliza ? s'étonna Margo.

— Tu ne te rends pas compte, maman, dit Michelle. Elle vit comme une princesse ! Il n'y a pas un seul objet de pacotille dans sa maison, la moindre petite cuillère porte l'estampille d'un orfèvre. C'est simple : elle croque l'argent de papa à mesure qu'il le gagne.

— Boucle-la, espèce de mauvaise langue ! cria Stuart. Il fait comme elle, et ils ont bien raison. Pourquoi n'auraient-ils pas le droit de mener la belle vie ? Ils l'ont mérité, non ? Il a trimé comme un fou pendant des années ; quant aux parents d'Aliza, ils ont été déportés pendant la guerre...

Il se tourna vers Margo.

— Tu le savais, maman ? Les parents d'Aliza ont été déportés à Treblinka.

— Je ne vois pas en quoi ça justifie son attitude ! fulmina Michelle. L'argent lui coule entre les doigts.

— Elle n'en dépense pas plus que maman ! protesta Stuart.

— Maman ? Oh, j'aurai décidément tout entendu ! répliqua sa sœur en se frappant le front d'un geste théâtral. Maman ne s'achète jamais rien, ou presque rien. Quand t'es-tu offert une robe pour la dernière fois ?

— Eh bien, je crois que... bredouilla Margo, complètement éberluée.

— Et elle ne sortait pas de chez un grand couturier, n'est-ce pas ?

— Non, mais...

— C'est bien ce que je disais ! Maman ne gaspille pas des milliers de dollars en toilettes. Elle n'est pas inconsciente, elle a le sens des vraies valeurs.

— Si ça t'amuse de te trimbaler avec ces frusques sur le dos, ça te regarde, grommela Stuart.

— Mes frusques sont très bien ! répliqua Michelle en lissant sa chemise kaki du plat de la main.

Margo suivait ce dialogue avec une extrême attention, en essayant de comprendre ce qui se passait. Michelle avait-elle subitement décidé de la défendre envers et contre tout ? Stuart ressemblait-il à ce point à Freddy, ou bien s'agissait-il d'une nouvelle poussée de croissance ? Il avait déjà subi plusieurs métamorphoses : à une époque, il ne jurait que par le *Livre Guiness des Records*, puis il avait renoncé à se laver, ensuite de quoi il s'était mis à fumer de l'herbe avec ses copains. Cette nouvelle crise se terminerait forcément un jour, comme les précédentes. Pourtant, qu'arriverait-il si clle se prolongeait ?

En fait, elle n'aurait pas dû avoir ses enfants avec Freddy. Dès avant son mariage, elle avait pressenti qu'ils n'étaient pas faits l'un pour l'autre. Malheureusement, elle l'avait quand même épousé.

La première fois qu'il l'avait emmenée en mer, le voilier avait chaviré au beau milieu de la Sag Harbor Bay. Le naufrage coûta à Margo son sweater préféré et ses lunettes.

— Peut-être qu'il est du genre « catastrophe ambulante », suggéra pensivement Bethany, la sœur aînée de Margo, alors en visite chez leurs parents.

— Il a simplement oublié de baisser le dériveur. C'est tout.

— Oui, mais oublier une chose aussi importante...

— Il y a eu un coup de vent. Il essayait de manœuvrer pour...

— Ça, c'est encore plus embêtant, l'interrompit Bethany. Paniquer pendant une bourrasque...

— Il n'a pas paniqué. Il a oublié de baisser le dériveur, ne confonds pas.

Joelle, leur cadette alors âgée de douze ans, ne put s'empêcher de mettre son grain de sel.

— Au stage de voile, on nous apprend avant tout à garder le contrôle. Le contrôle, tu saisis ?

— Merci, marmonna Margo. J'avais compris.

— *Et* à rester calme, ajouta Joelle. Toi, tu es plutôt surexcitée.

— Il n'est pas facile de conserver son calme dans cette maison. Vous n'arrêtez pas, tous autant que vous êtes, de faire des commentaires. J'ai perpétuellement l'impression de comparaître devant un tribunal.

— Margo chérie, intervint sa mère. Personne ne te juge, voyons. Nous pensons tous que Freddy est un garçon adorable. Et il deviendra un excellent dentiste ; personnellement, je lui confierais mes dents sans la moindre appréhension. Ne sois pas si susceptible, ma petite fille. La perspective de te marier bientôt te rend un peu nerveuse, c'est bien naturel.

— Parce que tu te demandes si tu as bien choisi, lui chuchota Bethany à l'oreille.

Le soir, Margo alla frapper à la porte de sa sœur aînée.

— Et si c'était vrai ? Si je me trompais ?

— Alors, sauve-toi de ce guêpier tant qu'il en est encore temps. Ne commets pas la même erreur que moi. Crois-moi, le mariage, ce n'est pas aussi fantastique qu'on le dit.

— Tu n'aimes donc pas Harvey ?

— Si, d'une certaine manière... C'est difficile à expliquer. Je regrette de n'avoir pas attendu davantage, voilà tout, et je suis navrée de te voir tomber dans le même panneau. Tu n'auras pas plus tôt la bague au doigt que tu te retrouveras coincée avec des mômes, une maison à entretenir, et une foule de responsabilités à assumer. Tu en auras vite marre, comme moi.

— Tu me sidères. Je pensais que Harvey et toi étiez parfaitement heureux.

— Personne n'est parfaitement heureux.

— De toute façon, même si je le souhaitais, je ne peux plus revenir en arrière. Les invitations sont lancées, j'ai déjà reçu une foule de cadeaux, nous avons signé le bail pour l'appartement...

— Ce ne sont pas des raisons suffisantes pour se marier.

— Tout ira bien, j'en ai la certitude.

Le lendemain matin au petit déjeuner, Margo n'en avait pas moins l'estomac noué par l'angoisse. Sa mère, convaincue que l'incident du voilier était la cause de ce désarroi, lui dit gentiment :

— Ma chérie, Freddy et toi rirez de cette mésaventure jusqu'à la fin de vos jours. Allons, mange ton toast. Il ne s'agirait pas de flancher dans un moment aussi important.

— Au fait, qui va payer les nouvelles lunettes ? lança jovialement son père, pour détendre l'atmosphère. Ton fiancé, ou moi ?

Tout le monde éclata de rire, y compris Bethany.

Margo épousa donc Freddy, et ils partirent en lune de miel aux îles Vierges. Là-bas, ils rencontrèrent un autre couple de jeunes mariés, Nelson et Lainie Berkovitz, de Harrisburg. Un jour, sur la plage, Lainie s'abattit en sanglotant dans les bras de Margo. Malgré tous leurs efforts, Nelson et elle n'arrivaient pas à faire l'amour : il ne réussissait tout simplement pas à la déflorer. Qu'allaient-ils devenir ? Comment affronter leurs familles respectives sans mourir de honte ?

Margo proposa de lui prêter le gel lubrifiant qu'elle utilisait pour mettre son diaphragme en place. La malheureuse jeune femme accueillit cette suggestion avec une infinie gratitude : elle espérait convaincre Nelson, qui était complètement déprimé, d'essayer à nouveau.

Cette histoire amusa énormément Margo et Freddy. Ils en conçurent même un léger sentiment de supériorité, vu qu'ils n'éprouvaient pas ce genre de difficulté. Bien entendu, Freddy ignorait qu'elle avait déjà eu un amant : James, mort d'un cancer.

Leur lune de miel achevée, ils s'installèrent dans un logement de Forest Hills. Stuart naquit seize mois plus tard, suivi un an après par Michelle. Celle-ci venait de fêter son deuxième anniversaire lorsque la famille emménagea à Manhattan, dans le vaste appartement où ils demeurèrent jusqu'au divorce.

Margo ne savait pas exactement pourquoi ils avaient divorcé. Elle n'en pouvait plus, voilà tout. Elle ne supportait plus Freddy, la vie qu'elle menait avec lui, la routine. Il lui semblait marcher sur une route interminable, qui ne débouchait sur rien. Il lui fallait sortir de cette ornière, pour son propre salut.

A l'époque, Freddy était un chirurgien-dentiste réputé qui comptait nombre de personnages éminents parmi sa clientèle. L'annonce du prochain divorce de leur fille plongea les parents de Margo dans la consternation et l'inquiétude. Ils la supplièrent de consulter un conseiller conjugal, mais elle refusa : sa décision était irrévocable. D'ailleurs, Freddy avait déjà trouvé un appartement dans East Side ; il sortait tous les soirs et les plus belles célibataires de la ville rêvaient de prendre ce gros poisson dans leurs filets.

Les enfants avaient respectivement douze et onze ans au moment de la séparation. Stuart s'était replié sur lui-même : ce n'était pas son problème, disait-il, que chacun s'occupe de ses oignons ! Michelle, en revanche, réagissait plus violemment.

— Je te déteste ! cracha-t-elle un jour au visage de Margo. Tu es en train de gâcher ma vie ! Papa m'a expliqué que tout était ta faute. Tu n'es qu'une sale gamine trop gâtée, incapable d'apprécier ce que tu as !

— Si tu me hais tellement, tu n'as qu'à rester avec ton père !

Tout allait de travers. Margo se sentait affreusement seule, désemparée et effrayée. Elle avait les larmes aux yeux du matin au soir.

— Oui, tu n'as qu'à vivre avec ton père, si tu le trouves tellement formidable !

Michelle éclata brusquement en sanglots.

— Je ne veux pas vivre avec lui ! Et tu ne pourras pas m'y obliger ! Je le déteste autant que toi. Je vous déteste tous les deux, et si vous mouriez demain, je ne pleurerais même pas ! Tu entends ? Je ne pleurerais pas, ah non ! Parce que vous êtes trop moches !

Michelle remâcha sa rancune pendant plus d'un mois. Puis, un beau matin, elle déclara à sa mère d'un ton solennel :

— J'ai décidé de me réconcilier avec la vie.

Margo poussa un soupir de soulagement et résolut, elle aussi, de s'accommoder de sa propre existence.

Sept mois plus tard, elle rencontrait Leonard. Un hiver particulièrement rigoureux sévissait alors sur New York. Le soir où Lainie Berkovitz l'invita à une réception, Margo enfila de grosses chaussettes de laine et des bottes molletonnées, et fourra une paire d'escarpins dans son sac : elle les chausserait en arrivant chez son hôtesse. Lainie, divorcée de Nelson depuis six ans, travaillait à Wall Street où elle gagnait des fortunes. Elle vivait à présent maritalement avec un banquier prénommé Neil. Chez eux, l'argent devait être le nerf de l'amour.

Leonard, un ami de Neil, exerçait la profession d'avocat. Dès qu'il aperçut Margo, il s'approcha et lui offrit un canapé de caviar.

— Non merci, je n'aime pas le caviar.

— Mais tout le monde aime ça !

— Pas moi.

Il s'assit à son côté, et se mit à bavarder de tout et de rien. Chaque fois qu'il lui frôlait le bras ou le genou, un frisson brûlant la parcourait. Elle se sentait merveilleusement bien, désirable. Quand elle le pria de l'excuser un instant, il la suivit dans le vestibule, l'entraîna vers la chambre de Lainie et verrouilla la porte derrière eux. Ils s'embrassèrent sans un mot et se laissèrent tomber sur le lit où s'entassaient des piles de manteaux.

Elle le revit chaque jour durant la semaine suivante. Et, le vendredi soir, il passa aux aveux. Elle apprit ainsi qu'il était marié et père de famille. La plupart du temps, il habitait sa garçonnière de Gramercy Park, mais rentrait chez lui pour le week-end, à Pound Ridge. Il souhaitait divorcer, expliqua-t-il, malheureusement Gabrielle refusait de lui rendre sa liberté. Elle finirait toutefois par céder, il en était sûr. Margo n'en douta pas une minute.

Il lui fallut une année entière avant de comprendre la vérité : Leonard était bien plus attaché à ses collections qu'à sa famille, et il ne se résoudrait jamais à s'en séparer. L'apparition de Gabrielle armée d'un revolver avait évidemment précipité leur rupture.

Ensuite, il était venu la voir à Boulder pour tenter de la faire revenir sur sa décision. Mais elle avait entamé une nouvelle vie avec ses enfants, et elle était amoureuse de son patron, Michael Benson. Moins naïve qu'autrefois, elle savait pertinemment que cette aventure ne mènerait à rien, cependant cela lui permettait de vérifier que Leonard n'était pas le seul homme au monde. Elle était à présent capable de le juger lucidement, et ce qu'elle découvrait ne lui plaisait guère : Leonard était un être immature et égocentrique, qui voulait tout sans jamais rien donner.

S'arrachant péniblement à sa rêverie, elle but une gorgée de café et constata avec surprise qu'il était déjà froid. On entendait de la musique au rez-de-chaussée, dans les chambres des enfants. Ils devaient probablement terminer leurs devoirs, du moins elle l'espérait.

Se redressant, elle débarrassa rapidement la table, puis s'assit devant le téléphone. Elle se tourmentait pour Clara. Hier soir, pendant la réception, son amie n'avait pas cessé de virevolter en tous sens, les larges manches de son kimono battant l'air comme les ailes d'un oiseau prisonnier d'une cage de verre. Le week-end précédent, quand elle s'était envolée pour Dallas afin de rencontrer Robin, Margo avait essayé de la mettre en garde.

— Les gens ne changent pas. Ils peuvent faire illusion pendant un moment, mais leur vraie nature reprend forcément le dessus, tôt ou tard.

— Si Robin n'était pas tombé sur le chou à la crème, nous vivrions toujours ensemble.

— L'ennui, c'est qu'il est quand même parti avec elle. Voilà précisément tout le problème.

Elle composa le numéro de Clara, qui répondit aussitôt.

— Je voulais te féliciter pour ta réception. Elle était particulièrement réussie.

— Vraiment ? Je ne me suis rendu compte de rien. Je planais.

— Je sais.

— Dis-moi que tout ira bien... que je ne m'en mordrai pas les doigts.

— Malheureusement, je ne suis pas devin.

— Et si jamais tu avais raison... qu'il me quitte à nouveau...

— Nous commettons tous des erreurs, il y a toujours moyen de les réparer.

— On n'a quand même pas le droit de les accumuler.

— Mais si ! Dans ce domaine, il n'y a pas de règle, ni de limites.

— Tu crois ?

— Bien sûr... Regarde-moi !

— Je voudrais tant que ça marche ! répliqua Clara en riant. Dieu m'est témoin... Peut-être n'aurais-je pas dû organiser cette soirée, c'était un peu prématuré. Il adorait les fêtes, autrefois, mais hier, il avait l'air d'un gamin terrorisé.

— Laisse-lui un peu de temps.

Quand elles eurent raccroché, Margo se prépara un

autre café. Elle l'emporta au salon et s'installa conforta-
blement sur le sofa pour lire le *Sunday Camera*. Mais,
incapable de se concentrer, elle reposa bientôt son
journal. Son esprit revenait sans cesse à la soirée de
Clara. Revoir Clint dans la maison de son amie l'avait
quelque peu déconcertée. Elle avait eu une aventure
sans lendemain avec lui. Ce type avait une bizarre
manie : il parlait en espagnol pendant l'amour. Margo,
qui ne comprenait pas un traître mot, s'était creusé la
mémoire pour retrouver les expressions favorites de sa
grand-mère, et lui répondre en yiddish. Cette idée
saugrenue lui avait donné le fou rire, et Clint s'était
vexé, persuadé qu'elle se payait sa tête. Hier soir, il
avait manifestement jeté son dévolu sur Caprice, l'anti-
quaire chez qui Margo avait acheté son bureau à
cylindre. Peut-être aurait-elle dû, par charité, la prévenir ? Toutefois qu'aurait-elle bien pu dire ?

Margo était lasse de toutes ces réceptions. Elle rêvait
de rester tranquillement chez elle le samedi, de s'asseoir sous la lampe pour coudre son dessus-de-lit de
patchwork, de savourer ces moments de paix avec un
être cher. Cette pensée éveilla tout naturellement en elle
l'image d'Andrew Broder. Elle se remémora la brève
visite qu'elle lui avait faite le matin même, pour lui
rendre son livre. Son invitation à les accompagner, Sara
et lui, en montagne l'avait fortement tentée, puis elle
avait regardé la fillette. Son expression choquée et
chagrinée l'avait dissuadée d'accepter : elle n'était pas
du genre à s'immiscer entre un père et son enfant.

Le mercredi suivant, Andrew l'appela pour lui proposer une promenade en voiture. La nuit était claire et
fraîche. Ils prirent le pick-up Datsun, et roulèrent
jusqu'au *Red Lion Inn*, où ils commandèrent deux
cognacs. Margo avait la ferme intention de mettre les
choses au point : ils ne devaient plus se voir. Il fallait
arrêter ce petit jeu avant qu'il ne soit trop tard. Boulder
était un village, B.B. et elle y vivaient, y travaillaient, y
élevaient leurs enfants. Margo ne pouvait décemment
pas nouer une relation plus intime avec lui.

Mais, à peine assis, il lui prit la main et, plongeant son
regard dans le sien, murmura :

— Vous m'avez manqué. Où étiez-vous donc passée ?

— J'ai organisé une collecte pour le syndicat des femmes démocrates.

— J'ignorais que vous militiez.

— Non, je ne milite pas. J'ai simplement accepté de présider un déjeuner-débat. Michael était absent pour quelques jours.

— Michael ?

— Michael Benson, l'un des associés du cabinet qui m'emploie.

— Ouf... J'ai cru un instant qu'il s'agissait d'un rival.

Cette repartie ne la fit pas sourire. Elle avala une grande gorgée de cognac.

— Et puis... j'ai beaucoup réfléchi... à nous deux.

— Moi aussi. Votre lettre m'a profondément touché. Merci.

Elle lui avait écrit un petit mot, pour lui dire combien son livre l'avait bouleversée, combien elle avait apprécié la tendresse, l'humour, le désespoir qui s'en dégageaient. Elle eût mieux fait de s'abstenir.

— Le roman s'inspire assez librement de l'accident, poursuivit-il, mais je suppose que vous l'aviez compris.

— L'accident... Quel accident ?

— Celui où Bobby a trouvé la mort.

— Bobby ?

— Mon fils. Il avait dix ans.

— Oh, mon Dieu...

La gorge nouée, elle détourna les yeux. Elle n'avait jamais soupçonné...

— Vous fréquentez Francine depuis des années, et vous ignorez ce qui est arrivé à Bobby ?

Elle hocha la tête.

— Seigneur !

Il se passa nerveusement les mains dans les cheveux. Une veine gonflée saillait sur son front.

— Personne ici n'est donc au courant ?

— Je ne le crois pas, murmura-t-elle. J'en aurais entendu parler.

Si seulement elle avait su plus tôt, dès le début !

— C'est moi qui conduisais. Elle m'accuse de l'avoir tué. Et, pendant longtemps, je m'en suis moi-même

130

accusé. Ecrire ce livre m'a en quelque sorte servi de thérapeutique. Pour surmonter l'horreur.

Margo songea à la froideur de B.B., à son regard parfois si vide.

— Ce drame nous a dressés l'un contre l'autre. Elle ne m'a jamais pardonné.

Aurait-elle été capable de pardonner, dans la même situation ? Freddy au volant, Stuart ou Michelle grièvement blessés, morts... Quel déchirement !

— Je ne sais que dire, balbutia-t-elle en posant ses mains sur les siennes.

Tout lui paraissait tellement clair, soudain.

— Je pensais que vous étiez au courant. Que tout le monde l'était.

— Je comprends maintenant pourquoi B.B. ne voulait pas de vous ici.

— Je suis venu uniquement à cause de Sara.

— Arrêtez, s'il vous plaît... N'ajoutez plus rien. Pas maintenant. Pas ce soir.

— Excusez-moi. En principe, je ne m'étends pas sur ce sujet.

— Je vous remercie de me l'avoir confié. Il me faut simplement un peu de temps pour assimiler tout cela.

— Encore une chose : je ne m'apitoie pas sur moi-même, et je refuse la pitié d'autrui. D'accord ?

— D'accord.

Ils restèrent un long moment silencieux, à siroter leur cognac.

Puis Margo se mit à parler. De son mariage avec Freddy, du divorce, des remords qui l'avaient alors tenaillée et qui avaient affecté ses rapports avec ses enfants, de sa peur d'être une mauvaise mère. Elle s'y prenait mal avec Michelle, elle traînait un terrible complexe de culpabilité qu'elle nourrissait de détails insignifiants.

Elle évoqua ensuite James, qui lui rappelait tant Andrew. Et Ruby, sa voisine de Forest Hills. Leurs premiers bébés étaient nés à quarante-huit heures d'intervalle. Un jour d'été, alors qu'elles poussaient leurs landaus, Ruby lui avait demandé :

— Si tu devais choisir entre ton mari et ton enfant, lequel préférerais-tu ?

— Comment veux-tu que je te réponde ? C'est une question aberrante.

— Moi, je choisirais mon mari. Nous pourrions toujours faire un autre enfant.

Margo avait contemplé l'adorable frimousse de Stuart, qui dormait comme un ange. « Je choisirais mon bébé, avait-elle pensé, et je me chercherais un autre mari. »

Elle parla longtemps, sautant du coq-à-l'âne, enchaînant les mots et les phrases, aiguillonnée par un irrépressible besoin de partager avec lui ce qui constituait la trame de son existence.

Lorsqu'il la raccompagna chez elle, il était minuit passé. Stuart et Michelle étant déjà couchés, elle l'invita à « faire trempette dans le jacuzzi ».

— Vous n'allez pas tourner de l'œil, n'est-ce pas ? demanda-t-elle comme il se plongeait dans le tub.

— Pas ce soir.

— Un quart d'heure... pas plus, dit-elle en allumant la minuterie.

— Je m'en contenterai.

Ils s'installèrent chacun à un bout du bassin, face à face, sans se toucher ni échanger une parole.

Quand la sonnerie bourdonna, Margo sortit de l'eau, se drapa dans un peignoir. Elle en tendit un autre à Andrew, puis lui déclara qu'il pouvait passer par la terrasse pour rentrer chez lui. Il n'avait qu'à pousser le portillon.

Muet, il la prit doucement par les épaules, la força à se retourner et l'embrassa. Un long baiser, tendre et sensuel. Il devait être un merveilleux amant. Elle se dégagea.

— Non... c'est trop tôt...

— Pourquoi ?

— Je ne sais pas... Je ne suis pas prête.

— Quand ? Demain, après-demain ?

— Je n'en sais rien.

— Tu ne cèdes donc jamais à ton impulsion ?

— Je suis la femme la plus impulsive qui soit, figure-toi. Et, en ce moment même, je t'assure que j'ai bien du mal à museler mon tempérament.

— Mais pourquoi ?

— J'ai besoin de réfléchir.

132

— Margo, tu te conduis comme une gamine de quinze ans.

— J'ai peur de n'être pas capable d'assumer...

— Nous en sommes tous là. Ton argument ne tient pas debout, et tu en as parfaitement conscience. D'ailleurs, qu'y a-t-il à assumer ?

— Toi... nous... les complications, les conséquences. Je t'en prie, Andrew, rentre chez toi.

— J'espère que tu ne le regretteras pas.

— Je l'espère aussi.

Il l'embrassa à nouveau, ramassa ses vêtements et s'éloigna. Elle le regarda s'enfoncer dans la pénombre, puis descendit au rez-de-chaussée et se mit au lit.

Bravo, Margo... entonna la petite voix familière. *Je suis fière de toi !*

Evidemment.

Tu as vraiment été à la hauteur, ce soir.

J'ai simplement retardé l'inévitable. Parce qu'il me plaît beaucoup, imagine-toi. Oh, et puis zut ! En fait, je suis folle de lui.

Réfléchis, Margo !

C'est tout réfléchi.

Elle repoussa ses couvertures, se redressa.

Margo...

Je suis idiote. Je ne vivrai peut-être jamais plus une nuit semblable à celle-ci. Il pourrait mourir demain. Moi aussi. Une bombe pourrait nous aplatir, la terre s'arrêter de tourner...

Elle enfila son peignoir, jeta une veste sur ses épaules, glissa ses pieds dans des sandales et sortit sans bruit de la maison. Dans l'escalier menant à l'appartement au-dessus du garage, elle s'immobilisa un instant, avant de courir jusqu'à la porte. Elle frappa un premier coup timide, puis un second, plus assuré.

La porte s'ouvrit. Andrew apparut, torse nu.

— Tu n'aurais pas un paquet de raisins secs à me prêter, s'il te plaît ? balbutia-t-elle en souriant.

L'instant d'après, elle était dans ses bras. Sa veste tomba sur le sol, la ceinture de son peignoir se dénoua. Andrew la prit par la main pour la guider jusqu'à la chambre. Ils firent l'amour pendant des heures avant de s'endormir, blottis l'un contre l'autre, leurs corps scintillants de sueur au milieu des draps froissés.

Lorsqu'ils rouvrirent les yeux, l'aube pointait déjà à travers les rideaux. Margo se rhabilla et regagna furtivement sa maison. Elle se glissa dans son lit froid. *Je l'aime, je l'aime.*

Et, aussitôt, le sommeil l'emporta.

DEUXIÈME PARTIE

CHAPITRE XVI

Ça alors, c'était un comble ! Michelle n'en revenait pas. Comment Margo osait-elle laisser ce type s'installer ici, dans *leur* maison ? Comme ça, sur un coup de tête, sans même leur demander, à Stuart et à elle, ce qu'ils en pensaient ?

Ils déjeunaient dans la cuisine, en ce matin de novembre, quand Margo avait annoncé tout à trac :

— Andrew emménagera ici la semaine prochaine.

Sous le choc, Michelle s'étrangla avec son jus d'orange.

— Son bail a expiré, poursuivit sa mère en lui tapotant le dos, et puisque nous sommes tout le temps ensemble...

Margo continuait à caqueter, indifférente aux hoquets déchirants de Michelle, qui ne pouvait plus respirer et risquait fort de tomber raide morte sur le carreau.

— Il faut vous féliciter, je suppose ? fit Stuart en sucrant généreusement son café. Vous présenter nos meilleurs vœux, et tout le tremblement ?

— Si ce sont des vœux de bonheur, oui. Mais il n'est pas encore question de mariage. Pour l'instant, nous souhaitons simplement vivre ensemble.

Du coup, Michelle retrouva subitement sa respiration. Vivre ensemble ! *Lui*, dans cette maison. Comme s'il était de la famille. Que Margo ait un amant, d'accord. Qu'il dorme quelquefois ici, admettons. Mais de là à ce qu'il s'incruste ! Songer qu'il allait monopoliser la salle de bains, fourrer n'importe quoi dans leur réfrigérateur...

— Il paiera une partie du loyer? s'enquit-elle. Ou bien il compte loger ici à titre gracieux... autrement dit à nos crochets?

— Cela ne te regarde pas, me semble-t-il.

— Oh que si, ça me regarde! Je suis aussi chez moi dans cette maison, je te le signale. Et comme mon père te donne une pension pour notre éducation qui sert en fait à régler le loyer et les notes d'épicerie, j'aimerais bien savoir quels arrangements tu as conclus avec ton petit ami.

Margo poussa un lourd soupir.

— Il me versera une somme équivalente à son loyer actuel.

— C'est-à-dire?

— Trois cent cinquante dollars par mois.

— Et pour la nourriture?

— Il participera aux frais. Nous diviserons par quatre. Tu as d'autres questions?

Margo était visiblement hors d'elle, à en juger par ses lèvres pincées et les plis profonds qui creusaient son front. Dès qu'elle s'énervait, elle paraissait plus âgée. Michelle l'imaginait sans peine en vieille femme, le visage raviné, la bouche tombante, les joues molles, les mains rongées par l'arthrite. Elle ressemblerait à grand-mère Sampson comme deux gouttes d'eau. A qui plairait-elle alors?

— Oui, j'ai encore une question. A propos de la punaise. Si tu penses la caser dans ma chambre quand elle viendra ici, je préfère te dire que tu peux chercher une autre idée!

— En tout cas, elle ne dormira pas dans la mienne, intervint Stuart. J'ai besoin d'avoir un coin à moi.

— Nous sommes tous dans le même cas, rétorqua Margo.

— Alors, maman? insista Michelle. Où comptes-tu la mettre?

— Nous nous penchons justement sur le problème.

— Vous vous penchez? Ça signifie quoi, exactement?

— Nous réfléchissons. Il faut que Sara se sente la bienvenue ici. Andrew est son père.

138

— Mais cette maison ne lui appartient pas. Elle est à nous ! La punaise n'a qu'à rester chez elle... avec sa mère.

— Tu réagis comme une sale petite égoïste ! cria Margo. Et j'en ai plus qu'assez !

— Tu aurais dû y penser avant, maman. Tu aurais pu patienter un peu. Stuart partira l'automne prochain, et moi l'année d'après. Tu aurais pu attendre jusque-là.

— Non ! Parce que c'est aussi ma maison, ma vie ! Et je suis lasse d'attendre ! conclut Margo en fondant en larmes.

Et voilà, Michelle savait qu'elle se mettrait fatalement à pleurer. Une vraie gamine !

— On va être en retard au lycée, remarqua placidement Stuart.

— Je suis prête, répliqua Michelle.

— Alors, filons en vitesse.

Ils laissèrent Margo en train de sangloter, la tête sur ses bras repliés. Tant pis pour elle, elle ne l'avait pas volé, se dit Michelle.

CHAPITRE XVII

MARGO était amoureuse, et personne ne lui gâcherait son bonheur. Ni Michelle et son hostilité, ni Stuart avec son air blasé, ni B.B., ni Sara. Personne.

Après tout, ils n'avaient pas décidé de vivre ensemble sur un coup de tête. Depuis leur première nuit d'amour, ils ne s'étaient quasiment pas quittés, faisant sans cesse la navette entre la maison et l'appartement, dînant ensemble, riant et bavardant pendant des heures, pour se lever le lendemain exténués mais ravis.

Andrew avait abordé le sujet le soir où les médias avaient annoncé la mort de Steve McQueen. Couchés côte à côte, ils commentaient l'événement. La vie était si fragile, disaient-ils, si imprévisible.

— Si tu tombais gravement malade, irais-tu au Mexique suivre ce genre de traitement prétendument miraculeux ? avait-il brusquement demandé.

— Non. Et toi ?

— Oui, je crois que j'essaierais n'importe quoi.

— Eh bien, si cela doit t'arriver un jour, je t'emmènerai là-bas.

— Même si tu n'as pas la foi ?

— Aucune importance...

Puis ils avaient fait l'amour, tendrement.

Plus tard, blottie contre lui, la tête sur sa poitrine, Margo dessinait du bout des doigts sur le torse d'Andrew son chemin secret : du ventre plat à la naissance du cou, puis du cou au ventre. La douceur de sa peau la bouleversait, elle ne pouvait pas s'empêcher de le toucher, de le caresser. Comme Puffin avec Stuart. Mais ces deux-là découvraient les jeux de l'amour, tandis que Margo et Andrew avaient depuis longtemps perdu leur innocence.

Il lui caressait le visage. Ses pommettes de slave le fascinaient, assurait-il. Il adorait les embrasser, en fait il avait envie de les manger. Elle n'avait jamais accordé une attention particulière à ses pommettes, cependant, lorsqu'elle se regardait à présent dans un miroir, elle remarquait d'abord ses joues et essayait de se voir comme lui la voyait.

— Tu sais, mon bail expire dans quelques semaines. Pas moyen de le renouveler, Hathaway a déjà loué l'appartement pour l'hiver. Je pourrais peut-être chercher un autre logement...

Ou tu pourrais venir habiter avec moi.

— ... ou je pourrais m'installer chez toi. A condition, évidemment, que tu veuilles de moi.

Si elle voulait de lui ! Elle avait beau essayer de raisonner logiquement, tout se bousculait dans son esprit. Si elle s'était écoutée, elle aurait sauté de joie et crié : oui ! Néanmoins, un adulte digne de ce nom ne se laisse pas emporter par ses émotions. Un adulte digne de ce nom réfléchit mûrement avant de parler, pèse le pour et le contre.

— Cela poserait un million de problèmes, répondit-elle enfin.

— Tu crois ? J'ai fait mes calculs, et je n'ai recensé que neuf cent mille problèmes...

Tendant le bras, elle remonta la couverture sur leurs corps nus, puis se pelotonna contre lui.

— Ce serait merveilleux de dormir toutes les nuits avec toi, de me réveiller avec toi. Mais t'installer à la maison... je ne sais pas. Cela signifierait-il que tu comptes rester à Boulder ? Et que nous deux, c'est sérieux ?

— Nous pouvons essayer de cohabiter, tant que nous nous entendons bien... tant que nous avons envie d'être ensemble.

— Mais imagine que l'un de nous en ait assez, et l'autre pas ?

142

— Dans ce cas, il nous faudrait discuter, tenter de comprendre ce qui s'est passé et prendre une décision.

— Une décision, marmonna-t-elle pensivement. Tu ne m'abandonnerais donc pas comme ça... sans un mot ?

— Non. Et toi, tu ne me mettrais pas à la porte sans crier gare, n'est-ce pas ?

— Non... à moins que tu aies commis quelque monstruosité.

— C'est-à-dire ?

— Etre malhonnête avec moi... ou faire l'amour avec une autre femme.

— Ah, tu es du genre jaloux.

— Monogame. J'ai besoin d'une relation exclusive, d'avoir confiance en toi.

— La confiance ne repose pas uniquement sur la fidélité sexuelle.

— Bien sûr, mais ça me paraît une bonne base. Comment réagirais-tu si j'avais un amant ?

— Je crois que je n'apprécierais pas.

— Tu connais mal ton texte : tu dois répondre que tu truciderais ce type, ou moi, ou que tu nous étranglerais tous les deux.

— Et je me retrouverais en prison.

— Aucune importance, je viendrais te visiter chaque dimanche.

— A condition que je t'aie épargnée.

— Très juste.

— Tu m'apporterais des raisins secs ?

— Des tonnes.

— Alors, marché conclu.

— Pardon ?

— Nous vivrons ensemble dans la confiance et la monogamie la plus absolue.

— Pour combien de temps ? Il faut que je sache à peu près, comme ça je ne paniquerai pas à la première dispute.

— Que dirais-tu de six mois pour commencer ?

— Six mois... répéta-t-elle en comptant sur ses doigts. Non... Ça nous emmènerait au milieu du mois de mai, or je ne peux pas m'offrir un grand chagrin au printemps, parce que Stuart sera juste en train de passer son diplôme, et que Freddy et Aliza débarqueront à Boulder. Je préférerais que nous nous donnions jusqu'à la fin de l'année scolaire, au moins.

— D'accord. Nous resterons ensemble jusqu'à la fin de l'année scolaire. Et longtemps, très longtemps encore, je l'espère.

— Je l'espère aussi.

Ils demeurèrent un moment silencieux, puis Andrew murmura :

— Margo...

— Mmm ?

— Je t'aime... Enfin, je le crois. Et s'il me semble que je t'aime, cela signifie sans doute quelque chose.

— C'est sûr. Il me semble que je t'aime aussi, mais je n'osais pas te l'avouer. Je craignais de t'embarrasser, j'avais peur de ta réponse : « Tu me plais beaucoup, Margo, cependant de là à t'aimer... »

— Viens là, sourit-il en la serrant dans ses bras. Pour l'instant, il n'y a aucun doute dans mon esprit : je t'aime, et je ne suis pas près de cesser.

— Quelle chance !

Se glissant sur lui, elle embrassa doucement son visage, son cou, sa bouche. Encore une nuit sans sommeil en perspective.

— Si nous vivons ensemble, soupira-t-elle longtemps après, nous ferons l'amour comme des gens normaux et nous pourrons même nous payer le luxe de dormir.

— Nous ne ferons jamais l'amour comme des gens normaux, Margarita, parce que nous avons trop de plaisir...

Margo et Clara s'étaient donné rendez-vous dans un magasin d'articles de cuir pour acheter des gants. La météo annonçait une chute de neige imminente, l'hiver était déjà là.

— Andrew emménagera chez moi à la fin du mois, dit Margo en essayant une paire de gants doublés en peau de mouton.

— Tu es bien sûre de toi ?

— Nous avons envie de vivre ensemble. Nous...

Elle hésita, les yeux rivés sur ses mains.

144

— Je crois que nous nous aimons, bredouilla-t-elle en souriant, les joues empourprées.

— Après seulement deux mois ?

— Presque trois. De toute façon, à notre âge et avec notre expérience, nous n'avons pas besoin d'un siècle pour savoir ce que nous ressentons, n'est-ce pas ?

— Tu risques de te fourrer dans une situation impossible.

— Oui, mais pourquoi faudrait-il qu'Andrew et moi renoncions à... Ecoute, je t'assure que je préférerais ne pas connaître son ex-femme. Il se trouve malheureusement que c'est une amie, je ne peux rien changer à cela. D'ailleurs, j'ai entendu dire qu'elle avait un autre homme dans sa vie.

— Un médecin de Minneapolis. Robin et moi avons dîné avec eux il y a quelques semaines. Un homme charmant et manifestement en adoration devant elle.

— Tant mieux. C'est sérieux ?

— Pour lui, oui. Mais Minneapolis, ce n'est pas la porte à côté.

— Je prends ces gants, déclara Margo à la vendeuse.

Elle paya, puis Clara et elle sortirent du magasin.

— Tu es bien sûr qu'il ne s'agit pas seulement d'une histoire de sexe ? lui demanda Clara avant de la quitter pour regagner sa galerie.

Margo éclata de rire.

Au début, elle s'était souvent posé cette question, parce qu'ils ne se lassaient pas de faire l'amour. Elle savait pertinemment que ce genre de passion pouvait s'éteindre très vite. Mais qui ne tente rien n'a rien.

Ils se connaissaient à peine, certes, néanmoins leurs relations semblaient tellement riches de promesses... D'ailleurs, leur entente physique était un signe révélateur. Si elle avait divorcé de Freddy, c'était justement parce que cela ne marchait plus du tout entre eux. Comment désirer quelqu'un qui vous rabaisse constamment ? Comment caresser un homme qu'on a envie de gifler ? Après leur séparation, elle avait presque désespéré de trouver un jour l'amour dont elle rêvait.

Evidemment, il était encore trop tôt pour y croire complètement, pour avoir vraiment confiance. Elle traversait des moments de panique, de doute, mais elle surmontait toujours ces crises, avec l'aide d'Andrew.

Dix jours après l'installation d'Andrew à la maison, Margo invita Clara et Robin à dîner. Puffin vint aussi, naturellement, puisque Stuart et elle étaient devenus quasiment inséparables. Clara avait parfois rencontré Andrew en ville, cependant ils n'avaient pas eu l'occasion de lier vraiment connaissance. Quant à Robin, il le voyait pour la première fois. Il semblait beaucoup plus à son aise que lors de la réception de Clara, et Margo savourait le succès de sa soirée, quand Michelle se tourna brusquement vers Andrew :

— Au fait, vous savez que ma mère appartient au club des séductrices de Boulder ? Elle a un tableau de chasse impressionnant.

Elle s'interrompit un instant, pour s'assurer que tout le monde lui prêtait attention.

— D'abord, il y a eu son patron, Michael Benson. Ensuite, une espèce de crétin : un professeur de physiologie qui voulait toujours avoir le dernier mot. Après, je crois qu'il y a eu Bronco Billy. Tu te souviens de lui, Stuart ? Bronco Billy, poursuivit-elle sans attendre la réponse de son frère, avait la délicate habitude de se curer les ongles avec son couteau.

— Pouah, quelle horreur ! frissonna Puffin, qui écoutait de toutes ses oreilles.

— Ensuite, il y a eu... Oh, comment s'appelait-il ? Celui qui était handicapé d'un bras...

Margo serrait les dents, refoulant bravement les larmes qui lui montaient aux yeux. Pourquoi sa fille s'acharnait-elle ainsi ? Robin paraissait pétrifié, et Clara foudroya Michelle d'un regard méprisant pour lui clouer le bec. Peine perdue.

— Ah oui, ça me revient maintenant : il s'appelait Calvin, un avocat. Il fut rapidement remplacé par Epstein, un bouddhiste, figurez-vous...

— Ça suffit, Michelle, fit posément Margo.

Elle avait envie de la secouer, de la gifler, de hurler : *Pourquoi... pourquoi fais-tu ça ?*

— Mais maman, rétorqua Michelle en ouvrant de grands yeux innocents, je commence à peine.

146

Margo n'eut pas le temps de la remettre vertement à sa place. Se penchant nonchalamment vers Michelle, Andrew posa sa main sur les siennes.

— Oh, tu sais, ces messieurs n'étaient que des prises mineures. Ils ne comptent pas. Moi, je suis un trophée de premier ordre. Tu saisis la nuance? D'ailleurs, je croyais que tu étais au courant : Margo a quitté le club.

Il sourit à Michelle, puis à Margo, comme pour lui dire que tout cela n'avait aucune importance. Bouleversée par sa compréhension et son sens de l'humour, elle lui rendit son sourire.

— En tout cas, marmonna Michelle d'un ton pincé, contrairement aux autres, vous servez au moins à quelque chose : vous êtes capable de cuisiner.

— Merci, répliqua solennellement Andrew.

Les autres gloussèrent avec un brin d'embarras, avant de se concentrer à nouveau sur le poulet au citron.

— Un bouddhiste qui s'appelait Epstein? fit Andrew lorsqu'ils furent couchés. Comment est-ce possible?

— Il s'était converti.

— J'ignorais que les bouddhistes étaient attirés par les femmes.

— Plutôt, oui...

— Je parie qu'il psalmodiait ses prières pendant l'amour.

— Je n'ai jamais remarqué.

Hilares, ils se blottirent l'un contre l'autre.

CHAPITRE XVIII

MICHELLE avait résolu de tester Andrew dès son installation dans les lieux. Voilà pourquoi elle leur avait servi ce numéro au dîner. Après tout, si une petite scène de rien du tout suffisait à l'effaroucher, il valait mieux que Margo sache tout de suite à quoi s'en tenir. Elle en voudrait à Michelle pendant un moment, mais elle la remercierait un jour de lui avoir ouvert les yeux.

D'ailleurs, Margo avait cherché le bâton pour se faire battre. Elle avait refusé tout net que Michelle invite Gemini à ce fameux dîner.

— J'ai organisé cette soirée pour Clara et Robin, afin qu'ils connaissent Andrew.

— Et Puffin ? Elle sera là, elle aussi.

— Puffin est la fille de Clara.

— Merci de me le rappeler. On dirait vraiment que tu me prends pour une débile mentale.

— Si Stuart avait une autre petite amie, je ne l'inviterais pas non plus. Maintenant, si tu ne te sens pas capable de te comporter comme un être civilisé, tu n'es pas obligée de dîner avec nous. Compris ?

Michelle avait longuement hésité, puis, le matin durant le cours d'anglais, elle avait eu l'idée du « club des séductrices ». Et elle avait décidé d'assister au repas pour mettre son plan à exécution.

Tout avait marché comme sur des roulettes. Elle avait attendu le moment stratégique pour se tourner vers Andrew et lui débiter la liste des amants de

Margo. Dans son esprit, il ne faisait aucun doute que sa sortie gâcherait fatalement la soirée. Clara, Robin et Puffin se hâteraient de s'éclipser, Margo s'effondrerait en larmes. Avec un peu de chance, Andrew piquerait une bonne crise de jalousie et lui administrerait quelques gifles. Michelle n'aurait donc plus qu'à appeler son père pour lui expliquer que le concubin de Margo avait tendance à tout casser dans la maison. Et son père se débrouillerait pour le forcer à déguerpir.

Malheureusement, Andrew avait accueilli sa tirade avec une stupéfiante placidité. Comme quoi on ne peut jurer de rien.

Ce soir-là, après le départ de leurs invités, Margo et Andrew sortirent se promener dans le quartier. Michelle lisait dans son lit quand Stuart fit irruption.

— Dis donc, qu'est-ce que tu cherches exactement ?

Michelle ne répondit pas, les yeux rivés sur son livre, comme si elle n'avait pas remarqué son frère, son visage congestionné, sa respiration sifflante.

Tendant le bras, il lui arracha brutalement son bouclier et l'envoya valser sur le sol.

— Je te demande ce que tu cherches exactement !

Il était visiblement fou de rage. Pas de panique, s'encouragea-t-elle.

— Oh, monsieur a ses nerfs ? susurra-t-elle en se baissant pour ramasser son livre.

Il l'empoigna rudement par le bras, et la rejeta en arrière.

— Il est grand temps que quelqu'un te donne une raclée, espèce de vipère !

Il allait la taper, elle en était sûre. Se raidissant pour ne pas se blottir sous ses couvertures comme un lapin apeuré, elle le toisa d'un air méprisant. Il soutint son regard un moment, puis, vaincu, assena un coup de poing magistral au panda en peluche qui gisait sur le lit.

— Je ne veux pas que maman se casse à nouveau la figure, expliqua-t-elle. Je ne veux pas d'un autre Leonard.

— Leonard, ça remonte au déluge. Tu ne peux pas lui lâcher un peu les baskets, non ? Elle est heureuse. A moins que tu ne supportes pas de la voir heureuse ?

— Chaque fois qu'une de ses histoires d'amour

tourne mal, c'est moi qui paie les pots cassés. Moi... pas toi !

— Sa vie lui appartient, Michelle. Tu n'as pas à t'en mêler.

— C'est aussi ma vie, figure-toi. Quand elle est malheureuse, je le suis aussi.

— Eh bien, ma vieille, tu as intérêt à couper le cordon ombilical avant qu'il ne soit trop tard. En plus, pour l'instant, elle est amoureuse. Elle nage littéralement dans le bonheur.

— Oui, mais qu'arrivera-t-il la semaine prochaine, ou dans un mois, ou dans un an ? Tu n'habiteras plus ici, alors tu t'en fiches pas mal. Seulement, moi, je serai encore là.

— Tu te fais trop de souci. Tu deviens comme la grand-mère Sampson.

— Ce n'est pas vrai ! Mais il faut bien que quelqu'un garde la tête froide, dans cette maison ! D'ailleurs, depuis quand te soucies-tu de maman ?

— Depuis toujours.

— Dis donc, tu le cachais bien !

— Je n'ai pas l'habitude d'extérioriser mes sentiments.

— Je suis ravie d'apprendre que tu as des sentiments, Stuart. Quelle révélation !

— Eh, une minute ! Je passe mon temps à prendre ta défense chaque fois que quelqu'un se permet une remarque déplacée sur toi et ta petite copine indienne.

— Une remarque déplacée ? A propos de quoi ?

— Atterris un peu, Michelle. Tout le monde dit que Gemini et toi...

— C'est la chose la plus aberrante que j'aie entendue de ma vie !

— Personnellement, ça ne me gêne pas que tu sois homosexuelle.

— Je ne le suis pas !

— ... ou les deux.

— Ce n'est pas vrai !

— Alors, ne monte pas sur tes grands chevaux. Je voulais simplement te prévenir de ce qu'on raconte dans votre dos.

— Les gens sont incapables de reconnaître une véritable amitié, parce qu'ils ne savent même pas ce que c'est. Ils ne pensent qu'au sexe, comme toi avec Puffin.

Stuart l'agrippa à nouveau par le bras, lui enfonçant cruellement ses doigts dans la chair.

— Si jamais tu répètes ça, je te jure que je te tuerai.

— Sors de ma chambre, espèce de minable ! cria-t-elle en se dégageant.

Il tourna les talons et se dirigea vers la porte. Ulcérée, Michelle lui lança son livre dans l'espoir de l'assommer, hélas le projectile s'écrasa bêtement contre le mur. Stuart lui avait à moitié cassé le bras, la brute ! Enfouissant rageusement son visage dans l'oreiller, elle éclata en sanglots. Tout allait de travers, la vie était vraiment trop moche. Comment pouvait-on insinuer des choses pareilles sur Gemini et elle ? Gemini était sa meilleure amie, son âme sœur. La preuve, Gemini comprenait et appréciait ses poèmes. Elle les jugeait remarquables : des chefs-d'œuvre de la pensée moderne, disait-elle.

Michelle avait souvent failli montrer ses poèmes à sa mère. Elle y avait toujours renoncé. Margo était trop occupée, elle ne s'intéressait pas à sa fille, surtout maintenant qu'elle avait un homme à la maison.

Elle s'en repentirait un jour. Oui, elle regretterait amèrement d'avoir négligé sa fille. Michelle songeait parfois à se taillader les poignets, elle imaginait le sang s'échappant de son corps en gros bouillons brûlants. Sa famille la trouverait au matin, étendue sur le sol, morte. La honte et le remords les écraseraient, ils ne s'en délivreraient jamais. Beaucoup de poètes se suicidaient, même des poètes contemporains comme Sylvia Plath ou Anne Sexton. L'ennui avec le suicide, ou avec la mort en général, c'est qu'on ne peut se mettre dans un petit coin pour voir comment vos proches réagissent. Il faudrait avoir la possibilité de revenir pour leur déclarer : « Bon, je suis charitable, je vous accorde une deuxième chance. Cette fois, vous avez intérêt à me traiter gentiment. »

De toute manière, Michelle n'avait pas l'intention de se tuer. Il y avait d'autres moyens de se venger. Par exemple, quand elle publierait ses poèmes et qu'on l'inviterait au *Today Show* pour l'interviewer, on lui demanderait : « Racontez-nous, Michelle... Votre mère

vous a-t-elle encouragée à écrire ? » Et elle répondrait :
« Ma mère ? Pensez-vous... Elle était bien trop absorbée par son amant pour se soucier de moi. »

Repoussant ses couvertures, Michelle se leva et alla à
son bureau. La mine grave, elle ouvrit son carnet
intime, griffonna quelques lignes, reposa son stylo et
bâilla à s'en décrocher la mâchoire. Elle était exténuée.
Elle rangea son carnet dans le tiroir et se remit au lit.
Elle terminerait son poème demain.

CHAPITRE XIX

Sara était écœurée. Son père, qui était venu à Boulder pour vivre auprès d'elle, s'était installé chez Margo Sampson. Elle ne le lui pardonnerait jamais. Jamais! Tous ses plans, ceux qu'elle échafaudait dans le secret de son cœur, tombaient à l'eau. C'était pourtant bien clair dans sa tête. Elle expliquerait à son père les crises de B.B., ses hurlements, et il lui dirait : « Dans ce cas, ma chérie, il vaudrait peut-être mieux que tu habites avec moi. » Et voilà.

D'après Jennifer, Sara n'était pas seulement malade de dépit, elle souffrait carrément de dépression nerveuse. Or, Jennifer parlait en connaissance de cause. A une époque, elle avait sombré dans une telle déprime qu'on avait dû l'expédier chez un psychiatre trois fois par semaine. Elle affirmait qu'elle aiderait Sara à s'en sortir. C'était elle qui lui avait mis la puce à l'oreille, à propos de Margo et d'Andrew.

Le samedi avant Halloween, Sara avait emmené son amie chez son père. Ils avaient disputé une interminable partie de Monopoly, puis Andrew leur avait préparé des *ziti* au four. Comme Jennifer contemplait le plat d'un œil méfiant, il l'avait rassurée en disant qu'il s'agissait en fait de spaghetti, mais sous une autre forme. Puis Margo les avait rejoints après le dîner. Andrew et elle étaient sortis se promener, pendant que Sara et Jennifer regardaient un film à la télévision.

— Ton père couche avec Margo? lui avait brusquement demandé Jennifer.

— Je ne crois pas. Et toi, qu'est-ce que tu en penses ?

— Si tu veux mon avis, il n'y a pas l'ombre d'un doute.

— Comment tu sais ça ?

— L'expérience. Mes parents sont passés par là, eux aussi.

— Tu dois te tromper. Ils sont amis, un point c'est tout.

— Tu es vraiment trop naïve.

L'idée de son père au lit avec Margo lui faisait un drôle d'effet. Elle les avait bien surpris une fois main dans la main, mais...

Il n'y avait pas trente-six moyens de découvrir la vérité.

Le dimanche soir, quand Andrew la reconduisit chez sa mère, elle lui demanda tout de go :

— Dis... est-ce que Margo et toi vous faites des choses ensemble ?

— Quelles choses ?

— Ben... l'amour ?

Elle l'entendit prendre une grande respiration ; ses doigts s'étaient crispés sur le volant.

— Pourquoi cette question ?

— Simple curiosité.

— Effectivement, Margo et moi sommes très bons amis.

— Mais vous couchez ensemble ?

— Oui, quelquefois.

Sara ferma les yeux un instant, plissant fortement les paupières.

— Cela t'ennuie, ma chérie ?

— Non, pas plus que ça, répondit-elle en se mordillant les ongles. Seulement, j'aime bien savoir ce qui se passe.

C'était la faute de B.B., évidemment ! Si elle s'était montrée plus gentille avec lui, il ne s'occuperait pas de Margo. Il vivrait de nouveau à la maison, auprès de sa famille.

— Tu ne trouves pas que Margo est moins jolie que maman ?

— Elles ne se ressemblent pas du tout.

— Mais maman est plus jolie, non ?

— Il ne s'agit pas d'un concours de beauté, ma chérie.

Même s'il refusait de l'admettre, Sara savait bien que sa mère était la plus belle femme de Boulder. Tout le monde le disait. Elle aurait tant voulu avoir le physique de B.B., malheureusement elle tenait plutôt de son père, des Broder. Parfois, quand elle n'arrivait pas à se rappeler la tête qu'il avait sans sa barbe, elle prenait les photos cachées dans le double fond de son coffret et les étudiait longuement. Indubitablement, elle avait les yeux d'Andrew. Bobby aussi. Des yeux au regard un peu vague, qui allaient du gris au vert selon le temps. Elle avait aussi sa tignasse, que Jennifer qualifiait de *blond sale*, alors que sa mère la comparait à du miel. Et elle avait hérité de ses dents, si bien qu'elle était obligée de porter un appareil pour les redresser et qu'elle ne pouvait plus croquer de carottes crues. De quoi Bobby aurait-il l'air, s'il avait vécu ? Il aurait aujourd'hui l'âge de Stuart Sampson. Peut-être seraient-ils devenus copains.

— Tu aimes davantage Margo que maman ?

— Sara, mon poussin... Ta mère et moi sommes divorcés depuis longtemps.

— Je le sais, figure-toi ! Je te demande si tu n'aimais pas davantage maman quand tu t'es marié avec elle.

— Je ne peux pas te répondre.

— Pourquoi ?

— Parce qu'il est impossible de comparer les sentiments que j'éprouvais à vingt-deux ans avec ceux que je ressens maintenant, à quarante-deux ans.

— Mais suppose que tu rencontres maman aujourd'hui, pour la première fois. Tu la trouverais belle, hein ?

— Oui, sans doute.

— C'est sûr.

Quand ils eurent atteint la maison, il arrêta le moteur et se tourna vers Sara.

— Toi aussi, tu es belle, ma chérie. Tu as la beauté de l'âme, comme Margo.

— Je préférerais ressembler à maman plutôt qu'à Margo.

L'attirant contre lui, il enfouit son visage dans ses cheveux blonds.

— Le fait que Margo et moi soyons des amis... des amants... ne change rien à l'amour que j'ai pour toi, murmura-t-il, si bas qu'elle distinguait à peine ses paroles. Tu comprends, n'est-ce pas ?

— Oui, balbutia-t-elle.

— Je t'aime très fort, et tu seras toujours ma petite fille chérie.

Sara ne bougeait plus. Elle adorait se nicher ainsi dans les bras de son père. Ses cheveux sentaient bon le shampooing, sa vieille veste en jean lui chatouillait la joue. Elle aurait voulu rester là pendant toute l'éternité. Si seulement ils étaient seuls au monde, si seulement Margo et B.B. n'existaient pas...

Ce fut ce soir-là, après avoir embrassé son père et être rentrée chez elle, qu'elle commit l'erreur de sa vie. Elle n'aurait jamais dû dire à sa mère qu'Andrew et Margo dormaient ensemble. Mais à peine eut-elle mis les pieds dans la maison que B.B. commença à l'asticoter.

— Mon Dieu, Sara ! Chaque fois que tu reviens de chez lui, tu es d'une saleté repoussante. Il ne t'oblige donc jamais à te laver et à te brosser les dents ? Et tes cheveux, regarde-moi ça ! Je parie que tu ne t'es même pas donné un coup de peigne de tout le week-end. File te décrasser sous la douche, s'il te plaît !

— Tout à l'heure. Il faut d'abord que j'appelle Jennifer.

— J'ai dit tout de suite ! cria B.B. en l'empoignant par le bras pour la traîner jusqu'à la salle de bains.

— Fiche-moi la paix !

— Ne me parle pas sur ce ton !

— Papa et Margo sont amants. Tu étais au courant ?

Et toc ! Sa mère était toute pâle, soudain. Franchement, elle ne l'avait pas volé.

— Qu'est-ce que tu racontes ?

— Papa et Margo sont amants, répéta Sara, plus calmement.

— Où as-tu pêché une idée pareille ?

— J'ai posé la question à papa.

— Sais-tu au moins ce que signifie ce mot « amants » ?

— Oui. Ça signifie qu'ils couchent ensemble.

Elle ne vit même pas le coup partir. Médusée, elle

158

vacilla sous le choc. Une gifle ! Sa mère n'avait jamais levé la main sur elle, jamais. Sara avait la joue en feu, les larmes lui picotaient les paupières. Mais elle ne pleurerait pas, ah non ! Et si elle lui rendait sa gifle ? B.B. la dévisageait, les yeux exorbités, le regard fou. Brusquement, un son bizarre s'échappa de ses lèvres, une sorte de couinement. On aurait cru un jeune chiot en train de gémir.

Puis elle se détourna, courut jusqu'à sa chambre et claqua violemment la porte derrière elle. Un cri plaintif s'éleva, qui s'amplifia jusqu'à devenir un hurlement strident, ininterrompu, insupportable.

Sara se boucha désespérément les oreilles. *Mon Dieu, s'il te plaît, fais-la taire...*

CHAPITRE XX

ELLE ne savait plus quoi faire. Elle avait peur. Ces cris se formaient au fond de sa gorge et, parfois, jaillissaient malgré elle de ses lèvres. Il lui fallait lutter farouchement pour se contrôler. Contrôle : c'était le maître mot de la réussite. Si elle lâchait la bride, si elle se laissait aller à hurler, elle ne pourrait plus jamais s'arrêter. Et elle perdrait tout. Tout ce qu'elle avait eu tant de mal à conquérir. Tout ce qui comptait à ses yeux.

B.B. avait failli craquer à la salle de danse, le lendemain du jour où Sara lui avait appris que Margo était la maîtresse d'Andrew. Ce matin-là, après son jogging, elle avait rejoint sa fille dans la cuisine pour déjeuner.

— Ne crois surtout pas que j'étais en colère contre toi, hier soir. Je suis simplement un peu surmenée, voilà tout. Nous avons tellement de travail au bureau. Je ne voulais pas te gifler. Tu comprends, n'est-ce pas, mon poussin ?

— Oui, bien sûr.

— Quant à Margo et ton père...

Sara la dévisagea, par-dessus son bol de céréales.

— Oui ?

— Eh bien, vois-tu... c'est une simple question de commodité.

— C'est-à-dire ?

— Un homme a besoin d'assouvir ses instincts physiques. Comme il habite à côté de chez Margo et qu'il ne connaît encore personne en ville, c'est plus pratique pour lui de dormir avec elle.

— Et une femme, ça n'a pas besoin d'assouvir ses instincts ?

— Si, évidemment... c'est ce que je suis en train de te dire. Margo et ton père sont tous les deux solitaires, et un peu névrosés, alors...

— Qu'est-ce que tu entends par « névrosés » ?

— Oh, rien. Cela n'a pas d'importance.

— Si, objecta Sara en reposant son bol. Je veux savoir.

— Comment t'expliquer cela ? Ils ne sont pas très stables, ni très sérieux. Ils vont à droite et à gauche, comme les abeilles, et ils se posent sur la première fleur venue.

— Les abeilles ne se posent pas, elles butinent.

— Exact.

— Tu insinues qu'ils ne s'aiment pas ?

— Oh, je suis persuadée qu'ils s'aiment bien, mais ils ne pensent qu'à s'amuser. Leur histoire n'est pas de celles qui durent.

— Comme toi et Lewis ?

— Non, lui et moi avons une relation bien plus profonde.

— Vous allez vous marier ?

— Il est encore trop tôt pour parler mariage. Nous nous connaissons depuis quelques mois à peine, et il n'est venu à Boulder que deux fois.

— Mais vous êtes amants, non ?

— Eh bien, oui. Cependant, nous sommes avant tout d'excellents amis.

— C'est aussi ce que m'a raconté papa, sur Margo et lui.

— Vraiment...

— Il te trouve très jolie. Tu le savais ?

— Il te l'a dit ?

— Oui. Ce serait chouette de l'avoir ici avec nous, tu ne crois pas ?

— Ici, avec nous ?

— Oui. Ce serait bien, non ?

— C'est ce qu'il souhaite ? Il te l'a dit ?

— Pas exactement, répondit Sara en haussant les épaules.

Après le déjeuner, B.B. proposa à sa fille de la coiffer. Elle se sentait tendue, déroutée.

— Non, merci. Aujourd'hui, je n'ai pas envie de m'attacher les cheveux.

Sans insister, B.B. l'accompagna jusque sur le perron.

— Au revoir, mon cœur. Je t'aime.

— Moi aussi, marmonna Sara.

— Pour combien de temps ?

— Pour toujours, répliqua Sara en détournant les yeux.

— Moi aussi.

Se penchant, B.B. l'étreignit tendrement. Le corps de sa fille était si doux, si chaud, elle aurait voulu la garder toujours dans ses bras. Sara se laissa embrasser, crispée. Elle ne lui rendit pas son baiser.

Mon Dieu, songea B.B., *et si elle me quittait pour vivre avec Andrew ?* Si elle racontait au juge que sa mère hurle sans arrêt ? Si elle lui racontait qu'elle a reçu une gifle, qu'elle est terrorisée ? Le juge accorderait le droit de garde au père. Et Andrew s'empresserait de la lui enlever.

Elle regarda Sara dévaler les marches, enfourcher sa bicyclette et prendre le chemin de l'école. Une affreuse tristesse lui rongeait le cœur, un chagrin intolérable, comme elle n'en avait plus éprouvé depuis le jour où Bobby était mort.

Ce jour-là, quand on avait enfin réussi à la joindre, elle faisait visiter une maison à une famille de Pennsylvanie. Ils pourraient l'acquérir pour moins de trois cent mille dollars, assurait-elle, à condition de ne pas réfléchir trop longtemps. Il n'y avait pas de travaux à effectuer, il suffirait de repeindre l'intérieur et de nettoyer le jardin. Puis la voix au téléphone lui avait annoncé la terrible nouvelle. Elle avait poliment prié ses clients de l'excuser, s'était rendue à l'hôpital. Elle ne ressentait rien. Elle n'était sortie de son hébétude que pour demander à voir le corps de Bobby. Les autres avaient évidemment essayé de l'en dissuader. Devant son insistance, ils l'avaient emmenée auprès de son fils. Elle l'avait serré dans ses bras pour la dernière fois. Ils avaient dû le lui arracher, et elle s'était mise à hurler, à pleurer, et à injurier Andrew.

C'était sa faute. Les témoins, la police, Andrew lui-même avaient beau affirmer que l'autre voiture avait franchi la ligne jaune pour venir s'écraser contre leur break, elle savait qu'il était coupable. Il devait bavarder avec les garçons assis à l'arrière, comme d'habitude. Sans doute leur racontait-il des blagues, sans doute riait-il. Il ne regardait pas la route. Les garçons avaient été un peu secoués : des bleus, des coupures, quelques points de suture, rien de sérieux. Andrew souffrait d'une légère blessure à la tête, on l'avait gardé en observation à l'hôpital pour la nuit.

Mais Bobby était mort.

Mort sur le coup.

Mort à dix ans, dans son uniforme d'écolier.

Maintenant, à l'idée de perdre Sara, elle se sentait prise dans une sorte de gros nuage noir qui l'écrasait comme une chape de plomb, occultant le reste du monde.

Plus tard, alors qu'elle dictait une lettre à Miranda, les larmes lui montèrent brusquement aux yeux. Elle s'écroula sur son bureau, la tête sur ses bras repliés, secouée par des sanglots convulsifs. Sa secrétaire quitta la pièce sur la pointe des pieds, pour revenir un instant après avec un verre d'eau et deux pilules jaunes.

— Avalez ça, B.B. Vous vous sentirez mieux.

— Qu'est-ce que c'est ?

— Du Valium. J'en ai toujours dans mon tiroir, en cas d'urgence.

— Non, je ne prends jamais de tranquillisants.

— Je sais, mais aujourd'hui...

— Non, coupa B.B. Je n'en ai pas besoin.

— Comme vous voulez. Puis-je faire quelque chose pour vous ?

— J'ai simplement eu un coup de cafard. C'est fini.

Miranda hocha la tête.

— Vous deviez rencontrer des clients à dix heures

trente, à la résidence Rousso. Préférez-vous que j'annule votre rendez-vous, ou que je demande à quelqu'un d'autre de leur faire visiter la maison ?

— Non, je vais très bien. De là-bas, j'irai directement à la salle de danse. Je rentrerai vers treize heures quinze.

— Désirez-vous que je vous achète quelque chose pour déjeuner ?

— Un pot de yaourt à la framboise, si cela ne vous dérange pas.

— D'accord.

B.B. arriva en retard au cours de danse, à cause de ses clientes, deux femmes de Détroit qui avaient exigé d'inspecter la résidence Rousso de fond en comble. Elles n'avaient pourtant pas la moindre intention de s'en porter acquéreurs, B.B. l'avait flairé dès la première minute. Ces deux touristes avaient tout bonnement trouvé un moyen agréable et peu onéreux de passer la matinée et d'explorer le Boulder authentique. Elle les avait rapidement remises à leur place, en les traitant de vieilles folles.

Médusées par son esclandre, elles l'avaient menacée de se plaindre auprès du syndicat des agents immobiliers. B.B. leur avait ri au nez et les avait encouragées à ne pas hésiter : elle était présidente du syndicat ! Elle avait pris un tel fou rire qu'elle avait dû courir aux toilettes. Là, elle s'était regardée dans le miroir : les larmes roulaient sur ses joues, un rictus lui déformait le visage, on aurait cru qu'elle pleurait.

Contrôle-toi... contrôle-toi, se répétait-elle tout en se dirigeant vers la salle de danse. Elle ne s'était jamais montrée grossière envers un client. Jamais. C'était un mauvais jour, voilà tout. Cela arrivait aux meilleurs agents. Si cela ne lui était jamais arrivé auparavant, cela prouvait simplement qu'elle était plus patiente que la plupart de ses collègues, ce qui expliquait sa réussite professionnelle. Et pourtant, elle ne pouvait empêcher ses mains de trembler.

Le cours était déjà commencé quand elle entra dans la salle. Elle resta dans le fond, au lieu de prendre sa place habituelle entre Margo et Clara. La danse la relaxait, bien mieux encore que le jogging ou le yoga. Le rythme de la musique, cette sensation de chaleur dans les muscles... Oui, elle se sentait déjà mieux.

Le cours terminé, les élèves se ruèrent vers les douches dans un joyeux brouhaha. Clara, à l'autre bout du vestiaire bondé, lui adressa un signe de la main avant de disparaître dans une cabine. Tout près d'elle, devant son placard, Margo ôtait son maillot et ses jambières en fredonnant. Un sourire errait sur ses lèvres.

B.B. la regardait se déshabiller. Elle avait des seins ronds et plutôt volumineux, avec de larges aréoles roses. Si elle ne se surveillait pas, elle ressemblerait un jour à une vache laitière, songea-t-elle avec une sombre satisfaction. Elle l'avait vue nue des milliers de fois, mais aujourd'hui c'était différent. Aujourd'hui, elle voyait en elle la maîtresse d'Andrew. Andrew qui baisait cette bouche, caressait cette poitrine, pénétrait cette chair.

— Qu'est-ce que tu as ? lui demanda soudain Margo.
— Pourquoi ?
— Il y a au moins une heure que tu me dévisages.
— Il paraît que tu couches avec Andrew ?

Ces mots lui avaient échappé, elle n'avait pas pu les retenir. Peut-être Sara avait-elle tout inventé, peut-être Margo allait-elle nier.

— Comment as-tu... bafouilla celle-ci, cramoisie.
— Sara me l'a dit.
— Sara ? Mais comment...
— Andrew le lui a dit.
— Oh...

Ainsi, c'était donc vrai. B.B. empoigna sa serviette et se dirigea vers les douches.

— Ecoute, je... fit Margo en lui emboîtant le pas.
— Il se sert de toi. Tu ne comprends pas ? Il ne s'intéresse qu'à ton corps, c'est tout.
— Je ne crois pas nécessaire d'en discuter avec toi.
— Pourquoi pas ? rétorqua B.B. d'une voix aiguë. Tout le monde en parle !

Elle se tourna vers leurs compagnes de cours.

— N'est-ce pas que vous en discutez entre vous ? Margo couche avec Andrew : le dernier sujet de conversation à la mode !

— Je t'en prie...

— Comment peux-tu être aussi bête, ma pauvre !

Se détournant, Margo pénétra dans la cabine de douche, mais B.B. écarta rageusement le rideau.

— Est-ce qu'il pleure toujours, au dernier moment ? cria-t-elle. Il te bredouille à l'oreille que tu es belle, adorable ?

Margo lui arracha brutalement le rideau et le tira. Un silence de mort s'était abattu sur le vestiaire, on n'entendait plus que l'eau coulant dans les cabines.

— Qu'est-ce que vous avez à me regarder ? hurla B.B. aux femmes qui l'observaient, pétrifiées. Vous ne m'avez jamais vue ?

Toutes baissèrent aussitôt le nez et s'empressèrent de se rhabiller.

— B.B., murmura doucement Clara. Viens... Habille-toi et allons boire une tasse de café.

Elle l'emmena au *New York Deli*, sur le Mall, et l'entraîna vers une table à l'écart, face au mur du fond.

— J'ai fait un beau scandale, n'est-ce pas ?

— En effet.

— Je n'en avais pas l'intention, je t'assure. C'est arrivé comme ça...

— Je sais, répliqua Clara en lui pressant amicalement le bras. Ce n'est pas grave.

— Comment ai-je pu dire des choses pareilles ?

— Tout le monde explose, un jour ou l'autre. En ce qui me concerne, je préfère oublier ce que j'ai raconté quand Robin a filé avec le chou à la crème.

— Il couche avec Margo. Tu étais au courant ?

Clara acquiesça.

— Je suppose que toute la ville le sait ?

— Je ne crois pas. Evidemment, maintenant que tu l'as crié sur les toits... De toute façon, qu'est-ce que ça change ?

— L'idée qu'ils couchent ensemble me révulse.

— Tu l'aimes encore ?

— Non, mais je ne supporte pas de le voir avec une autre, surtout pas Margo, et sous mon nez ! Tu dois me trouver égocentrique, non ?

— Margo ne cherche pas à te blesser.

— Alors, elle ne devrait pas faire ça avec mon mari.

— Ton ex-mari.

— Donc, je n'ai pas à me sentir trahie... C'est bien ce que tu veux dire ?

— Oui.

— De toute manière, il partira bientôt. Son bail s'achève à la fin novembre. Il me faudra simplement tenir bon jusque-là.

B.B. envoya un mot au professeur de danse pour lui présenter ses excuses et l'informer qu'elle suivrait désormais les cours du lundi et du mercredi, pour des raisons personnelles.

Clara lui avait conseillé de consulter Thorny Abrams, mais B.B. se pensait capable de s'en sortir par ses propres moyens. Le pire était passé. Apprendre la liaison d'Andrew avec Margo de la bouche même de Sara lui avait causé un choc, cependant elle l'avait déjà surmonté. Aussi, au lieu d'appeler le psychiatre, elle téléphona à Cassidy, sa masseuse, afin de prendre rendez-vous pour le lendemain après-midi. Tout en la massant, Cassidy lui vanta chaudement les mérites de Sensei Nokomoto, un acupuncteur. Ses petites aiguilles accomplissaient des miracles sur le corps et l'esprit, en rétablissant la circulation des courants d'énergie, expliqua-t-elle. B.B. promit de tenter l'expérience.

Elle bavardait avec Lewis presque chaque soir. Il affirmait que leurs conversations téléphoniques illuminaient sa vie. Il avait repéré une magnifique bague en or, ornée de trois diamants. N'était-ce pas un excellent argument pour se fiancer ? Et qu'avait-elle décidé pour leurs vacances de Noël à Hawaii ?

— Tu me poses trop de questions à la fois, disait-elle en riant, sans répondre.

— Tu es la femme de mes rêves, répétait-il.

— Que se passera-t-il quand tu découvriras que je suis bien réelle ?

— Je t'aimerai encore davantage.

— Tu me le jures ?

— Oui.

Pendant quelques instants chaque jour, elle se sentait le cœur léger. Mais, dès qu'elle raccrochait, la tristesse l'accablait à nouveau. Cela lui coûtait tellement d'être à la hauteur de ce que Lewis et tous les autres attendaient d'elle. Parfois, elle voulait rompre, le supplier de l'oublier. *Ce n'est qu'un jeu, Lewis.* Elle ne se résignait cependant pas à se priver de lui. Il représentait un tel réconfort. Se raccrocher ainsi à lui n'était pas très honnête, elle en avait conscience, mais ne faisait-il pas de même en l'idéalisant ? Au fond, les humains ne puisaient-ils pas toujours chez les autres la force qui leur manquait ?

Quand Andrew lui téléphona pour lui demander un rendez-vous, B.B. n'en fut pas véritablement surprise. Après tout, il fréquentait peut-être Margo dans le seul but de la rendre jalouse, pour qu'elle l'implore à genoux de tout recommencer. Sa fille et sa mère n'avaient-elles pas évoqué une possible réconciliation ?

Pourvu que Margo ne lui ait pas raconté le scandale de la salle de danse ! Et pourvu que Sara ne lui ait pas parlé de ses crises d'hystérie. D'ailleurs, elle allait bien mieux ces derniers temps. Elle avait consulté trois fois l'acupuncteur, qui s'était employé à régler son influx nerveux et lui avait prescrit un régime alimentaire destiné à débarrasser son corps des poisons qui l'infestaient. Elle avait largement recouvré le contrôle d'elle-même, et quand il lui arrivait encore de craquer, elle avait soin de ne pas le montrer. Elle s'enfermait dans la salle de bains et déchiquetait des kleenex, ou bien sortait pour un long jogging.

Elle accepta de rencontrer Andrew le jeudi après-midi, à quatre heures, pendant que Sara serait chez Mme Vronsky pour sa leçon de piano. Elle ne l'avait pas vu depuis plus d'un mois.

Ce jour-là, elle rentra du bureau assez tôt pour se doucher et se changer. Elle s'habilla en blanc. Il l'avait toujours aimée dans cette couleur. Et Margo, l'aimait-il aussi en blanc ? Mon Dieu, elle ne comprenait vraiment pas comment il pouvait coucher avec elle. Il avait eu d'autres femmes dans sa vie, elle le savait pertinemment. Après tout, six années s'étaient écoulées depuis leur divorce. Mais les autres n'avaient aucune réalité pour elle.

Quand il sonna, elle finissait de préparer le plateau pour l'apéritif : des crackers disposés dans une petite corbeille, du fromage de Cheddar découpé en cubes, et une bouteille de Blanc de Blanc.

— Bonjour, Andrew, dit-elle en ouvrant la porte. Entre.

Elle se sentait très calme, maîtresse d'elle-même. Il la suivit au salon.

— Très joli, apprécia-t-il en jetant un regard autour de lui.

— Tu veux visiter ?

— J'aimerais voir la chambre de Sara.

— Bien sûr.

Elle le conduisit à l'étage et poussa la porte de Sara, au bout du couloir. Immobile, il contempla longuement les meubles de rotin blanc, le lit capitonné, les coussins et les rideaux bordés de dentelle bleue et blanche.

— Ravissant. Et tellement net...

— J'exige que Sara range correctement ses affaires. Elle le fait sans rechigner.

Après lui avoir montré les autres pièces de l'étage, à l'exception de sa propre chambre, elle l'entraîna à nouveau au rez-de-chaussée, dans la cuisine. Il hochait la tête en marmonnant : *Très joli.* Les géraniums posés sur la fenêtre étaient encore fleuris, les casseroles et les poêles de cuivre étincelaient, les pots d'épices étaient rangés sur l'étagère par ordre alphabétique.

Puis ils regagnèrent le salon. Il s'assit sur le divan, B.B. s'installa sur une chauffeuse, en face de lui.

— Un peu de vin ?

— Volontiers.

Elle remplit leurs verres, et lui tendit la corbeille de crackers par-dessus la table basse qui les séparait.

— Merci.

— N'est-ce pas ma mère qui t'a tricoté ce pull-over ?

— Non, c'est la mienne. Ta mère m'avait fait le même en bleu.

— J'ai toujours préféré celui-ci. Ce vert sombre s'harmonise bien avec la couleur de tes yeux.

Andrew grignota son cracker, vida la moitié de son verre. Il semblait mal à l'aise, sans doute parce qu'il n'était pas sur son territoire. Elle croisa ses jambes dans une attitude provocante. Elle voulait qu'il la désire, qu'il la compare à Margo et se rende compte qu'il n'y avait pas de comparaison possible. S'il faisait le premier pas, elle ne le repousserait pas. Elle lui prouverait que Margo n'était qu'un pis-aller.

Il toussota, pour s'éclaircir la gorge.

— Je... Si j'ai demandé à te voir...

Elle rejeta ses cheveux en arrière, sirota une gorgée de vin, silencieuse.

— ... c'est que le bail de mon appartement s'achève à la fin du mois.

— Oui, en effet. Tu n'avais signé que pour trois mois, n'est-ce pas ?

— J'espérais quand même pouvoir prolonger la location.

— Ce n'est pas très facile par ici. Hathaway réserve probablement l'appartement à des gens qui reviennent chaque année passer l'hiver dans la région. Ainsi, tu retournes en Floride à la fin du mois ?

— Non, je compte rester ici, au moins jusqu'aux vacances d'été... peut-être plus longtemps. C'est justement cela dont je souhaitais te parler.

Il allait la prier de lui trouver un autre logement, ou bien lui proposer de revivre ensemble. Elle n'avait aucune intention de lui donner sa réponse sur-le-champ. L'enjeu était trop important.

— Je m'installe chez Margo, dit-il.

— Pardon ?

— Je m'installe chez Margo. Si j'ai tenu à t'en avertir dès maintenant, c'est que cela concerne aussi Sara. J'aimerais pouvoir la prendre une semaine par mois.

— Non. Jamais.

Elle se leva. Une douleur lancinante lui taraudait les tempes.

— Pourquoi m'infliges-tu une chose pareille ?

— Cela n'a rien à voir avec toi.

— Tu ne m'as donc pas assez torturée ?

— Il n'est pas question de te torturer.

— Je ne laisserai jamais Sara chez cette femme. Ses gamins sont épouvantables, répliqua-t-elle d'une voix morne, comme étouffée. Je ne comprends pas pourquoi tu as pris cette décision.

— Parce que je veux rester auprès de Margo.

Sans réfléchir, elle saisit son verre et le lança à la

figure d'Andrew qui, instinctivement, baissa la tête. Le verre alla se fracasser contre le piano. La bouteille s'était renversée, le vin coulait sur le tapis.

— Regarde... regarde ce que tu me fais faire!

— Tu as une éponge?

— Ne t'occupe pas de ça! Je sais ce que tu cherches, figure-toi! Tu essaies de me détruire. Tu as tué Bobby, et maintenant tu projettes de m'enlever Sara. Tu ne seras content que quand tu m'auras dépouillée de tout, quand je n'aurai plus la moindre raison de vivre!

Les lèvres d'Andrew remuèrent, mais B.B. n'entendait pas ses paroles.

— Quoi? cria-t-elle. Qu'est-ce que tu dis?

— Tu t'acharnes à rendre les choses plus difficiles qu'elles ne le sont en réalité!

— Qui t'a envoyé ici? Ma mère? Vous avez tout manigancé ensemble, n'est-ce pas? Elle veut se débarrasser de moi, parce que je connais la vérité. C'est bien cela?

— Tu délires, Francine.

— Tu insinues que je suis folle?

S'approchant, il lui posa doucement la main sur l'épaule; elle s'écarta d'un bond.

— Il vaudrait mieux te calmer avant le retour de Sara, murmura-t-il.

— Ne t'avise surtout pas de me dire ce que je dois faire! Ma mère et toi pensez pouvoir diriger ma vie. Eh bien, vous vous trompez! Sors immédiatement de ma maison, et que je ne te revoie plus!

Elle empoigna une statuette de pierre, mais n'eut pas le temps de viser Andrew: il était déjà parti. Il avait marmonné en claquant la porte quelques mots qu'elle n'avait pas compris. Elle se sentait à nouveau engluée dans cet horrible nuage noir si familier, son cerveau n'était plus qu'une masse cotonneuse.

Courant à la cuisine, elle ouvrit le robinet et laissa l'eau glacée ruisseler sur son crâne jusqu'à ce qu'il soit complètement engourdi par le froid. Puis elle revint au salon, nettoya soigneusement le tapis, ramassa les débris de verre, retapa les coussins du divan; après quoi elle jeta les crackers et le fromage à la poubelle, et se savonna les mains. Voilà. Il ne restait plus trace de lui, comme s'il n'était jamais venu ici. Comme si cet après-midi n'avait jamais existé.

CHAPITRE XXI

ENTRE Thanksgiving et Noël, Margo passa toutes ses soirées à piquer la couverture de patchwork qu'elle avait dessinée et cousue pour le cinquantième anniversaire de mariage de ses parents. Elle avait imaginé d'y appliquer une sorte d'arbre généalogique simplifié, formé de cercles taillés dans des tissus aux couleurs de l'arc-en-ciel. Le cercle central représentait ses parents ; en dessous, on voyait Margo et ses deux sœurs, puis les cinq petits-enfants. L'idée lui en était venue deux ans plus tôt, alors qu'on croyait sa mère à l'article de la mort. Elle s'était mise à confectionner ce kit, poussée par la certitude puérile et pourtant irréductible que ce travail éloignerait le malheur. Maintenant, elle était résolue à le terminer avant leur départ pour Beverly Hills où habitait Bethany, qui s'était chargée d'organiser la fête.

Lorsque Stuart et Michelle étaient couchés, Margo et Andrew s'installaient au salon, devant la cheminée. Andrew lisait, elle, travaillait à son ouvrage, la stéréo jouait de la musique. Elle n'avait jamais ressenti une telle sérénité. Parfois, elle levait les yeux pour le regarder, s'assurer qu'il était toujours là. Il lui souriait, tendait la main pour lui caresser les cheveux. Quand elle était lasse de coudre, elle se nichait au creux de ses bras pour contempler les flammes mourantes, et pensait : « c'est cela, le bonheur ». Souvent, ils faisaient l'amour sur le tapis, et Margo lui mordait l'épaule pour s'empêcher de crier. Puis ils regagnaient leur chambre et s'endormaient, blottis l'un contre l'autre.

Depuis cinq ans, elle avait perdu l'habitude de dormir avec un homme. En fait, même pendant son mariage, elle ne dormait pas vraiment avec Freddy. Ils partageaient le même lit, certes, mais elle n'éprouvait pas auprès de lui cette sensation de sécurité, de chaleur et de tendresse. Il ne la tenait pas serrée dans ses bras, ne l'embrassait pas au milieu de la nuit, quand elle se retournait dans son sommeil. Rien d'étonnant à ce qu'elle se réveille au matin fraîche comme une rose.

Andrew étant désormais installé sous son toit, elle devait impérativement parler de lui à sa famille, avant que ses enfants ne commettent une gaffe. Ce fut à sa sœur aînée qu'elle annonça la nouvelle, en se préparant mentalement aux questions qui ne manqueraient pas de suivre.

— Quelle surprise! s'exclama Bethany. Depuis quand le connais-tu?

— Depuis le mois d'août.

— Oh je vois...

Manifestement, Bethany jugeait leur décision de vivre ensemble quelque peu hâtive.

— Et que fait-il?

— Il est écrivain.

— Il ressemble aux types de Boulder?

Bethany détestait les « types de Boulder ». A chacune de ses visites, quand toutes deux se promenaient sur le Mall, elle observait d'un air dégoûté les hippies vieillissants qui abondaient dans la ville. « Ma parole, ils ont tous pris leur retraite ici », avait-elle persiflé un jour. « Non, certains se sont retirés à Santa Fe », avait répondu Margo.

— Il n'est pas de Boulder. Il vient de Floride.

— Ah bon? Peut-être connaît-il le frère aîné de Harvey? Sa femme et lui habitent la Floride depuis quelques années. Ike et Lana. Tu te souviens d'eux?

— Pas très bien.

— Tu les verras le soir de la fête. Tout le monde sera là.

Elle s'interrompit, et Margo se la représenta mentalement, assise sur son lit, le téléphone coincé sur son épaule, en train de se vernir les ongles.

— Tu amèneras ton ami, n'est-ce pas ?

— Il n'a pas de smoking.

— Il ne peut pas en louer un ?

— Ça ne l'enthousiasme pas.

— Il est du genre contestataire ?

— Non, pas vraiment.

— Qu'il s'habille comme il l'entend, ça ne me dérange pas, à condition qu'il ne se sente pas déplacé.

— Dis donc, je pensais qu'il s'agissait d'une soirée décontractée. Comment se fait-il que tu exiges le smoking ?

— C'est une réception, Margo. Même si nous vivons à présent sur la côte ouest, je reste new-yorkaise de cœur : pour moi, une réception implique obligatoirement la tenue de soirée.

— Oh...

— J'espère que tu réussiras à persuader Stuart de prendre un bain en l'honneur de ses grands-parents. La dernière fois que je l'ai vu, il était plutôt douteux.

— Tu retardes, il en a terminé avec sa période crasseuse. Maintenant, il n'y a plus moyen de le sortir de la douche. Il est amoureux, figure-toi.

— Pas possible ?

— Si.

— Eh bien, qui l'eût cru ? rétorqua Bethany en riant. Tu as l'air heureuse, Margo.

— Je le suis.

— Tant mieux. L'autre jour, je repensais à ce que je t'ai dit avant que tu épouses Freddy. Tu te rappelles ?

— Oui.

— Au fond, ce n'était pas contre Freddy que je voulais te mettre en garde, mais contre le fait de se marier et d'avoir des enfants trop jeune. J'avais pas mal de problèmes, à l'époque. Aujourd'hui, après toutes ces années, Harvey et moi avons finalement trouvé un équilibre. Notre vie n'a rien d'exaltant, mais elle est agréable. Et toi, avec Andrew, c'est la grande passion ?

— Oui.

— Evidemment, la deuxième fois, on se débrouille pour trouver quelqu'un avec qui ça marche bien physiquement, déclara songeusement Bethany. En tout cas, moi, c'est ce que je ferais.

Margo raccrocha. Une heure après, sa mère téléphonait.

— Margo chérie... Bethany vient de nous annoncer la bonne nouvelle. Alors, tu as quelqu'un d'important ?

— Quelqu'un d'important ?

— C'est l'expression de Joelle. Tu sais qu'elle a rencontré un garçon, elle aussi. Raconte-moi... il est comment ?

— Très gentil. Il te plaira, j'en suis sûre.

— C'est donc sérieux ?

— Oui. Nous allons essayer de vivre ensemble pendant six mois.

— Six mois ? Qu'est-ce que cela signifie ? Je n'ai jamais entendu une chose pareille !

— Cela durera peut-être plus longtemps. Nous l'espérons. Nous resterons ensemble tant que ça marchera bien entre nous.

— Marcher ? C'est-à-dire ?

— Eh bien, tant que nous continuerons à nous entendre... soupira Margo, que cette conversation embarrassait au plus haut point.

— Et l'amour dans tout ça ? Les gens ne tombent donc plus amoureux, de nos jours ?

— Si, évidemment. Nous sommes amoureux.

— Alors, c'est clair comme de l'eau de roche. Vous vous marierez dans six mois.

— Nous n'avons pas encore parlé mariage.

— Vous devriez, ma chérie.

Plus tard, quand Andrew et elle furent couchés, Margo murmura :

— Ma mère te définit comme « quelqu'un d'important ».

Il se mit à rire.

— Viens là, que je te montre combien je suis important...

Margo se glissa voluptueusement dans ses bras.

— Tu vois ce que je veux dire ?

— Hmm... oui.

Margo habitait Boulder depuis trois mois, lorsque son père lui avait téléphoné. Elle avait immédiatement compris, au son de sa voix, qu'il avait de mauvaises nouvelles.

— Papa, qu'est-ce que... Ça ne va pas ?

— Ta mère est à l'hôpital. Pour des examens. Elle m'avait demandé de ne pas t'avertir...

— Quels examens ?

— Eh bien, ça pourrait être... elle a trouvé des grosseurs... sous son bras. Oh, ce n'est sans doute rien, mais le médecin l'a fait hospitaliser pour savoir exactement ce qu'elle a.

— J'arrive.

Elle s'était envolée pour New York le lendemain matin, après avoir confié ses enfants au professeur d'anglais de Michelle, une sympathique jeune femme qui acceptait volontiers de veiller sur les élèves dont les parents devaient s'absenter.

Puis elle avait pris un taxi qui l'avait emmenée directement de LaGuardia au New York Hospital. Là, dans la chambre 412, elle avait retrouvé son père et ses deux sœurs, debout au chevet de sa mère. Celle-ci était assise dans son lit, enveloppée dans une liseuse de dentelle rose. Ses cheveux, qui encadraient ordinairement son visage, étaient tirés en arrière, et ses yeux semblaient immenses. Mais elle riait et plaisantait, résolue à affronter gaiement ce qui l'attendait, fût-ce le pire. Elle avait toujours répété à Margo que l'humour était le seul moyen de supporter l'existence.

— Margo chérie ! Il ne fallait pas venir de si loin. Je dois seulement subir quelques examens. Abe... pourquoi l'as-tu prévenue ?

— Je suis heureuse qu'il l'ait fait, répliqua Margo en embrassant la joue duveteuse de sa mère qui embaumait Shalimar, son parfum favori. Je veux être auprès de toi.

A ce moment, l'infirmière — une grosse femme noire aux cheveux gris et au nez surmonté d'énormes hublots — entra pour prendre la tension de la malade.

— Je vous présente ma fille Margo.

— Celle du Colorado ?

— Exactement. « Là-haut, sur la monta-a-gne... » entonna-t-elle avec un accent traînant.

L'infirmière éclata de rire.

— Vous êtes vraiment un drôle de numéro, madame Kaye !

— Vous ne croyez pas si bien dire ! renchérit M. Kaye.

Un peu plus tard, quand Bethany, Joelle et leur père furent descendus boire un café, la mère de Margo se laissa retomber contre ses oreillers.

— Raconte, ma chérie... Comment vas-tu, comment vont les enfants ?

— Très bien.

— Tu te plais là-bas ?

— C'est encore trop tôt pour l'affirmer avec certitude, mais je crois que oui.

— Je ne comprendrai jamais pourquoi tu es partie si loin.

— Tu sais bien que ce n'est pas le bout du monde. Si tu as étudié la carte que je t'ai envoyée, tu as dû voir que le Colorado jouxte l'Arizona, où vit tante Luba. Et c'est bien plus près que la Californie.

— Tu ne pouvais donc pas choisir plutôt le New Jersey ?

— Non, répondit Margo en riant. J'avais besoin de couper les ponts, de commencer une nouvelle vie. Mais changeons de sujet... parle-moi plutôt de toi.

— Eh bien, s'il s'agit d'une tumeur maligne, on m'opérera. J'ai dit au chirurgien de ne pas hésiter. Allez-y, Abe m'aimera autant avec un sein qu'avec deux. Et, s'il faut me les enlever tous les deux, je me ferai une raison.

Le chirurgien avait effectivement dû pratiquer une double mastectomie. Même après cela, il n'était pas certain d'avoir complètement enrayé le mal. Mais il espérait qu'avec des séances de rayons et une chimiothérapie...

Plus que la malade, c'était le père de Margo qui perdait courage.

— Sans Belle, je n'ai plus le goût de vivre.

— N'aie pas peur, elle s'en sortira.

— Mais s'ils n'ont pas tout enlevé, si le mal reprend ?

— Inutile de nous tourmenter à l'avance, papa. Nous n'avons plus qu'à attendre.

— Elle est toute ma vie, murmurait-il, les larmes

aux yeux. J'adore mes filles, mes petits-enfants, mais Belle est toute ma vie.

Oh, être aimée à ce point, songeait Margo. Si totalement. Connaîtrait-elle un jour un tel amour, une telle dévotion ? Elle en doutait. Peut-être les gens ne savaient-ils plus aimer aussi intensément. Peut-être avaient-ils peur.

— Regarde, avait dit sa mère, quarante-huit heures après l'opération. Plate comme une limande... un vrai garçon.

Et, quelques jours après :

— Ce matin, j'ai reçu la visite d'une superbe jeune femme qui m'a fait penser à toi. Elle a également subi une double mastectomie, mais ça ne se voit pas du tout. Elle m'a expliqué toutes les possibilités. Des faux seins, ou même la chirurgie esthétique... A ton avis, ça vaut le coup d'essayer ? A mon âge ?

— Pourquoi pas ?

— Ah, ma chérie... on a beau se savoir atteint d'un cancer, on ne se résigne pas... on continue à échafauder des projets. Moi, je me répète sans arrêt que je vais m'en tirer. Toujours mon satané optimisme !

— Tu *vas* t'en tirer. Et, dans des moments pareils, il me semble que l'optimisme est plutôt une qualité.

— De toutes mes filles, Margo, tu es celle qui me ressemble le plus. J'ignore si c'est une chance ou un handicap.

— Je crois que c'est une chance.

— Je le crois aussi, avait rétorqué Mme Kaye en souriant.

Margo avait appelé Freddy pour l'informer de sa présence à New York.

— Ma mère est à l'hôpital.

— Rien de grave, j'espère ?

— Double mastectomie.

— Je suis désolé. Je lui enverrai des fleurs.

— Tu n'y es pas obligé... J'ai simplement pensé que tu aimerais être prévenu.

— J'enverrai des fleurs, un point c'est tout. Alors, comment te débrouilles-tu là-bas, dans ton désert ?

— Ça marche bien.

— Je pourrais te traîner devant les tribunaux, Margo. Te faire condamner pour avoir emmené les enfants aussi loin. Tu es en train de bousiller mes relations avec eux. Un jour ou l'autre, ils te le reprocheront.

— Si je me souviens bien, tu avais pourtant admis que ce départ était nécessaire pour mon travail.

— J'ai eu tort. Je n'aurais jamais dû te permettre de les prendre avec toi.

— Freddy, tu sais bien qu'il m'était impossible de me spécialiser dans la construction solaire à New York.

— Ne me ressers pas ce baratin, tu veux?

— S'il te plaît, ne commençons pas à nous disputer. Je traverse des moments difficiles.

— Fais-moi signe, quand tu ne seras pas dans un « moment difficile ». Tu te complais dans les problèmes.

— Puisque tu le dis. Comment va Aliza?

— Très bien.

— Tant mieux.

— Qui s'occupe des gosses pendant ton absence?

— Le professeur d'anglais de Michelle.

— C'est une personne de confiance, au moins?

— Crois-tu que j'aurais laissé les enfants avec elle, s'il s'agissait d'une irresponsable?

— Avec toi, sait-on jamais?

— Au revoir, Freddy.

— Au revoir, Margo. Je suis vraiment navré pour ta mère.

Elle avait raccroché furieuse, avec aux lèvres ce goût d'amertume si souvent remâché dans le passé. Elle n'avait jamais été l'épouse dont rêvait Freddy. Il continuait à lui reprocher d'avoir une personnalité propre, et avait encore le pouvoir de la culpabiliser. Au fond, c'était une poupée gonflable qu'il lui fallait.

— Une créature de plastique, qui ne pense pas! lui avait crié Margo, un soir qu'ils se querellaient à propos du menu de leur prochaine réception. C'est ce que tu veux, n'est-ce pas? Une poupée, qui organiserait des petits dîners fins et s'allongerait chaque fois que tu en as envie!

— Oui, c'est ça! C'est exactement ce que je veux!

Quand elle était rentrée chez elle, Stuart et Michelle l'avaient assaillie de questions sur leur grand-mère Belle. Margo s'efforçait de leur répondre honnêtement, sans trop les inquiéter toutefois. Les médecins faisaient le maximum, et grand-mère Belle avait un moral d'acier, expliquait-elle.

— Elle a repris les claquettes? demandait Michelle.

— Non, pas encore. Mais elle s'y remettra bientôt, j'en suis sûre.

A soixante-deux ans, la mère de Margo avait brusquement décidé d'apprendre les claquettes. Elle prenait trois leçons par semaine, et manifestait un talent certain pour cette discipline. Avant le départ de Bethany pour la côte ouest, et l'installation de Margo à Boulder, elle adorait danser pour ses petits-enfants. Margo préféra ne pas dire à Michelle que sa grand-mère ne chausserait sans doute plus jamais ses souliers ferrés.

Margo avait d'abord hésité à emmener Andrew à la fête d'anniversaire craignant qu'il ne fût encore trop tôt pour le présenter à sa famille. Puis Bethany proposa de leur prêter son appartement de la Marina del Rey. Comment résister à une pareille offre? Une semaine en tête à tête avec Andrew. Une semaine d'amour, sans témoins.

Andrew avait suggéré d'aller à Los Angeles en voiture. Ils laisseraient Stuart et Michelle à l'aéroport de Denver, et poursuivraient seuls leur voyage. Cette idée semblait délicieusement romantique. Pas d'enfants, pas de responsabilités, et plus de coups de fil de B.B. qui téléphonait sans arrêt pour accuser Andrew de chercher à la détruire, à bourrer le crâne de Sara. Margo le suppliait de raccrocher, mais il ne l'écoutait pas. Selon lui, il valait mieux qu'elle extériorise ses sentiments. Parfois, quand Margo répondait au téléphone, B.B. déversait sa rage sur elle.

— Il n'a pas la moindre conscience. Tu ne comprends donc pas? Tout ce qu'il veut, c'est un toit au-dessus de sa tête et une fille dans son lit. Il se fiche bien de toi, personne ne compte pour lui.

Le soir où Andrew était rentré de chez B.B., après lui avoir annoncé son intention de vivre avec Margo, celle-ci l'avait interrogé sur leur entrevue.

— Comment cela s'est-il passé ? Comment a-t-elle pris la nouvelle ?

— Je n'en sais trop rien. Elle m'a d'abord paru d'excellente humeur, voire un brin provocante. Et puis, tout à coup, elle est devenue complètement hystérique.

— Elle s'habituera, ne t'inquiète pas.

— Toi et ton optimisme... Tu crois que tout finit toujours par s'arranger.

— J'ai raison.

— Tu n'es pas réaliste, Margo. Il y a des choses impossibles, et qui le restent.

— Tu ne m'apprends rien. J'ai eu ma part de déceptions, figure-toi.

— Il ne s'agit pas de déceptions.

Il s'étendit sur le lit, cachant son visage sous son bras replié.

— Je me demande si c'est bien raisonnable.

— Quoi donc ?

— Si je m'installe ici, je risque de faire du mal à Sara. Je devrais peut-être retourner à Miami.

— Il me semble pourtant que nous avons conclu un pacte, murmura Margo, la gorge nouée.

— Tu viendrais avec moi.

— Je ne peux pas... pas maintenant. J'ai des responsabilités à assumer.

— Au diable les responsabilités.

— Je ne peux pas, et toi non plus. Que penserait Sara, si tu l'abandonnais ?

Ne fais pas cela. Ne pars pas maintenant, alors que notre histoire commence à peine. Si tu t'en vas, je n'aurai sans doute plus jamais le courage d'aimer.

— Je n'aurais peut-être pas dû venir ici.

— Peut-être, mais tu es là... et j'aimerais pouvoir croire...

184

Elle se détourna, incapable de continuer. *J'aimerais pouvoir croire que tu tiens à moi.*

Se levant d'un bond, il l'entoura de ses bras.

— Excuse-moi. Cela n'a rien à voir avec toi. Tu sais combien je suis heureux de t'avoir rencontrée.

— Tout ira bien, balbutia-t-elle. Il nous faut simplement un peu de temps.

Malgré elle, Margo évitait B.B. Elle ne déjeunait plus au *James*, n'allait plus au *Boulderado* pour boire un verre en sortant du bureau. D'ailleurs, elle n'avait guère de temps à consacrer à ses amis. Elle travaillait d'arrache-pied pour tout mettre en ordre avant son départ pour Los Angeles avec Andrew. Après les vacances, elle aurait sûrement plus de loisirs. A moins que Clara n'ait eu raison de dire que l'amour excluait souvent l'amitié. En deux mois, Andrew était devenu le centre de sa vie — ami, amant, confident.

Elle avait été fort déçue d'apprendre par Clara que B.B. renonçait au projet de lotissement solaire.

— Elle se sent incapable de travailler avec toi. Et elle n'a pas envie de collaborer avec un autre architecte.

— Je comprends, mais de là à remettre le terrain en vente...

— Elle supporte très mal la situation... Ce n'est pas seulement le fait qu'Andrew vive avec toi... c'est surtout la façon dont tu affiches ton bonheur.

— Ce n'est pas volontaire, je t'assure.

— Je le sais, mais cela n'en est pas moins évident. Tu rayonnes, tu resplendis.

— J'essaie de comprendre ce qu'elle ressent, de me mettre à sa place... Il me semble pourtant qu'elle complique délibérément les choses. Elle est tellement pleine de haine, tellement repliée sur elle-même. Que veut-elle, au juste ? Récupérer Andrew ?

— Je crois plutôt qu'elle n'accepte pas de le voir avec une autre femme, quelle qu'elle soit. Ecoute, Margo... Vous êtes toutes les deux mes amies. Je ne peux pas prendre parti pour l'une ou l'autre.

— Je ne te le demande pas.

Margo se forçait à ne pas oublier que B.B. avait

perdu un enfant. Un jour, elle avait presque failli en parler à Clara, mais s'était retenue à temps. C'était à B.B. de le dire, si elle le souhaitait. Elle essayait d'imaginer ce qu'elle éprouverait si l'un de ses enfants lui était arraché. Tout son être se révulsait à cette idée. Une fois, alors qu'il était très jeune, Stuart avait été gravement malade : sa fièvre ne cessait de monter, et les médecins ne parvenaient pas à diagnostiquer le mal. Il était resté couché pendant des jours, tandis qu'on attendait le résultat des analyses. Margo dormait par terre, à côté de lui, se relevant toutes les heures pour frictionner son petit corps avec de l'alcool. Elle savait qu'il risquait de mourir, et se sentait écrasée par un terrible sentiment d'impuissance. B.B., elle, avait perdu un fils de dix ans, en pleine santé. Margo s'obligeait à s'en souvenir, à compatir, à ne pas laisser la haine s'insinuer dans son cœur.

Le premier jour des vacances, cependant, sa bonne volonté fut mise à rude épreuve. Le hasard voulut qu'ils tombent nez à nez avec B.B. et Lewis, à l'aéroport. Très calme, B.B. présenta Lewis à Andrew, ignorant délibérément Stuart, Michelle et Margo. Celle-ci bouillait encore de colère quand Andrew et elle prirent la route de Los Angeles.

Devinant combien l'attitude de B.B. l'avait froissée, il se mit à fredonner des refrains de country music, pour détendre l'atmosphère. Mais ni l'un ni l'autre n'étaient dupes de cette fausse gaieté.

— Quand j'avais neuf ans, dans le New Jersey, je rêvais de devenir cow-boy.

— Tu avais un cheval ?

— Non... un vélo.

— C'est le cheval qui fait le cow-boy, rétorqua-t-elle avec un petit rire contraint. Remarque, pour ce qui est des chevaux-vapeur, on peut dire que tu conduis comme un vrai cow-boy.

Andrew ralentit, soudain très pâle.

— Je ne me suis pas rendu compte que je roulais vite.

— Je n'ai pas... Je plaisantais... Oh, zut. Je suis désolée.

— Ce n'est pas grave.

C'était grave, au contraire. Elle venait de lui rappeler Bobby, et la cause de sa mort. L'accident demeurait gravé dans son esprit, il garderait toujours cette plaie béante en lui. Elle devrait apprendre à s'en accommoder, à accepter ses brusques accès de mélancolie. La moindre allusion à Bobby réveillait son désespoir. Elle essayait parfois d'aborder le sujet avec lui, mais il se rétractait toujours. « Je ne m'apitoie pas sur moi-même, et je refuse la pitié d'autrui », lui avait-il déclaré le soir où il lui avait parlé de son fils. Eh bien, elle ne s'apitoierait pas sur lui.

Ils accomplirent le voyage en silence, conduisant et dormant à tour de rôle, pendant vingt-quatre heures. Ce n'était pas exactement la romantique escapade qu'ils espéraient.

CHAPITRE XXII

A priori, Michelle n'avait aucune envie d'assister à la fête d'anniversaire. Elle aurait préféré aller directement à New York, au lieu de passer cinq jours à Beverly Hills chez tante Bethany. Si elle n'avait pas craint de heurter ses grands-parents, c'est ce qu'elle aurait fait. Tante Bethany lui donnait invariablement la migraine. Un vrai moulin à paroles. Michelle essayait bien de suivre ses interminables récits, mais plus elle se concentrait, plus elle avait mal à la tête. La petite Lauren, l'*erreur* de tante Bethany, prétendait que sa mère se sentait seule à Beverly Hills, d'où son effrayant besoin de s'épancher. Elle avait peut-être raison.

Margo et Andrew avaient laissé Stuart et Michelle à l'aéroport de Denver. Andrew avait décidé de se rendre à L.A. en voiture, et, naturellement, Margo s'était inclinée. Enfin, c'était leur affaire. Du moment que son frère et elle n'étaient pas obligés de passer vingt-quatre heures sur la banquette arrière de la Subaru à écouter roucouler les amoureux, il n'y avait rien à dire. Chaque fois qu'Andrew appelait sa mère *Margarita*, Michelle se hérissait.

Et voilà qu'ils s'étaient cassé le nez sur B.B., à l'aéroport. Elle avait failli s'évanouir en les apercevant. Elle s'accrochait à ce type, Lewis Machin, comme à une bouée. Quoique plus vieux qu'elle, il n'était pas trop mal ; en tout cas, il avait un beau sourire. B.B., elle, était superbe. Elle avait tiré ses cheveux en

189

arrière, pour montrer ses boucles d'oreille en or, et portait un de ces sacs à la mode qui coûtent une fortune.

Michelle ne comprenait pas comment, après avoir été marié avec une femme pareille, Andrew pouvait s'intéresser à Margo. Evidemment, elle devait bien l'admettre, B.B. n'était pas spécialement aimable. A l'aéroport, elle était même franchement désagréable.

— Lewis, je te présente Andrew, mon ex-mari.

Point à la ligne. Elle ne leur avait même pas adressé un regard. Mais Margo ne s'était pas démontée.

— Je suis Margo Sampson, avait-elle dit en tendant la main. Et voici mes enfants, Michelle et Stuart.

Michelle s'était brusquement sentie très fière de sa mère. Si seulement elle n'avait pas été affublée de son jean délavé et de son vieux sweater...

Il y avait eu quelques secondes de profond malaise, puis ils s'étaient tous mis à parler en même temps, avant de se séparer.

— A mon avis, déclara-t-elle à Stuart quand ils furent dans l'avion, ça a drôlement secoué Andrew.

— Quoi donc ?

— Eh bien, rencontrer son ex-femme avec son nouvel ami.

— Il est costaud, t'affole pas, répliqua-t-il en bâillant.

— Tu n'aimerais pas aller à Hawaii, plutôt que chez la tante Bethany ? Hawaii... c'est tellement exotique.

Comme il ne répondait pas, elle lui jeta un coup d'œil : il était déjà profondément endormi. Qu'on puisse dormir dans un avion dépassait son entendement, d'autant qu'ils venaient à peine de décoller.

Elle serra son sac de toile contre elle. Gemini lui avait prêté ses bijoux pour la fête, et elle ne se sentait pas très tranquille ; si jamais elle les perdait, elle n'aurait pas les moyens de les rembourser. Toutefois, elle avait décidé d'être à son avantage, au cas où elle rencontrerait quelqu'un d'intéressant pendant la fête. Certainement pas un poète ou un intellectuel, vu que tante Bethany n'avait personne de ce genre dans ses relations, mais peut-être un acteur de cinéma. L'oncle Harvey étant l'un des pontes des studios, il y aurait sûrement des vedettes à la réception. Michelle se moquait éperdument des vedettes, qui ne connaissaient pas le secret du monde, néanmoins en rencontrer une, juste pour un soir, pouvait se révéler amusant.

CHAPITRE XXIII

Deux semaines en Floride, c'était une chance du moins à en croire B.B. Sara n'était pas d'accord du tout. Sa mère passerait ses vacances à Hawaii, à Maui exactement. Ça, c'était une chance. Sa mère aurait dû lui proposer de l'emmener. Elle aurait refusé, mais l'invitation lui aurait fait plaisir. Quant à son père, ce n'était pas mieux ! Depuis le divorce, elle fêtait toujours Noël avec lui. Eh bien, cette année, il était parti pour Los Angeles avec Margo. Et il ne lui avait pas davantage proposé de l'emmener. Jennifer avait raison : impossible de se fier aux parents. Dès qu'ils ont quelqu'un dans leur vie, vous ne comptez plus pour eux.

— S'ils pouvaient, ils se débarrasseraient complètement de nous, affirmait Jennifer.

— Complètement ? Tu veux dire qu'ils souhaitent notre mort ?

— Mais non, bécasse ! Ils ne vont pas si loin. Penser un truc pareil leur donnerait des remords jusqu'à la fin de leurs jours. Non, ils sont beaucoup plus subtils. Par exemple, ils t'envoient en pension. Ils te servent un grand discours, du genre : « Est-ce que tu n'aimerais pas poursuivre tes études ailleurs... dans une école réputée ? Il faut que tu rencontres des gens nouveaux, intéressants... des gens du monde entier...

— Sur quoi, tu réponds : « Non. »

— Alors, ils enchaînent : « Cela t'ouvrira des horizons nouveaux, songes-y. »

193

— « Non, trois fois non. »

— « Nous pensons que tu devrais essayer, au moins pour une année. »

— « Je ne veux pas partir, et vous ne m'y obligerez pas. »

— « Tout est déjà arrangé. Nous avons payé la pension, tu t'en iras le 15 août. »

— En ce qui me concerne, personne n'a l'intention de m'envoyer en pension.

— Ils attendent que tu sois dans le second cycle. C'est ce qu'ils ont fait avec ma sœur, et moi, j'y aurai droit aussi. Je vais me retrouver dans l'école où ma mère a étudié, j'en suis sûre.

— Où est-ce ?

— En Virginie. Là-bas, j'aurai un cheval à moi.

— C'est plutôt sympa, non ?

— Le cheval, c'est le seul côté positif de l'affaire.

Sara passa donc sa première semaine de vacances chez ses grands-parents paternels. Ils ne cessèrent de l'interroger sur les relations d'Andrew et de Margo.

— A quoi ressemble-t-elle ? lui demanda sa grand-mère.

— Elle n'est pas mal. Moins jolie que maman.

— Elle est bien faite ? s'enquit son grand-père.

— Pas mal. Moins maigre que maman.

— Elle est gentille avec toi ?

— Oui, ça va.

— Tu n'as pas apporté une photographie d'elle ?

— Non.

Pourquoi diable aurait-elle apporté une photo de Margo ? En quoi sa figure pouvait-elle avoir un intérêt quelconque ? De toute façon, ce n'était qu'une passade, pour reprendre les mots de B.B. Sara aimait bien cette expression — une passade. Son père avait simplement jugé plus commode de rester chez elle pendant qu'il écrivait son roman. Pourquoi ses grands-parents montaient-ils cette histoire insignifiante en épingle ? Mais peut-être savaient-ils quelque chose qu'elle ignorait. Oh, elle détestait les adultes et tous leurs maudits secrets !

La semaine suivante, chez grand-mère Goldy et

oncle Morris, elle se retrouva strictement dans la même situation. Ils voulaient qu'elle leur raconte son séjour à Minneapolis, pour Thanksgiving. Elle se borna à leur dire qu'il faisait un froid terrible à Minneapolis, et que Lewis avait dix-sept ans de plus que sa mère. Mais ils étaient déjà au courant.

Sara n'était pas venue en Floride pour répondre aux questions qu'on lui posait sur ses parents. Elle préférait nager et s'amuser avec des enfants de son âge. Et, s'il fallait absolument discuter, pourquoi ne pas parler de *sa* vie? Elle souhaitait s'entendre dire qu'elle était une fille formidable et que, si Andrew et B.B. ne s'en rendaient pas compte, elle n'aurait qu'à revenir chez ses grands-parents.

— Tu commences à avoir de la poitrine, remarqua grand-mère Goldy, le premier jour où elle mit son maillot de bain. Tu auras bientôt tous les garçons à tes pieds, comme ta mère.

Sara eut envie de crier qu'elle ne ressemblait pas du tout à sa mère, et que les garçons ne la regardaient même pas. Ils tournaient tous autour d'Ellen Anders, qui était une très mauvaise élève.

CHAPITRE XXIV

A Maui, B.B. se sentait merveilleusement loin de tout. Il n'y avait que le soleil, la mer, et Lewis, qui l'adorait et lui donnait le sentiment d'être belle, jeune, d'avoir la vie entière devant elle. Elle se rappelait ce que lui avait dit Andrew, autrefois : au diable les responsabilités ! Eh bien, peut-être allait-elle suivre son exemple.

Elle était très fière de sa réaction, à l'aéroport. Elle avait fait preuve d'une parfaite maîtrise. La nuit précédant son départ, elle avait téléphoné à Andrew pour l'insulter.

— Que veux-tu ? lui avait-il demandé.

Que tu reviennes, avait-elle failli répondre. Mais c'était trop humiliant, et, d'ailleurs, elle n'était même pas sûre de le vouloir vraiment.

— Que tu disparaisses, que tu me laisses tranquille. Sara est ma fille.

— Notre fille.

— Non. Ici, elle est à moi.

Sur ce, elle avait brutalement raccroché. Elle leur téléphonait à des heures bizarres, quand elle les supposait en train de parler d'elle, ou de faire l'amour. Elle ne supportait pas de les imaginer ensemble dans un lit, serrés l'un contre l'autre. Penser qu'Andrew racontait à Margo les détails de leur mariage, de leur intimité, lui était intolérable. Elle les appelait parfois au milieu de la nuit, et interrompait aussitôt la communication. Ces coups de fil incongrus n'étaient

197

pas prémédités. Elle luttait pour ne pas montrer combien leur liaison la blessait, malheureusement elle ne pouvait pas s'empêcher d'appeler. Il fallait qu'Andrew s'en aille. Margo n'avait qu'à le suivre, si elle l'aimait tellement. Aimer... il y avait vraiment de quoi rire.

Lewis et elle faisaient l'amour tous les après-midi. Parfois elle gardait les yeux grands ouverts et contemplait les superbes moulures du plafond de leur villa. Parfois elle perdait toute notion de la réalité, et se figurait que Lewis était son père. Ses mains avaient quelque chose de si familier... Elle avait failli l'appeler papa à plusieurs reprises, mais s'était toujours reprise à temps. Lewis était plus vieux que ne l'était son père au moment de sa mort. Elle ne se rappelait pas précisément l'âge qu'il avait, à l'époque. Sa mère lui avait dit qu'il était mort dans le lit d'une fille, voilà tout ce dont elle se souvenait. Une fille rousse. Une Irlandaise sans le sou. Mais peut-être sa mère avait-elle tout inventé parce qu'elle était la maîtresse d'oncle Morris ? Elle avait entendu son père l'accuser de coucher avec le mari de sa propre sœur. D'ailleurs, cela n'avait aucune importance. Car son père n'aimait qu'elle. Elle était sa Francie adorée. Et maintenant, Lewis l'adorait avec la même intensité.

— Je ne me confie jamais à personne, lui avoua-t-elle un jour. Je suis quelqu'un de très secret.

— Tu es l'être le plus équilibré que j'aie jamais rencontré.

— Tu le penses vraiment ?

— Oui.

— Quelquefois, j'ai l'impression qu'une sorte de nuage se forme autour de ma tête, et que tout se brouille.

— En rentrant, tu devrais consulter un ophtalmologiste. Tu as sans doute besoin de lunettes, rétorqua-t-il en lui baisant le bout des doigts.

B.B. se mit à rire ; un rire inextinguible, douloureux. Lewis n'avait pas la moindre idée de ce qu'elle était vraiment. Elle n'allait certes pas lui ouvrir les yeux, au risque de le perdre.

— J'aimerais ne jamais quitter cet endroit, lui déclara-t-elle un autre jour.

— Ma chérie, si c'est vraiment ce que tu désires, je prendrai mes dispositions pour rester ici. Pourquoi ne pas chercher une maison au bord de l'océan ? Qu'en penses-tu ?

— Oh, Lewis, tu ferais donc n'importe quoi pour me plaire ?

— Oui, répondit-il gravement. Oui, je ferais n'importe quoi.

— Il y a tant de choses que tu ignores à mon sujet.

— Si tu veux que je les connaisse, tu me les confieras. Sinon, cela n'a pas d'importance.

Elle ne lui avait pas encore parlé de Bobby.

Elle se demandait si elle aurait la force de faire semblant pendant toute son existence. Feindre le bonheur. Feindre d'être la femme la plus solide, la plus équilibrée que Lewis ait jamais rencontrée. Ce rôle était si difficile à tenir, elle y usait son énergie. Parfois, elle se sentait si lasse qu'elle rêvait de s'enfoncer doucement dans les vagues tièdes de l'océan, de se laisser emporter.

— Epouse-moi, murmura Lewis. Epouse-moi, tout de suite.

CHAPITRE XXV

INSTALLÉ sur la terrasse de l'appartement de Bethany, Andrew testait une paire de jumelles trouvée dans le placard de la cuisine. Sans doute observait-il les gracieuses évolutions des grands voiliers qui quittaient la marina, supposa Margo, étendue sur une chaise longue. Le soleil réchauffait agréablement ses membres, cependant elle n'avait plus l'âge de s'abandonner trop longtemps à ce plaisir. Les étés de bronzage intensif s'étaient déjà inscrits en fines ridules au coin de ses yeux et de sa bouche. A présent, elle s'efforçait de mettre sa fille en garde contre les expositions prolongées, surtout dans le Colorado, où l'altitude fragilise davantage la peau. Mais Michelle ne l'écoutait pas ; elle n'imaginait pas qu'elle aurait un jour quarante ans.

— Regarde, dit Andrew en lui tendant les jumelles. D'ici à Venice, il n'y a que des seins et des fesses.

Margo s'exécuta. Bonté divine, il avait raison. Une foule insensée se pressait sur la plage — des corps minces, souples, bronzés, luisants de crème solaire, et revêtus de bikinis de la taille de confetti. Elle lui rendit les jumelles sans commentaire.

— Mets ton maillot, Margarita, allons faire un tour.

Elle alla dans la chambre pour enfiler son maillot d'une seule pièce, noir avec une rayure rose en diagonale. Puis elle s'examina dans le miroir, tenaillée par le doute. Comment rivaliser avec ces nymphettes tout en jambes qui se pavanaient sur la plage, leurs longs cheveux flottant au vent ? Andrew était tellement séduisant, il allait forcément plaire à ces gamines de la plage, qui couraient toutes après les hommes mûrs, qui cherchaient toutes un papa.

Ce n'est pas le physique qui compte, espèce de bourrique, dit-elle à son reflet. *C'est l'âme.*

Des nèfles. Le physique, c'est essentiel.

Mais la beauté du corps ne dure pas.

Exactement. D'ailleurs, tu en es un vivant exemple. Regarde un peu ces paquets de graisse sur tes cuisses.

Allons, je ne suis pas grasse. Pour quarante ans, je suis même plutôt bien faite.

Oh, évidemment. Mais si tu t'entretenais davantage, si tu courais — disons, quatre ou cinq kilomètres chaque matin — si tu suivais un régime sérieux, si tu t'aspergeais la figure d'eau glacée trois fois par jour, comme Paul Newman...

Le vieillissement ne doit pas devenir une obsession. Il faut accepter son âge. Du reste, il m'a déjà vue nue...

Peut-être, seulement il ne t'a jamais vue en maillot de bain, il n'a jamais eu l'occasion de te comparer avec un bataillon de superbes créatures californiennes.

— Margo ? appela Andrew. Qu'est-ce que tu fabriques ?

— Je viens !

Pense aux femmes européennes, enchaîna-t-elle in petto, pour se convaincre. *Elles portent des bikinis minuscules, sans se soucier de leur âge, de leur apparence. Et elles sont terriblement sexy. L'important, c'est l'image que tu as de toi-même, ta manière de bouger.*

— Margarita ?

— J'arrive ! répondit-elle en se précipitant vers l'escalier.

Elle avait enfilé un tee-shirt par-dessus son maillot et se sentait furieuse contre elle-même.

Main dans la main, ils longèrent la plage jusqu'à Venice Pier, puis s'assirent sur le sable, observant discrètement une famille installée non loin d'eux. La jeune mère était enceinte pour la quatrième fois, le père construisait un château de sable avec ses trois autres rejetons. Brusquement, Margo songea qu'Andrew et elle n'avaient jamais évoqué la possibilité d'avoir des enfants ensemble.

202

— Tu n'as jamais envisagé d'être à nouveau père?
demanda-t-elle d'un ton hésitant.

— J'y ai longtemps pensé, mais ce n'est plus le cas
aujourd'hui. On ne remplace pas un enfant qu'on a
perdu. De toute façon, je n'ai pas envie de tout
recommencer. Je suis ravi que Stuart et Michelle
soient déjà adolescents. C'est plus facile. Et toi?
ajouta-t-il après un silence. Tu voudrais un bébé?

— Non, répondit-elle en s'appuyant contre lui. Avoir
un bébé de toi aurait pourtant été une merveilleuse
expérience.

— Comment peux-tu en être si sûre?

— Je le sais, voilà tout.

Elle se détourna, soudain au bord des larmes.

— Qu'y a-t-il?

— Rien de spécial, balbutia-t-elle. Je regrette seulement qu'on fasse toujours des enfants avec le mauvais
partenaire.

— Pas toujours.

— Presque.

— Au fond, cela n'a guère d'importance. Les gens
pensent généralement que leur enfant sera à l'image de
celui ou celle qu'ils aiment... or, ils se trompent.

Margo continuait à fixer l'horizon.

— Tu veux un autre enfant... c'est cela?

— Non. Moi non plus, je n'ai pas envie de tout
recommencer, mon expérience de mère me suffit
amplement. Je fais une petite crise de sentimenta-
lisme, rien de plus. Toi et moi, nous aurions pu nous
rencontrer à l'université, nous marier très jeunes,
fonder une famille.

— Rien ne dit que nous serions encore ensemble
aujourd'hui.

— Tu as certainement raison. Pourtant, quand je
pense à mes parents... cinquante ans de mariage, et
d'amour. D'amour vrai. Si nous nous étions connus
plus tôt, nous aurions peut-être eu la chance de vivre
une belle histoire, comme eux.

— Tu rêves de passer un demi-siècle avec moi?

Elle hocha la tête.

— Alors, considère ton souhait comme exaucé.

Tout en s'habillant pour la fête, Margo se sentait complètement nouée. Elle avala deux pastilles pour l'estomac, dans l'espoir que cela la soulagerait.

— Qu'est-ce qui ne va pas ? demanda Andrew.

Il était déjà prêt, et se reposait sur le lit. Il adorait la regarder se vêtir, se farder. Il aimait surtout, disait-il, la manière dont elle maquillait ses lèvres.

Margo s'approcha, et lui effleura doucement la joue, les cheveux.

— Tu sais, cette soirée risque de t'embarrasser. Non seulement il y aura mes parents et mes sœurs, mais tout le monde sera là... les tantes, les oncles, les cousins, les amis de la famille... Des gens que je n'ai pas vus depuis des années, qui n'ont même pas assisté à mon mariage. Tu es bien sûr de vouloir affronter cette meute ?

— C'est sans doute plus facile de les rencontrer en bloc.

— J'admire ton courage. A ta place, je crois que je préférerais rester ici avec un bon livre.

— Qu'est-ce qui pourrait donc arriver de si redoutable ?

Elle lissa les plis de sa longue jupe et regarda par la fenêtre. Le soleil déclinait à l'horizon, jetant des reflets dorés sur les vagues.

— Ils risquent de te demander quand nous comptons nous marier.

— Je leur répondrai que nous n'avons pas encore fixé la date.

Il se leva et l'entoura de ses bras.

— Tu accepterais de te remarier ? murmura-t-il.

— Peut-être. Et toi ?

— Peut-être... si je trouve la femme de ma vie.

— Je m'en souviendrai.

Ils s'embrassèrent longuement, puis jetèrent un coup d'œil mélancolique au lit défait, tentateur. Il leur faudrait malheureusement patienter.

CHAPITRE XXVI

Assise à une petite table, au bord de la piscine, Michelle regardait ses grands-parents danser. Sa grand-mère, vêtue d'une robe de mousseline blanche, semblait flotter dans l'air. On n'aurait jamais cru qu'elle avait un cancer, songea Michelle en buvant une gorgée de punch. Et personne n'aurait pu deviner qu'on lui avait enlevé les deux seins. Seigneur, cette idée était vraiment bizarre. Pour sa part, elle attendait encore que sa poitrine daigne pousser. A dix-sept ans, elle était aussi plate qu'une enfant.

Aucune vedette de cinéma n'assistait à la réception. Il n'y avait que des membres de la famille, des amis venus de tout le pays. Et, naturellement, Michelle, Stuart et leurs cousins avaient droit au sempiternel refrain : « C'est fou ce que vous avez grandi depuis la dernière fois ! »

Margo et Andrew dansaient un slow, serrés l'un contre l'autre. Il n'arrêtait pas de l'embrasser dans le cou, sur l'oreille ; elle levait les yeux vers lui et souriait. Michelle vida son verre de punch.

Tante Joelle, qui avait tout juste trente ans, dansait avec son ami Stan, divorcé et père de trois gamins. Elle dirigeait une importante agence de voyages à New York, et clamait qu'elle n'aurait jamais d'enfants, parce qu'elle n'avait pas l'intention de gâcher sa vie. Tenir ce genre de discours, c'était vraiment incroyable ! Qu'en savait-elle, d'abord ? Est-ce que Stuart et Michelle gâchaient la vie de Margo ? Absolument pas.

Au contraire, Margo était très heureuse de les avoir. Sans eux, elle se sentirait seule et complètement déprimée. Quand ils quitteraient la maison pour entrer à l'université, elle passerait sûrement des moments difficiles. Michelle aurait un enfant, plus tard. Elle n'avait pas très envie de se marier, sauf si on lui garantissait une vie conjugale aussi réussie que celle de ses grands-parents. Dans ce cas, évidemment...

Quand l'orchestre entonna un nouveau morceau, Andrew traversa la piste et s'immobilisa devant la table de Michelle.

— Alors... tu t'amuses bien ?

— Oui, pas mal.

— Tu veux danser ?

— Qui, moi ?

— Oui.

— Je ne sais pas danser sur cette musique.

— Je t'ai vue avec ton grand-père. Tu te débrouillais très bien.

— Ce n'est pas pareil.

— Allons, Michelle, bouge-toi un peu.

— Bon...

Lui prenant les deux mains, il la souleva quasiment de son siège et l'entraîna vers la piste, un patio abrité sous un auvent de toile rayée. Il n'essaya même pas de l'attirer contre lui, se bornant à la regarder droit dans les yeux en souriant.

— Tu es ravissante, ce soir.

— C'est vrai ?

— Oui.

— J'ai fait un effort, pour grand-père et grand-mère. Gemini m'a prêté ses bijoux.

Michelle se trouvait effectivement un air exotique assez charmant. Elle avait maquillé ses yeux avec du khôl gris-vert et portait une tunique transparente, resserrée à la taille par une large cordelière navajo.

— Tu as l'air exotique, reprit Andrew. Et tu as les pommettes de ta mère.

Danser avec l'amant de Margo lui faisait une drôle d'impression. Récemment, elle avait lu un article où l'on expliquait que les beaux-pères jetaient souvent leur dévolu sur leurs belles-filles. Dès que la musique s'interrompit, elle se précipita vers la maison.

206

— Attends! lança Andrew en lui emboîtant le pas.

Elle s'arrêta devant la porte-fenêtre du salon.

— Ecoute, Michelle... je voudrais te dire quelque chose.

Pourvu que ce ne soit pas trop embarrassant! Baissant le nez, elle feignit de resserrer sa ceinture, pourtant parfaitement nouée.

— Michelle... je sais que tu n'as pas vu mon arrivée d'un bon œil... et je ne te le reproche pas. Mais j'espère que tu finiras par m'accepter...

Il se tut, attendant manifestement une réponse quelconque, qu'elle se garda bien de lui donner.

— Je n'ai pas l'intention de jouer les pères avec toi, poursuivit-il. Tu as déjà un père, je ne l'ignore pas. Simplement, je souhaite que nous soyons amis. Voilà.

— Il faut que j'aille chercher quelque chose, marmonna-t-elle en poussant la porte-fenêtre.

Plus tard, sa grand-mère chaussa ses souliers à claquettes que son mari lui avait offerts pour leurs noces d'or, et exécuta un superbe numéro sur « You Are My Lucky Star[1] ». Puis ils ouvrirent leurs cadeaux. Le plus beau était sans conteste le quilt confectionné par Margo. Grand-mère Belle fondit en larmes en lisant le mot qui l'accompagnait. Margo pleurait aussi ; Andrew lui-même avait les yeux humides. Quant à Michelle, elle avait une énorme boule dans la gorge. Elle aurait voulu que ce moment ne s'achève pas, que tout le monde s'aime aussi fort... à jamais.

1. Tu es ma bonne étoile.

CHAPITRE XXVII

ON était à la fin du mois de janvier, et il faisait un froid glacial. Engoncée dans son pull marin, enfilé par-dessus un chandail à col roulé, Sara était blottie près du feu dans le salon. Elle révisait sa prochaine composition d'espagnol avec sa mère, qui l'obligeait à réciter la liste de vocabulaire commençant par la lettre N. La semaine précédente, la classe avait planché sur les mots en **M**, et avant cela, sur les mots en **L**. Jusqu'ici, Sara avait toujours obtenu la note maximum. Peut-être était-ce pour cette raison que sa mère lui avait finalement permis de dormir chez Margo.

Elle ne lui avait pas soufflé mot de sa décision avant le jeudi soir, et la lui annonça sans préambule alors qu'elles achevaient de dîner. De surprise, Sara faillit s'étrangler avec une cuillerée de Jell-O qui, du coup, atterrit sur son sweater blanc.

— Comment ça se fait ? Pourquoi tu me laisses brusquement coucher là-bas ? Il me semble t'avoir entendue dire que tu n'accepterais jamais, que tu préférerais plutôt passer devant un tribunal.

— Si tu ne veux pas y aller, tu n'y es pas obligée.

Elle aurait dû sauter sur l'occasion, au lieu de poser toutes ces questions, mais elle ne pouvait pas s'en empêcher.

— Ce n'est pas ça...

— Alors, quoi ?

— Tu n'arrêtes pas de changer d'avis. Je ne sais jamais ce qui m'attend.

— Lewis m'a expliqué que, dans la mesure où tu n'as pas fêté Noël avec ton père, il a le droit de t'avoir un week-end par mois.

— Un week-end par mois ? C'est rien du tout !

— Tu n'es donc jamais contente ? cria B.B. Sais-tu ce que cela représente pour moi de te laisser coucher là-bas ? En as-tu au moins une idée ? Tu ne penses pas à moi, à ce que je ressens.

— Si, maman. Je t'assure que j'y pense.

Sa mère se leva et se mit à arpenter la cuisine. De long en large, en tapant rageusement de son poing serré dans la paume de son autre main.

Le cœur barbouillé, Sara repoussa son assiette et grignota sans conviction un bout de biscuit. Soudain, B.B. pivota sur ses talons, pointant un doigt vers sa fille.

— Depuis ton retour de Floride, tu te conduis comme une sale petite peste. Que s'est-il passé... Tu ne t'es pas plu là-bas ?

— Mais si, je te l'ai déjà dit. Seulement, j'aurais préféré faire autre chose pendant les vacances.

Aller à Hawaii, par exemple.

— Tes grands-parents auraient été déçus.

— Je sais ! explosa Sara. Eh bien, ils m'ont vue ! Je suis restée avec eux, non ?

— Va dans ta chambre. Tu en sortiras quand tu seras capable de te maîtriser.

— Non !

— Sara, je t'ordonne de m'obéir !

— C'est toi qui es une peste, marmotta la fillette. Viens, Lucy...

Flanquée de sa chienne, elle gagna sa chambre, claqua violemment la porte derrière elle et s'effondra sur le lit.

— Je la déteste, je la déteste ! gémit-elle, le visage enfoui dans la douce fourrure de Lucy.

Elle avait tort de discuter avec sa mère, cela ne faisait qu'envenimer les choses. Mais elle en avait parfois tellement assez qu'elle perdait toute prudence. Maintenant, B.B. tournait en rond dans le salon, en pleurant et en criant qu'elle était une femme bien, qu'elle avait toujours été une femme bien, qu'elle avait toujours donné le meilleur d'elle-même. Et voilà comment on la récompensait. Et pourquoi Dieu la punissait-il ainsi... pourquoi elle... pourquoi ?

Pour ne plus l'entendre, Sara alluma son radioréveil. Il était petit, blanc ; son père le lui avait offert pour Noël. Que sa mère déraille si ça lui chantait, elle s'en moquait.

Soudain, elle perçut un bruit de pas précipités dans le couloir. Avant qu'elle ait pu comprendre ce qui lui arrivait, B.B. fonçait sur elle, saisissait son radioréveil et le lançait à travers la pièce.

— Je t'ai dit de l'éteindre ! Tu es sourde, ou quoi ? Je te l'ai répété au moins quatre fois !

— Je n'ai pas entendu, répliqua Sara en bondissant sur ses pieds.

— Evidemment ! Avec ce maudit appareil qui hurle ! J'en ai les tympans déchirés !

Sara s'approcha de son radioréveil et le ramassa avec précaution. Le cadran était brisé.

— Tu l'as cassé ! s'indigna-t-elle. Je te déteste ! Tu ne mérites pas d'avoir des enfants !

Sa mère fit volte-face et quitta la chambre. Une minute après, la porte d'entrée claqua, puis une voiture démarra dans un crissement de pneus. Courant au salon, Sara eut à peine le temps d'apercevoir l'automobile de B.B. qui filait au bout de la rue.

Tout étourdie, elle se laissa tomber sur le tabouret du piano et, se penchant, posa son front sur ses genoux. Grand-mère Broder se mettait toujours dans cette position quand elle avait le vertige, cela l'empêchait de s'évanouir. B.B. n'était pas en état de conduire, pensa-t-elle. Il ne faut pas conduire quand on est bouleversé. On risque l'accident.

Sara patienta une demi-heure. Elle s'imaginait la voiture écrasée contre un arbre ; la tête de sa mère avait transpercé le pare-brise, et ruisselait de sang. Elle avait les yeux grands ouverts, qui regardaient dans le vide. Un regard de morte. Sara se mit à trembler. Se précipitant dans la cuisine, elle décrocha le téléphone mural et composa le numéro de Clara, affiché au-dessus du combiné pour les cas d'urgence.

Clara répondit aussitôt.

— Bonjour... c'est Sara. Maman n'est pas là, et... elle est peut-être chez vous. Vous ne savez pas où elle est ?

— Je ne l'ai pas vue. Elle ne t'a pas dit où elle allait ?

— Non... Vous comprenez, on s'est un peu disputées, alors elle est partie, et...

— Depuis combien de temps ?

— Une demi-heure, environ.

— Tu vas bien, Sara ? Veux-tu que je vienne ?

— Non, ce n'est pas la peine.

— J'arrive.

— Eh bien, si vous insistez...

Le vendredi après-midi, son père passa la prendre à l'école et l'emmena chez Margo. Sara savait par Clara que sa mère devait retrouver Lewis à Colorado Springs pour le week-end. Voilà pourquoi elle lui avait permis de rester avec son père. Pourquoi ne pas lui avoir simplement dit la vérité ? Sara se demandait si Lewis connaissait bien sa mère, s'il était au courant de ses crises de folie.

Entrer dans la maison de Margo lui sembla bizarre, même si son père y vivait à présent. Heureusement, Stuart et Michelle étaient partis disputer une épreuve de ski. Elle savait pertinemment que Michelle ne pouvait pas la voir, et que ses sentiments ne changeraient jamais. Comme elle ne l'aimait pas non plus, elles étaient à égalité. Ça l'embêtait énormément de devoir dormir dans son lit, mais on ne lui avait pas laissé le choix.

— Considère cette chambre comme la tienne, lui avait dit Margo. Si tu as besoin de quelque chose, tu n'as qu'à demander. D'accord ?

Sara aurait préféré s'installer dans la chambre de Stuart, qui lui rappelait son frère Bobby. Elle regrettait de ne pas avoir emmené Lucy ; avec sa chienne, elle se serait sans doute sentie plus à son aise. Malheureusement, sa mère lui avait opposé un refus catégorique, et avait décidé de faire garder Lucy pour le week-end.

La pièce était pleine de plantes et de posters. Sara n'avait pas la permission d'accrocher des posters sur les murs, parce que sa mère trouvait cela minable. Quant au lit, il était recouvert d'un quilt bigarré. Sara s'étendit sur la couverture ; le matelas lui parut extrêmement dur. Levant les yeux vers le plafond, elle se mit à compter les poutres. Il y en avait sept. Margo lui avait montré le tiroir de l'armoire qu'elle avait vidé à son intention, mais, pour deux nuits, ce n'était pas la peine de défaire son sac. Elle se borna à en sortir son livre, et essaya de lire. Impossible. Bondissant sur ses pieds, elle s'approcha de l'armoire, l'ouvrit, et entreprit d'en inspecter le contenu. Tout était soigneusement plié, rangé en piles nettes. Ça, c'était une surprise. Elle aurait pourtant juré que Michelle était une souillon. Or, à part les chaussettes jetées pêle-mêle dans un tiroir, tout était en ordre.

Soudain, sous une pile de pull-overs, elle découvrit le journal intime de Michelle. Dévorée de curiosité, elle le tourna et le retourna entre ses doigts. Michelle était certainement du genre à glisser des cheveux entre les pages du carnet, pour vérifier que personne ne l'avait ouvert. Mieux valait ne pas prendre un risque pareil. Elle le reposa donc précautionneusement à sa place, puis sélectionna quelques pull-overs pour les essayer. L'angora bleu, décolleté en V, lui plaisait énormément.

Ensuite, elle passa dans la salle de bains. On pouvait comprendre bien des choses sur la personnalité des gens en fouillant leur armoire de toilette. Chez ses grands-parents, par exemple, il y avait des centaines de médicaments. Ici, elle ne trouva qu'une seule boîte. Michelle Sampson : une gélule deux fois par jour, en cas de diarrhée, lut-elle sur l'étiquette. Voilà qui était intéressant. Ainsi, Michelle avait aussi mal au ventre. Sara l'imaginait fort bien, pliée en deux par la douleur, les yeux pleins de larmes.

Refermant le placard, elle poursuivit son exploration. Michelle utilisait du déodorant, du shampooing pour cheveux gras, et des Tampax réguliers. Sara n'avait pas encore ses règles, mais quand cela lui arriverait, elle achèterait des tampons de cette marque.

Pendant tout le week-end, elle se sentit bizarre. Margo se montrait gentille avec elle, et s'efforçait de la mettre à l'aise, en vain. Peut-être était-ce le fait de savoir que son père couchait avec elle qui la troublait ainsi. Elle n'aimait pas penser à ce qu'ils faisaient ensemble, mais, parfois, de drôles d'images lui venaient à l'esprit, et elle devait se caresser longtemps pour les chasser.

Le samedi après-midi, Andrew l'emmena au Centre National pour la Recherche Atmosphérique. Les gens de passage à Boulder visitaient tous cet endroit, recommandé par les guides touristiques pour son point de vue spectaculaire. Mais Sara fut surtout éblouie par les cerfs et les biches qui broutaient tranquillement au bord de la route.

— Tout va bien à la maison ? lui demanda tout à coup son père, lorsqu'ils regagnèrent la ville.

— Qu'est-ce que tu veux dire ?

— Tu n'as pas de problèmes ?

Il attendait manifestement une réponse, cependant elle ne pouvait pas lui avouer la vérité. Elle ne pouvait vraiment pas lui parler du radioréveil, bien qu'elle souhaitât lui demander si, à son avis, le magasin accepterait de le lui remplacer. Seulement, si elle abordait le sujet, elle serait forcément obligée d'entrer dans les détails et de lui expliquer comment l'appareil s'était cassé.

— Non, tout va bien, marmonna-t-elle.

— Tu en es sûre ?

Elle acquiesça d'un signe de tête.

Quand elle rentra chez elle, le dimanche soir, elle se félicita d'avoir gardé le silence. Un radioréveil flambant neuf et exactement semblable à l'autre trônait sur sa table de chevet, entouré d'un ruban rouge. Un petit mot l'accompagnait.

« Sara chérie,

Je suis terriblement navrée d'avoir cassé ta radio. Tu sais que je n'ai pas l'habitude de perdre ainsi mon sang-froid, mais je souffrais d'une atroce migraine. J'espère que tu me pardonneras. Je t'aime, pour toujours. Ta maman. »

Sara se taisait, affreusement embarrassée.

— Mon petit poussin... murmura B.B., immobile sur le seuil. Tu me pardonnes ?

— Oui, bien sûr. Mais, quand tu ne te sens pas bien, j'aimerais que tu me parles, au lieu de hurler et de t'en aller en voiture. Tu m'as fait tellement peur ! Je t'ai attendue presque deux heures.

— Je ne voulais pas t'effrayer. Seulement, quelquefois, j'ai besoin d'être seule, de lâcher la bonde. Tu peux comprendre cela, n'est-ce pas ?

— Oui, répondit calmement Sara.

Elle mentait. *Non, je ne supporte plus tout ça.* Elle se représenta mentalement le tranchoir rangé dans la cuisine, auquel elle n'avait pas le droit de toucher. Cet instrument pouvait, d'un coup, partager un poulet en deux — clac ! Eh bien, c'était exactement le traitement que lui faisaient subir ses parents.

CHAPITRE XXVIII

MICHELLE revint de sa première épreuve de ski avec deux orteils complètement bleus. Elle skiait depuis des années, mais n'avait jamais disputé de compétition. Cette année, Stuart l'avait persuadée de faire partie de l'équipe ; dès la première neige, elle avait su qu'elle allait le regretter.

Assise à l'avant du minibus de l'école, elle mastiquait des bonbons à la menthe, dans l'espoir que cela lui éviterait d'être malade. L'entraîneur conduisait ; Michelle aurait parié qu'il n'y voyait pas à dix centimètres devant lui.

Elle entendait la voix de Stuart, derrière elle, et les gloussements de Puffin. Le minibus dérapa sur la chaussée glissante. S'ils s'écrasaient contre un arbre, si Stuart réussissait à s'extirper du véhicule avant que le réservoir d'essence n'explose, qui essaierait-il de sauver des flammes ? Puffin, ou sa sœur ? Sans doute Puffin. Il l'aimait. Pendant les vacances, il avait même jeté son amour à la figure de leur père, dans le salon gris pâle de Freddy et Aliza.

— Merde, papa, j'aime Puffin !

Il s'était mis à hurler, parce que Freddy refusait d'accueillir Puffin chez lui, à New York, pour la Saint-Sylvestre.

— Tu auras des centaines de petites amies avant de trouver la bonne.

— Tu ne comprends rien, hein ? Entre elle et moi, c'est sérieux. Et je ne tolérerai pas... Oui, je répète : je

217

ne tolérerai pas que tu traites nos relations comme un vulgaire flirt d'adolescent.

— Je ne saisis pas très bien ce qui t'arrive, Stu, mais je n'apprécie pas.

Si l'entraîneur ne ralentissait pas, ils n'auraient plus à s'interroger sur l'amour, les flirts d'adolescents, et tout le reste. Kristen, la fille coincée entre le conducteur et Michelle, dodelinait de la tête. Michelle la repoussa doucement. Elle aurait donné n'importe quoi pour se retrouver chez elle, dans son lit, avec un bon bouquin.

Et si le minibus quittait la route et tombait dans le canyon ? Si Stuart et elle mouraient ? Margo deviendrait folle de chagrin. Andrew avait eu un enfant tué dans un accident de voiture. Elle l'avait appris tout récemment. Par curiosité, elle avait demandé à sa mère la permission de lire le livre d'Andrew. Ses articles concernant la réforme du système pénitentiaire ne l'avaient guère passionnée, mais son roman était très différent. Même après l'avoir fini, elle continuait à songer aux personnages. Et, lorsque Margo lui parla de Bobby, elle courut dans sa chambre, pour pleurer tout son soûl.

Elle ferma les yeux, et s'efforça de penser à des choses plus agréables, pour chasser l'image du minibus retourné sur le toit, de leurs corps écrabouillés sur la route, de la neige souillée de sang.

Elle essaya plutôt de ranimer le sentiment de plénitude qu'elle avait éprouvé le soir de l'anniversaire de ses grands-parents. Elle s'était dit alors que si seulement cette sensation pouvait ne jamais s'évanouir, la vie serait parfaite.

Le lundi matin, Margo l'emmena chez le médecin.

— Une belle gelure, décréta-t-il en examinant ses orteils. Mais tu ne risques pas de les perdre. Heureusement qu'il ne s'agit pas du gros orteil. Les gros orteils sont les plus utiles, tu sais.

— Je vais devoir quitter l'équipe de ski ?

Pourvu qu'il réponde par l'affirmative ! Elle n'avait

jamais eu aussi peur qu'en dévalant cette maudite pente à toute vitesse. Vers la fin du parcours, le bout de son ski avait heurté une pierre, et elle s'était mise à glisser, à rouler, sans pouvoir s'arrêter, persuadée qu'elle allait se casser les deux jambes, se retrouver en miettes, paralysée jusqu'à la fin de ses jours.

— Je sais bien que tu ne veux pas abandonner, surtout au mois de janvier alors que la saison débute à peine, mais, à ta place, je me tiendrais loin des pistes pour donner à ces pauvres orteils une chance de guérir. Malheureusement, ils ne récupéreront pas complètement ; tu en souffriras sans doute toute ta vie, dès que la température baissera.

Il s'interrompit, regarda Margo, puis Michelle.

— D'ailleurs, comment cela s'est-il produit ? Tu ne portais donc pas de chaussettes épaisses ?

— J'ai oublié de desserrer mes chaussures après la course. J'ai fait tout le trajet de Wolf Creek à Boulder sans les délacer.

— Ce n'est pas très futé... et cela m'étonne de toi, Michelle. Tu m'as toujours paru extrêmement raisonnable.

— Ce sont des choses qui arrivent.

Ainsi, elle avait deux orteils gelés. Eh bien, c'était quand même plus chic que le mal de gorge qu'avait attrapé Stuart.

— Je suis obligée de passer au bureau, déclara Margo en la déposant devant le collège. Tu te sens bien, c'est sûr ?

Sans un mot, Michelle descendit de la voiture et claqua la portière. Elle était tellement furieuse contre sa mère ! Pendant qu'elle se trouvait à Wolf Creek, qu'elle manquait de se tuer, Margo avait laissé la Punaise dormir dans *sa* chambre, dans *son* lit, sans même lui demander sa permission. Elle ne lui en avait même pas parlé, et ne lui en aurait certainement jamais soufflé mot, si Michelle n'avait pas immédiatement découvert le pot aux roses. Une petite culotte en coton fleuri traînait sous le lit, semblable à celles que portait Michelle des années plus tôt. Et une odeur bizarre flottait dans la pièce. A croire que la Punaise ignorait à quoi servait une baignoire.

— Tu as installé Sara ici! Comment as-tu pu? Comment as-tu pu faire une chose pareille?

— J'ai changé les draps, répliqua Margo d'un air coupable.

— Changé les draps! Et tu penses que c'est suffisant?

Furibonde, Michelle retira les courtepointes et vaporisa du déodorant sur les draps et les couvertures. Puis elle inspecta méthodiquement son armoire et ses tiroirs pour s'assurer que rien ne manquait et que ses affaires étaient bien à leur place. Elle ne pardonnerait jamais cela à sa mère. Jamais! Et si la Punaise avait trouvé son journal intime? Si elle était tombée sur les livres que Michelle cachait sous ses pull-overs, sur les lettres qu'elle avait écrites sans oser les poster?

Margo criait sur tous les toits qu'il fallait respecter la vie privée des gens. Eh bien, voilà comment elle respectait celle de sa fille. Mais Michelle avait mis les choses au point : à l'avenir, la Punaise n'aurait pas intérêt à rôder dans les parages de sa chambre.

CHAPITRE XXIX

A LORS qu'elle n'était pas retournée à Miami depuis presque sept ans, voilà que B.B. était obligée de partir pour la Floride en pleine tempête de neige. Le trajet de Boulder à Denver lui avait pris deux heures, et l'avion avait décollé avec une heure et demie de retard.

Il avait fallu que sa mère ait une attaque au mois de février, en plein hiver.

Clara l'avait conduite à l'aéroport. Heureusement, elle avait pu obtenir un siège près de l'allée. Peu de temps après le décollage, une hôtesse souriante leur servit le dîner. Du poulet à la Kiev. Le voisin de B.B., un gros homme affublé d'un costume trois-pièces en polyester, dévora tout ce qui se trouvait sur son plateau. Il sauça soigneusement le jus de poulet avec son pain ; après quoi, il entreprit de se curer les dents.

B.B. grignotait un biscuit.

Oncle Morris lui avait téléphoné à cinq heures du matin, pour lui annoncer que sa mère ne pouvait plus bouger, ni parler.

— Vous n'avez pas faim ? demanda l'hôtesse, constatant qu'elle n'avait pas touché à la nourriture.

— Non, mais je boirais volontiers une tasse de café.

L'hôtesse — qui avait vraiment forcé sur le fard à paupières vert, remarqua B.B. — versa le café sans regarder ce qu'elle faisait, si bien que le liquide brûlant se répandit sur le pantalon beige de sa passagère.

— Oh, je suis navrée... Attendez, laissez-moi vous aider, bredouilla-t-elle en épongeant maladroitement le café. Si vous vous leviez, je pense que ce serait plus facile.

— Tenez, dit le voisin de B.B. en lui tendant sa serviette en papier.

— Il faudrait de l'eau gazeuse, intervint la femme assise près du hublot. C'est radical.

— Si vous pouviez vous lever... répéta l'hôtesse avec un brin d'irritation, comme si B.B. était responsable de l'incident.

— Je ne veux pas me lever !

— Dans ce cas, je ne vois pas ce que je peux faire pour vous.

— De l'eau gazeuse, il n'y a que ça. Et, croyez-moi, je m'y connais.

B.B. serrait les dents pour ne pas pleurer, ne pas hurler.

Sa mère s'était réveillée à une heure du matin ; elle était tombée raide dans la salle de bains. Le bruit de sa chute avait tiré l'oncle Morris du sommeil. Dieu merci, il y avait de la moquette par terre, avait-il commenté au téléphone.

— On paye trois, quatre cents dollars, et voilà comment on est servi, grommela le gros homme en se penchant vers elle. Pas étonnant que les compagnies aériennes se cassent la figure... vous n'êtes pas d'accord ?

B.B. hocha la tête.

Elle avait supplié Andrew de rester chez elle avec Sara, de ne pas emmener la petite chez Margo.

L'hôtesse revenait vers elle, flanquée d'une collègue plus âgée.

— Dès votre arrivée, déclara celle-ci, ne manquez pas d'envoyer la facture de nettoyage à la compagnie.

— Oui... d'accord.

Elle avait appelé Andrew à six heures du matin. Margo avait décroché, à moitié endormie. « Chéri... c'est pour toi. B.B. »

Les larmes lui montèrent aux yeux, roulèrent sur ses joues.

— Je vous prie d'accepter nos excuses.

— Oui... Laissez-moi seule, s'il vous plaît.

222

— Bien sûr.

Les deux hôtesses se regardèrent, perplexes, puis s'éloignèrent.

— Ma mère a tout juste soixante et un ans, murmura doucement B.B.

— La mienne en a quatre-vingt-quatre, renchérit son voisin, croyant visiblement qu'elle lui parlait. Elle est sénile, elle ne nous reconnaît même plus. C'est terrible. A quoi bon vivre si vieux ? Quand mon tour viendra, j'espère que ça ne traînera pas.

Sans répondre, elle ferma les paupières et resta ainsi jusqu'à l'atterrissage.

A l'aéroport, elle loua une voiture, une Dodge verte qui sentait encore le neuf. Elle n'était pas revenue à Miami depuis l'accident. Bobby avait dix ans. Il en aurait dix-sept aujourd'hui ; il serait grand, séduisant, avec une voix grave. Presque un homme. Sa mère aurait dû mourir, au lieu d'avoir une attaque. La mort était une chose claire, nette. Ceux qui restaient savaient quoi faire. Organiser l'enterrement. Suivre le cortège funèbre. Les autres sentiments, ceux qui brûlaient au fond de vous, l'absence dévorante, le chagrin dévastateur, ne s'exprimaient pas.

Le matin, quand Sara s'était levée, B.B. avait déjà bouclé sa valise. Elle lui avait servi son petit déjeuner et lui avait expliqué ce qui se passait.

— Grand-mère Goldy va mourir ?

— Je ne sais pas. Elle est très malade.

— Quel effet ça fait d'avoir une attaque ?

— Je ne sais pas. Je suppose que ce doit être un peu comme un tunnel dont on ne pourrait pas sortir, malgré tous ses efforts.

Sara s'était mise à pleurer.

— Chut, mon cœur... ce ne sera rien. Viens là, ma chérie...

Sara s'était blottie dans ses bras, pour la première fois depuis longtemps.

— Je ne veux pas qu'elle meure.

— Moi non plus ; malheureusement la décision ne nous appartient pas. Et maintenant, il est temps de te préparer.

— Tu crois que l'école sera ouverte, avec cette neige ?

— Je l'ignore. Pourquoi n'allumes-tu pas ta radio, pour écouter les nouvelles ?

— Si nous n'avons pas classe, j'irai chez Jennifer... d'accord ?

— D'accord.

— Tu reviendras quand, maman ?

— Eh bien... sans doute dans quatre ou cinq jours.

— Et papa restera ici avec moi ?

— Oui.

— Tu embrasseras grand-mère Goldy pour moi ?

— Oui.

B.B. se rendit directement à l'hôpital. L'oncle Morris était effondré sur une chaise dans le couloir du bloc de réanimation, l'air exténué. Il avait soixante-dix-huit ans, dix-sept ans de plus que sa femme. C'était un vieillard. Brusquement, elle se représenta Lewis au même âge — il aurait aussi dix-sept ans de plus qu'elle, et il aurait cet air-là. Le ciel aurait dû choisir l'oncle Morris, plutôt que sa mère. Ses enfants, les cousins de B.B., seraient accourus, comme une bande de rapaces pressés de s'emparer du magot. Mais la part de sa mère échapperait à leur avidité : deux cent cinquante mille dollars, représentant la moitié du patrimoine. Les cousins n'avaient pas accepté que leur père se remarie sous le régime de la communauté, ils considéraient que la totalité de ses biens leur revenait de droit.

— Francine...

Oncle Morris se leva en l'apercevant. Ils s'étreignirent.

— Comment va-t-elle ?

— Il n'y a pas d'évolution... impossible de se prononcer. Il aurait mieux valu que ce soit moi. Elle est encore si jeune.

— Puis-je la voir ?

— On nous permet de rester près d'elle pendant dix minutes, toutes les heures, répliqua-t-il en consultant sa montre. Il y a déjà un moment que je suis sorti. Je crois que tu peux y aller.

B.B. poussa la porte du département de réanimation,

et chuchota le nom de sa mère à l'infirmière de garde, qui la conduisit au chevet de la malade.

— Maman... je suis là.

Sa mère ne répondit pas. Les yeux clos, elle semblait dormir. B.B. demeura près du lit quelques minutes, puis regagna le couloir pour suggérer à son oncle de rentrer chez lui se reposer. Si quelque chose se produisait, elle l'appellerait.

— Mais, Francine... Tu n'es pas trop fatiguée, après ton voyage?

— Non, ne t'inquiète pas. Je préfère rester ici.

— Eh bien, entendu! Je vais dormir un peu, prendre une douche, et peut-être me préparer un bol de bouillon.

— Bonne idée.

L'oncle Morris l'embrassa et s'éloigna à pas lents. Son crâne chauve était tanné par le soleil. B.B. avait toujours aimé les hommes chauves au crâne bronzé.

Une heure après, elle retourna au chevet de sa mère. Elle paraissait minuscule et, malgré son bronzage, elle avait le teint grisâtre. Ses cheveux décolorés et laqués se dressaient sur sa tête comme des piquants. B.B. prit une brosse dans son sac et, avec des gestes précautionneux, essaya de la recoiffer.

Soudain, sa mère ouvrit les yeux et la regarda.

— Maman... c'est moi, Francine.

La malade émit un petit bruit, une sorte de miaulement, puis elle referma les paupières. Avait-elle reconnu sa fille? B.B. n'en savait rien. Elle s'assit à côté du lit, la main de sa mère serrée entre les siennes, et demeura ainsi jusqu'à ce qu'une infirmière la prie de quitter la chambre. Il était onze heures.

Elle sortit et descendit dans le hall, où se trouvait une cabine téléphonique. Il était à peine neuf heures à Boulder. Elle composa son propre numéro. La sonnerie retentit deux fois, puis le répondeur s'enclencha et la voix d'Andrew résonna à son oreille. « Vous êtes bien au 555-4240 ». En cas d'urgence, appelez le 555-6263. Merci.

Le salaud! Furieuse, elle fit le numéro indiqué dans le message. Celui de Margo. Ce fut Michelle qui répondit.

— Allô?

— Sara est là?

— Qui la demande?

— Sa mère.

— Un instant... Eh, Sara! C'est pour toi. Ta mère.

— Maman? s'écria Sara en prenant l'écouteur. Comment tu vas? Et grand-mère?

— Je suis à l'hôpital. Elle dort. Pourquoi es-tu chez Margo?

— Oh, il neigeait vraiment beaucoup, alors papa a décidé qu'il valait mieux rester tous ensemble, parce qu'il est le seul à avoir une voiture à quatre roues motrices, en cas de problème... enfin, tout ça.

— Où est Lucy?

— Ici, avec moi.

— Ne la laisse pas boire l'eau de leurs toilettes, tu sais qu'elle a cette mauvaise manie.

— Pourquoi je l'en empêcherais?

— Parce que je te le dis. Où dormiras-tu cette nuit?

— En haut, sur le sofa.

— Fais très attention aux enfants de cette femme. Ils se droguent.

— Mais non, maman.

— Ecoute-moi, Sara. Je sais de quoi je parle. N'accepte rien d'eux. Promets-le-moi, s'il te plaît.

— Oui... je te le promets.

— Maintenant, passe-moi ton père.

— Attends, je l'appelle.

— Bonsoir, Francine, déclara Andrew un instant après. Comment va ta mère?

— Pourquoi as-tu emmené Sara? Je t'avais demandé de la garder chez moi, non?

— A cause de la tempête, mais ce n'est pas important... Comment va ta mère?

— Je suis seul juge de ce qui est important ou non!

— Ne t'inquiète pas, je t'en prie, tout se passe bien. Lewis essaie de te joindre. Il souhaite que tu l'appelles dès que possible.

— Je veux parler à Sara.

— Oui, maman? fit la fillette d'une voix ennuyée.

— Ecoute-moi bien : tâche de convaincre ton père de te ramener chez nous dès demain. Tu n'es pas en sécurité dans cette maison. Tu comprends?

— D'accord, maman. J'essaierai.

— Je t'aime, Sara.

— Moi aussi.

— Pour combien de temps ?

— Ben, tu sais bien...

— Pour toujours ?

— Oui.

— Dis-le, ma chérie.

— Je ne peux pas maintenant.

— Pourquoi ?

— Parce que, tu sais bien...

— Parce qu'ils t'entendent ?

— C'est ça, oui.

— Tu as honte de dire que tu m'aimes devant eux ?

— Non, maman.

— Alors, dis-le.

— Pour toujours, murmura Sara.

— Pour toujours quoi ?

Sa fille ne répondit pas.

— Pour toujours quoi ? insista B.B.

— Je t'aimerai toujours, marmonna précipitamment Sara.

B.B. se mit à pleurer.

— L'hôtesse a renversé du café sur mon pantalon ; il est taché.

— Il faudra que tu le laves.

— Oui, bredouilla B.B. en raccrochant.

Elle avait aussi perdu Sara. Elle le sentait. Sa fille serait bien plus heureuse si elle ne revenait jamais.

B.B. se réveilla à l'aube, avec une crampe au pied et un torticolis. Elle s'était endormie sur une chaise, dans le couloir du bloc de réanimation, et n'avait pas vu sa mère depuis des heures. Mais, s'il y avait eu la moindre évolution, on l'aurait sûrement prévenue.

Elle pénétra dans la chambre. La malade dormait encore, ou du moins semblait-elle dormir. B.B. s'assit près d'elle et la contempla longuement. Une terrible fureur commençait à bouillir au plus profond d'elle.

— J'en ai marre, murmura-t-elle d'une voix vibrante. J'ai été une fille tellement sage. Je me suis toujours tellement efforcée de te satisfaire. Je n'ai jamais rien fait de mal, n'est-ce pas ? Je ne t'ai jamais posé de problème, comme les autres gosses. Je ne me suis jamais laissé toucher par les garçons. J'ai suivi le droit chemin, et regarde où j'en suis ! Regarde dans quel pétrin je suis ! Comment tu expliques ça ? A quoi sert d'être une fille comme il faut, si c'est pour en arriver là ? Mon fils est mort. Ma fille n'a plus que de l'indifférence à mon égard. Mon mari vit avec une autre femme, sous mon nez. Ma vie n'est qu'une suite de déceptions. Pourquoi ne m'as-tu pas dit ce qui m'attendait ? Pourquoi m'as-tu menti, en prétendant que j'aurais tout ce que je souhaitais ? Je voulais être heureuse, mais à présent je ne me souviens même plus de ce qu'est le bonheur. Je ne le sais plus depuis la mort de papa.

Elle se mit à tripoter nerveusement son bracelet d'or, à le faire tourner autour de son poignet.

— Il est vraiment mort dans le lit de cette fille, maman ? Tu n'as pas inventé cette histoire, parce que tu voyais l'oncle Morris ? Je me rappelle le jour où je vous ai surpris, tous les deux. Ton corsage était déboutonné, mais tu t'es contentée de rire et tu m'as expliqué qu'il s'amusait à te chatouiller. Je t'ai crue, maman... Je t'ai crue, puisqu'il aimait bien me cha- touiller aussi. Tu le savais ? Tu sais qu'il m'a fait des avances le matin de mon mariage ? Il aurait bien voulu être à la place de mon mari, paraît-il... Tu m'as toujours répété qu'il me fallait chasser de mon esprit les choses désagréables et que, de cette manière, je n'aurais ni chagrin, ni colère. Pourquoi m'as-tu dit cela ?

Elle agrippa sa mère par les épaules.

— Pourquoi restes-tu comme ça, immobile ? Pour- quoi ne me réponds-tu pas ? Pourquoi me punit-on ainsi ? Pourquoi as-tu eu une attaque ? cria-t-elle en secouant la malade. Tu trouves que je n'ai pas eu assez de malheurs ?

— Eh bien, eh bien ! gronda l'infirmière en la tirant en arrière.

L'empoignant par le bras, elle la conduisit dans le couloir.

— Nous devons nous ressaisir, mon petit. Dans des moments pareils...

— Allez vous faire voir ! hurla B.B.

228

— Du calme, mon petit. Du calme, sinon on ne pourra pas vous garder ici.

— Ne me parlez pas sur ce ton, comme si j'avais trois ans !

Tournant les talons, elle dévala l'escalier, sortit de l'hôpital et courut jusqu'au parking où elle avait laissé sa voiture. Elle avait besoin de réfléchir, de mettre de l'ordre dans ses pensées. La nuit reculait, une terne lumière grisaillait le ciel. Elle roula droit devant elle, pendant près de quarante minutes, et se retrouva brusquement devant le cimetière. Elle se gara et, sans prendre le temps de fermer sa portière, s'élança entre les tombes. *A droite... tourner à gauche... de l'autre côté de la butte, derrière les arbres...* Enfin, elle s'immobilisa devant une petite tombe couverte de lierre et déchiffra les quelques lignes gravées dans la pierre.

ROBERT ALLAN BRODER
1964-1974
FILS BIEN-AIMÉ D'ANDREW ET FRANCINE
QUE TON ÂME REPOSE EN PAIX

Aveuglée par les larmes, elle s'effondra sur la dalle.

Elle n'aurait pu dire combien de temps s'était écoulé, lorsqu'un jeune gardien noir s'agenouilla près d'elle, et lui tapota doucement l'épaule.

— Vous vous sentez bien, madame ?

— Oui, répondit-elle en se redressant.

— Vous êtes toute mouillée.

— Oui, murmura-t-elle, surprise.

Elle ne s'était même pas rendu compte qu'il pleuvait.

— Vous allez attraper du mal, c'est pas raisonnable.

Elle s'éloigna à pas lents, ses pieds enfonçant la terre humide, et rejoignit sa voiture. Le siège était trempé. Elle s'installa au volant, mit le moteur en route. Impossible de faire fonctionner les essuie-glaces. Tant pis, cela n'avait aucune importance. Elle s'engagea sur le pont. Il suffirait de donner un petit coup de volant, et la voiture plongerait dans l'eau noire.

TROISIEME PARTIE

CHAPITRE XXX

MARGO avait de la peinture vert pâle dans les cheveux. Le lycée étant fermé à cause de la neige, elle avait décidé de rester chez elle pour achever d'aménager la nouvelle chambre. C'était une pièce agréable, claire et spacieuse, avec deux lucarnes percées dans le toit, une baie vitrée ouvrant au sud, des murs lambrissés et un sol en briquette. Qu'ils aient réussi à transformer le garage en quatre semaines tenait vraiment du miracle. Hormis le coup de main que leur avait donné un menuisier auquel Margo avait naguère rendu service, ils avaient tout fait eux-mêmes. Andrew avait travaillé à plein temps, aidé par Margo le soir et durant les week-ends. Stuart et deux de ses camarades, après de laborieuses négociations à propos de leur salaire horaire, avaient accepté de leur consacrer quelques heures chaque jour. Même Michelle avait participé.

Lors de la première visite de Sara, au mois de janvier, Margo avait compris qu'il n'y avait pas assez de place dans la maison pour accueillir un troisième enfant, fût-ce de loin en loin. Elle songeait depuis longtemps à aménager le garage; elle avait d'abord envisagé d'y installer son atelier, puis d'en faire une sorte de nid d'amour, où Andrew et elle pourraient se retrouver en tête à tête. L'indignation de Michelle, quand elle avait découvert que Sara avait dormi dans *sa* chambre, sans *sa* permission, l'avait convaincue de renoncer à ces projets.

— Tu ne vas pas laisser cette pièce à la Punaise, n'est-ce pas ? demanda Michelle, tandis que sa mère et elle peignaient les fenêtres.

Margo s'attendait à cette question ; elle s'étonnait même qu'on ne la lui ait pas posée plus tôt.

— Non, il me semble que Stuart pourrait s'y installer jusqu'à la fin de l'année. Ensuite, quand il partira pour l'université, tu la prendras. Nous donnerons l'ancienne chambre de ton frère à Sara.

— Tout ce remue-ménage pour un week-end par mois ?

— Andrew espère qu'elle viendra plus souvent, désormais. De cette façon, nous ne serons plus les uns sur les autres.

— Donc, si je te suis bien, l'année prochaine je serai ici chez moi ?

— Oui, si tu le souhaites.

— Que se passera-t-il quand Stuart reviendra à la maison ?

— Il dormira dans ta chambre actuelle.

— A mon avis, il préférera la sienne.

— Eh bien, il se mettra où il veut.

— Oui mais, dans ce cas, la Punaise occuperait *ma* chambre.

— Je crois qu'il est encore trop tôt pour se préoccuper de cela.

— Tu n'envisages jamais les problèmes dans leur globalité, maman ?

— Certains problèmes.

— Moi, je m'efforce de penser à tout. J'aime bien savoir où je vais.

— Personne ne sait exactement où il va.

— Moi, j'essaie.

— Il faudra que tu t'assouplisses un peu, Michelle. Sinon, la vie se chargera de te faire plier l'échine.

Michelle se détourna.

— Au fait, qui a payé les travaux ?

Margo se raidit. Discuter avec sa fille des arrangements financiers conclus entre Andrew et elle la plongeait invariablement dans un inexplicable embarras.

— Andrew et moi avons partagé les frais.

— Ça signifie que cette partie de la maison lui appartient pour moitié ?

— Non, mais si je décidais de vendre, je le rembourserais.

— Et si vous vous mariez... que se passera-t-il ?

— Nous n'avons pas abordé le sujet.

— Tu penses que vous vous marierez ?

— Je n'en sais rien. C'est important pour toi ?

— Ça ne me dérangerait pas... Au moins, je n'aurais plus à me faire de souci.

— Chérie, c'est ma vie. Tu n'as pas à t'en préoccuper.

— Mais si, maman. Imagine que, l'année prochaine, tu débarques à la maison avec un autre type, et que je le déteste ?

— Cela me surprendrait fort.

— Mais tu ne peux pas garantir que ça ne se produira pas ?

— Non, évidemment. Cependant je m'entends très bien avec Andrew. Tu t'en es rendu compte, n'est-ce pas ?

— Vous vivez ensemble depuis seulement quelques mois.

— Les premiers mois sont les plus difficiles.

— J'ai lu un livre sur les *rapports amoureux* qui affirme le contraire. Ils disent que ça dure de trois à six mois, et puis, plouf, le charme s'évapore.

— Eh bien, comme nous sommes à la fin février, il y a déjà six mois que ça dure. Et le charme opère toujours.

Michelle lui décocha un long regard.

— Je vais construire un bonhomme de neige dans le jardin, déclara-t-elle brusquement.

Margo soupira. Tantôt Michelle parlait comme une vieille femme, accablée par les misères du monde, tantôt elle jouait comme une enfant. Pour sa part, elle trouvait l'enfant infiniment plus facile à comprendre.

— C'est fantastique ! s'exclama Clara quelques heures plus tard en admirant la nouvelle pièce.

Elle s'était arrêtée chez Margo en revenant de l'aéroport, où elle avait conduit B.B. qui devait prendre l'avion pour Miami. B.B. avait appelé Andrew à l'aube, pour lui annoncer que sa mère avait eu une attaque, et lui demander de garder Sara pendant son absence.

— Si j'étais toi, poursuivit Clara, je me réserverais cette chambre. Elle est beaucoup plus grande que la tienne.

— Oui, mais nous n'avons pas envie d'abandonner la salle de bains et le jacuzzi.

— Evidemment. Le jacuzzi, c'est un argument de poids. D'ailleurs, je me baignerais volontiers. Je suis crevée.

— Excellente idée.

Toutes deux se dirigèrent vers la chambre de Margo ; tandis que celle-ci sortait sur la terrasse pour mettre le jacuzzi en marche, Clara s'étendit sur le lit.

— Il fait un froid de canard ! se plaignit Margo en la rejoignant.

— A qui le dis-tu !

— Comment cela s'est-il passé, ce matin ?

— J'ai mis deux heures pour arriver à l'aéroport. Heureusement que le départ avait été retardé, sinon nous aurions raté l'avion.

— Comment était B.B. ?

— Je n'en sais trop rien. Elle a dormi pendant tout le trajet, et n'a même pas prononcé le nom de sa mère.

— Elle vit vraiment en dehors de la réalité.

— Ta remarque est absurde ! C'est la meilleure femme d'affaires que je connaisse.

— Je parlais de sa vie personnelle, rétorqua Margo en sortant deux peignoirs de la penderie.

— Je ne peux pas discuter de B.B. avec toi, cela me semble malhonnête. Je comprends à présent ce que doivent ressentir les gamins écartelés entre leurs parents divorcés, parce que je suis à peu près dans la même situation. D'un côté, je me réjouis que tu sois heureuse avec Andrew, de l'autre je ne supporte pas de voir B.B. si malheureuse.

— Je ne le supporte pas non plus. Mais, après tout, je ne lui ai pas volé son mari. Ils sont séparés depuis des années.

— Bien sûr...

— Et elle a Lewis. Il a l'air très gentil.

— Il l'est, cependant quelque chose ne tourne pas rond. Je ne parviens pas à définir quoi, mais cela m'effraie.

— Tout finira par s'arranger. Il faut simplement un peu de patience. Bon, l'eau doit être bouillante à présent.

— Tant mieux, j'ai mal dans tous mes os. Tu avais mal aux os, toi, quand tu étais plus jeune ?

— Il y a très peu de temps que j'ai pris conscience d'avoir un squelette, répliqua Margo en riant.

— Eh oui ! soupira Clara en se déshabillant. Nous vieillissons.

— Ça, c'est une idée que je me refuse à admettre.

— Moi aussi. N'empêche que, quand je m'examine dans mon miroir le matin, certains signes évidents me sautent à la figure.

— Moi, je me regarde seulement quand j'y suis obligée.

Margo déformait un peu la vérité, néanmoins elle aimait se considérer comme une femme préoccupée par des choses plus importantes que son aspect physique. Elle exceptait naturellement cette fameuse semaine de vacances à Los Angeles, quand elle s'était rendu compte qu'elle n'avait plus un corps de jeune fille.

— Si nous avions toujours été laides, ce serait plus facile pour nous à présent, décréta Clara.

— Pourquoi ? Tu crois que les gens laids acceptent mieux de vieillir ?

— Absolument. Voir sa beauté se flétrir est insupportable. Si tu ne sais pas ce que c'est, ça ne peut pas te manquer.

— Ce genre de théorie s'applique ordinairement à l'argent.

— Dans ce domaine, je suis complètement incompétente.

Clara ne pensait jamais à l'argent. Il faisait partie d'elle, au même titre que ses yeux ou ses dents. Pour Margo, en revanche, il représentait la liberté, l'indépendance. Elle ne souhaitait pas la fortune, mais ne voulait pas non plus que le manque d'argent régisse à nouveau sa vie, comme après son divorce.

Passant sur la terrasse, elles ôtèrent leurs peignoirs et se plongèrent dans l'eau bouillonnante.

— Andrew a commencé son livre ? demanda Clara au bout d'un moment.

— Non, il n'a pas encore terminé ses recherches. Et, avec les travaux, il n'a pas eu une minute à lui.

— Je ne supporte pas de voir Robin désœuvré... ça me fait grimper aux rideaux. Enfin, la semaine prochaine, il doit se rendre dans le Montana pour chercher une propriété.

— Pas possible ?

— Si, figure-toi qu'il s'est mis en tête d'acheter un ranch. Il a besoin de garder le contact avec la nature, paraît-il.

— Tu ne comptes pas t'installer là-bas, n'est-ce pas ?

— Tu m'imagines dans le Montana ? s'esclaffa Clara.

Elle s'interrompit brusquement.

— Il s'ennuie, murmura-t-elle. Il n'est jamais satisfait. Je ne sais pas trop ce que nous allons devenir.

Tendant la main, Margo lui serra amicalement l'épaule.

— Je suis navrée, j'ignorais que tu avais des problèmes. Tu voulais tant que ça marche.

— Mes désirs importent peu, apparemment. Bon Dieu, j'aimerais bien qu'il grandisse, qu'il assume ses responsabilités, qu'il prenne un engagement quelconque et le respecte. Il me tient de ces discours... D'après lui, les femmes passent leur temps à construire des nids que les hommes ne songent qu'à quitter. Je ne lui ai pas mâché mes mots : ne t'avise pas de recommencer à papillonner parce que, la prochaine fois, je ne t'attendrai pas. Et je te jure que je le ferai. En réalité, je n'aurais pas dû lui permettre de revenir.

— Dans ce cas, laisse-le partir, Clara. Tu te débrouillais très bien sans lui.

— Oui, mais je ne pouvais pas m'empêcher d'espérer... Je me disais que nous avions mûri, tous les deux. Pourquoi faut-il que des femmes intelligentes tombent toujours amoureuses de sales types ?

— Pour ma part, j'ai eu de la chance de rencontrer Andrew. Tellement de chance, même, que j'en ai un peu honte.

— Tu as bien tort. Tu es heureuse, tant mieux.

— Ça ne signifie pas qu'il n'y a aucun problème.

— Les problèmes, ça prouve au moins qu'on est vivant.

Ce soir-là après le dîner, Andrew, Margo et les trois enfants s'installèrent devant la cheminée pour jouer au Monopoly. Lucy renifla consciencieusement le tableau et les billets, puis posa la tête sur les genoux de Michelle et ferma les yeux.

— Elle t'aime bien, dit Sara.

— Toutes les bêtes m'aiment bien.

— Alors, pourquoi vous n'en avez pas ?

Michelle lança un regard à Margo.

— Nous avons un cochon, répondit celle-ci.

— Un cochon ?

— Un cochon en bois, précisa Michelle. C'est une petite plaisanterie de ma chère mère.

— Oh, la sculpture...

— Je voulais un chat, reprit Michelle. Mais maman ne se sentait pas capable d'assumer des responsabilités supplémentaires.

— Il y a trois ans de cela, Michelle. Et à cette époque...

— Les chats ne sont pas embêtants, rétorqua Sara. Ils n'ont besoin de personne, il suffit de leur donner à manger. Je peux vous en trouver un, si vous le souhaitez.

— Nous en reparlerons. Inutile de se précipiter...

La sonnerie du téléphone retentit, interrompant fort à propos une conversation que Margo commençait à trouver gênante.

— Je vais répondre, fit-elle en se levant.

— C'est peut-être maman, dit Sara.

C'était Lewis, qui s'étonnait du message laissé sur le répondeur téléphonique de B.B. Margo lui expliqua qu'elle était partie pour Miami, où sa mère venait d'être hospitalisée pour une attaque. Dès qu'elle se manifesterait, Margo lui demanderait d'appeler Lewis à Minneapolis. Promis.

— C'était Lewis, annonça-t-elle en rejoignant les autres. Il s'inquiétait.

— Je croyais que ce serait maman, marmonna Sara.

Margo se rassit.

— A toi de jouer ! lança Michelle. Tu es à Park Place.

B.B. téléphona une demi-heure plus tard, après quoi Sara se désintéressa totalement du Monopoly.

— Tu es fatiguée ? s'enquit Andrew, voyant qu'elle bâillait à s'en décrocher la mâchoire.

— Un peu.

— Tu veux te coucher ?

— Où est-ce que je vais dormir ?

— Tu peux t'installer chez moi, répliqua Stuart. Comme ça, j'essaierai la nouvelle chambre.

— Tu risques d'avoir froid, objecta Margo. Il n'y a pas encore de chauffage.

— Avec mon duvet, je ne crains rien.

— Ce n'est pas la peine, déclara Sara. Je préfère rester ici, sur le sofa. Je garderai Lucy pour me tenir compagnie.

— Et notre partie, alors ? s'indigna Michelle. On ne la termine pas ?

— On pourrait continuer demain, non ? suggéra Sara.

— Demain, je ne jouerai peut-être pas avec vous, rétorqua Stuart. Mais vous n'aurez qu'à vous partager mes propriétés.

— C'est beaucoup moins amusant, bougonna Michelle.

— Nous n'avons qu'à tout laisser sur la table basse, proposa Margo. Et demain, nous aviserons.

— Dans cette famille, on ne finit jamais rien ! clama Michelle.

— On a quand même fini la nouvelle chambre, rectifia son frère.

Avant de se coucher, Andrew et Margo écoutèrent les nouvelles à la radio. Elle avait envie de lui parler de Clara et Robin, mais il semblait soucieux. Elle-même, d'ailleurs, se sentait bizarrement nerveuse. Au bout d'un moment, il éteignit la lumière et tous deux se mirent au lit. Ils ne firent pas l'amour.

Au milieu de la nuit, Sara cria dans son sommeil, et Andrew se précipita au premier étage pour s'assurer qu'elle n'était pas malade. Lorsqu'il se recoucha, il s'agita pendant des heures. Finalement, il prit un magazine et alla se réfugier dans la salle de bains. Margo, qui avait toujours froid sans lui, dut enfiler une paire de chaussettes pour se réchauffer les pieds. Mais elle ne parvint pas à se rendormir.

Le lendemain matin, Sara et Stuart étaient déjà partis pour le lycée quand le téléphone sonna. Margo achevait de se préparer ; elle entendit Andrew s'exclamer :

— Quoi... quand ?

Intriguée, elle sortit du cabinet de toilette et s'approcha de lui. Il était assis au bord du lit, les mains crispées sur l'écouteur, le visage empreint d'une pâleur mortelle.

— Qu'y a-t-il ? demanda-t-elle.

Il lui fit signe de se taire.

— Oui, dit-il à son interlocuteur. Oui, merci de m'avoir prévenu. Je vous rappellerai plus tard.

— Que se passe-t-il ? La mère de B.B. va plus mal ?

— Ce n'est pas sa mère, répondit-il en raccrochant. C'est elle.

CHAPITRE XXXI

MICHELLE avait sûrement attrapé la grippe, comme Gemini et la moitié de la classe. En tout cas, elle avait atrocement mal à la tête et se sentait toute courbaturée. En plus, elle n'avait jamais eu aussi soif de sa vie. Quand elle se leva ce matin-là, elle se traîna jusqu'à la cuisine et avala deux grands verres de jus d'orange, qui lui chavirèrent aussitôt l'estomac.

— Je suis malade, annonça-t-elle à la famille réunie autour de la table du petit déjeuner. Je vais me recoucher.

Elle s'était endormie, lorsque le téléphone la fit sursauter. Sans doute était-ce le surveillant général du lycée, qui appelait pour savoir où elle était passée. A tâtons, elle prit l'écouteur et entendit la voix d'Andrew qui disait :

— Oui... c'est bien ici.

Un inconnu se mit alors à lui raconter une histoire bizarre, où il était question d'un cimetière, d'une femme effondrée sur une tombe, sous la pluie. Un gardien avait relevé le numéro de sa plaque minéralogique et l'avait communiqué à la police, parce que la femme semblait hébétée et visiblement pas en état de conduire. Quand les policiers l'avaient retrouvée, elle était dans son automobile, au beau milieu d'un pont. Elle se bouchait les oreilles avec ses mains, il était impossible de communiquer avec elle. On l'avait emportée vers l'hôpital le plus proche, le Mt Sinaï, où elle était gardée en observation.

— Je vois, murmura Andrew quand son interlocuteur eut achevé son récit.

Sa voix tremblait terriblement. L'inconnu ajouta quelques mots que Michelle ne comprit pas.

— Oui, répéta Andrew. Bien sûr, mais j'aimerais contacter mon médecin personnel à Miami pour lui demander de l'examiner. Je vous rappellerai dès que possible, dans la matinée.

— Vous êtes son mari ?

— Son ex-mari. Nous sommes divorcés.

Brusquement, la lumière se fit dans l'esprit de Michelle. Ils parlaient de B.B.! Elle voyait la scène d'ici : B.B. assise dans sa voiture, au milieu d'un pont, les mains sur ses oreilles. Deux policiers en uniforme s'approchaient, frappaient à la vitre. « Vous vous sentez bien, madame ? » Non, de toute évidence, elle n'allait pas bien du tout. Drogue ou alcool, décrétaient-ils, peut-être les deux. Encore une sale histoire. Il n'y avait rien dans la voiture, à part un sac contenant son portefeuille et son permis de conduire. « Hmm, elle vient du Colorado. » Malgré les mèches humides qui collaient à son front et son regard fou, son visage correspondait à celui de la photo. Oui, c'était la même femme. Mais elle ne répondait pas à leurs questions. Pensant qu'elle était peut-être sourde, ils essayaient de communiquer avec elle par gestes. Pas de réaction. Alors, ils la secouaient. En vain. Elle restait là, sans bouger, les mains sur ses oreilles.

Michelle avait parfois songé à se couper ainsi du monde, cependant elle n'avait jamais envisagé d'en arriver à de pareilles extrémités. Quelques années auparavant, l'un de ses camarades de classe avait eu une sévère dépression nerveuse — pour reprendre l'expression de leurs professeurs — et on avait dû l'envoyer dans une clinique privée, à la montagne. Ce garçon avait un drôle de sourire, qui lui étirait seulement un côté de la bouche, Michelle s'en souvenait fort bien. Mais qu'une femme superbe comme B.B., qui avait tout pour elle, puisse devenir folle... C'était incroyable.

Elle retourna son oreiller, pour rafraîchir un peu son visage brûlant. Elle avait certainement de la fièvre ; malgré la couverture, elle tremblait de tous ses membres. A tous les coups, elle allait manquer une bonne semaine de classe.

S'il arrivait quelque chose à Margo, son père s'occuperait-il d'elle comme Andrew le faisait pour B.B. ? Probablement pas. Stuart et elle devraient se débrouiller seuls.

Soudain, la porte s'ouvrit et Margo pénétra dans la chambre. Elle embaumait le Chanel N° 19.

— Tu es bouillante, ma chérie, dit-elle en lui posant la main sur le front. Tu as pris de l'aspirine ?

Michelle hocha la tête.

— Il faut que je parte à présent, mais si tu as besoin de quelque chose, Andrew est là. Je téléphonerai vers midi pour avoir de tes nouvelles.

— Qui a appelé, tout à l'heure ?

— Oh, ce n'est rien. Reste couchée et soigne-toi. J'essaierai de ne pas rentrer trop tard, conclut Margo en l'embrassant.

Rien, se répéta mentalement Michelle. B.B. était dingue, et Margo trouvait que ce n'était rien ! Avait-elle seulement pensé à Sara ?

En fin de matinée, le téléphone sonna à nouveau. Sûre qu'il s'agissait cette fois du lycée, Michelle décrocha, mais Andrew était déjà en ligne. Il parlait avec Lewis, l'ami de B.B. Elle l'écouta lui raconter toute l'histoire, après quoi il ajouta :

— J'ai déjà contacté mon médecin personnel. Il connaît bien Francine. J'ai pleinement confiance en lui, et...

— Je compte prendre le prochain avion pour Miami. Je serai là-bas ce soir.

— Ce n'est pas vraiment nécessaire.

— Vous ne comprenez pas. C'est moi qui m'occuperai de tout désormais. Je suis son mari.

— Pardon ?

— Oui. Nous nous sommes mariés à Hawaii, le jour de la Saint-Sylvestre. Elle souhaitait garder la nouvelle secrète pendant quelques mois, pour que nous puissions nous organiser.

Michelle écarta légèrement l'écouteur de sa bouche,

craignant qu'ils ne perçoivent le bruit de sa respiration. Son cœur battait à se rompre.

— Sara est au courant? demanda Andrew d'une voix étouffée.

— Non. B.B. et moi pensions le lui annoncer lors de ma prochaine visite à Boulder.

Seigneur Dieu! B.B. avait épousé Lewis, et ils n'avaient prévenu personne, pas même Sara. Comment avaient-ils osé faire une chose pareille? Si Margo s'avisait de se marier en cachette, Michelle lui en voudrait à mort. Et maintenant, il allait falloir dire à Sara non seulement que sa mère était cinglée, mais qu'elle avait aussi un beau-père. Quelle histoire grotesque, lamentable!

CHAPITRE XXXII

SARA fut malade pendant deux semaines, bien plus longtemps donc que les autres. Le médecin passa la voir à plusieurs reprises, Clara venait chaque jour lui apporter des friandises et de la nourriture pour Lucy; puis elle attrapa la grippe à son tour. Tout le monde toussait dans la maison, bien moins que Sara toutefois. Elle avait d'épouvantables quintes de toux qui l'empêchaient de dormir et lui donnaient l'impression d'étouffer. Cela l'angoissait tellement qu'elle allait frapper à la porte de Margo, pour demander à son père de rester auprès d'elle. Il s'asseyait sur son lit et lui tenait la main jusqu'à ce qu'elle se rendorme.

Maintenant, il disait qu'il était temps pour elle de revenir à l'école. Elle ne voulait pas. Mais d'après lui, cela lui ferait du bien de sortir, de retrouver ses camarades. D'après lui, elle avait besoin de se changer les idées.

Elle n'arrêtait pas de penser à sa mère, de l'imaginer dans un hôpital qui ressemblait sûrement à celui où l'on enfermait Jack Nicholson, dans le film *Vol au-dessus d'un nid de coucous*, qu'elle avait vu chez ses grands-parents Broder à Noël. C'était un endroit terrifiant, plein de malades bizarres et d'affreuses infirmières. Sa mère était forcément malheureuse là-bas. Elle devait pleurer toutes les nuits. Sara se la représentait mentalement, vêtue de la chemise élimée fournie par l'hôpital, recroquevillée sur son lit étroit, occupée à entortiller inlassablement une mèche de cheveux autour de son doigt, comme le faisait sa fille quand elle était fatiguée ou qu'elle avait peur. Elle gémissait : *Sara, aide-moi... Par pitié, aide-moi.* Et Sara aurait bien voulu l'aider, mais elle était complètement impuissante. Elle se réveillait souvent au milieu de la nuit, les joues ruisselant de larmes.

Elle avait aussi pleuré le jour où son père lui avait annoncé que sa mère souffrait de dépression nerveuse.

— Tu veux dire qu'elle a craqué ?

— En quelque sorte, oui.

— Mais pourquoi ?

— Parce que la vie devient parfois trop lourde à porter. Il suffit d'une épreuve de trop pour qu'un être bascule dans le néant. Ta mère n'a sans doute pas supporté la maladie de ta grand-mère.

— Mais la dernière crise de maman n'a duré qu'une semaine. Et elle n'est pas allée à l'hôpital.

— Quand cela s'est-il passé ?

— Le matin où elle a appris ton arrivée à Boulder.

Son père se cacha les yeux avec une main, et secoua lentement la tête. Puis il la prit dans ses bras, lui caressa doucement les cheveux.

— Ma pauvre petite Sara... tu as traversé des moments difficiles, n'est-ce pas ?

— Un peu.

Elle n'en dirait pas davantage. Non, elle ne lui avouerait pas que sa mère se mettait parfois à hurler, qu'elle sanglotait, qu'elle se comportait bizarrement depuis des mois. *Folle.* Voilà ce qu'elle était. Sa mère était devenue folle, même si personne n'osait prononcer ce mot. Pour Sara, cela n'avait rien de surprenant. Elle devinait bien que quelque chose n'allait pas, mais elle ne savait pas quoi faire. C'était finalement arrivé, loin d'ici. Tant mieux, au fond. Evidemment, elle n'avait pas le droit de se sentir presque soulagée, même si elle avait parfois souhaité que sa mère s'en aille et ne revienne plus jamais. Elle avait aussi formulé d'autres vœux, si terribles qu'elle n'avait plus le courage d'y penser. Elle fondit en larmes.

— Ce n'est que passager, lui dit Andrew, se méprenant sur la cause de son chagrin. Bientôt, elle ira mieux.

— Quand ?

— Personne ne le sait exactement.

— Une semaine ? Un mois ?

— Il faudra plus d'une semaine. Peut-être même plus d'un mois.

— Je veux lui parler.

— Pour l'instant, elle ne reçoit aucune communication téléphonique.

— Pourquoi ?

— Ses médecins jugent que cela vaut mieux pour elle.

— Mais, quand tu es malade, tu as envie de parler avec ta famille !

— Ecoute, Sara... ta mère...

— Arrête de l'appeler *ma mère !* cria la fillette. Je déteste ça !

— Excuse-moi. Comment aimerais-tu que je l'appelle ?

— Par son prénom : Francine.

— D'accord.

— Tout est ma faute, balbutia Sara au bout d'un moment.

— Bien sûr que non. Cela n'a rien à voir avec toi.

— Tu ne comprends pas...

— Tu ne dois pas te sentir coupable. Tu n'es pas responsable des problèmes de Francine.

— Tu ne comprends rien du tout, bredouilla Sara en se ruant hors de la pièce.

Elle ne devait pas en dire davantage, ni d'ailleurs rester chez Margo. Sa mère ne lui pardonnerait jamais. Il fallait qu'elle persuade son père de la ramener dans sa maison et de s'y installer avec elle.

Mais voilà qu'ils étaient tous tombés malades, l'un après l'autre.

Avant que Sara ne reprenne l'école, Andrew la conduisit chez elle pour chercher ses affaires. Elle n'y était pas revenue depuis plus de deux semaines. Apparemment, rien n'avait changé, pourtant tout lui parut différent. S'approchant du piano, elle effleura machinalement le bois poli. Elle détestait les leçons de piano, mais sa mère considérait cela comme un élément capital de son éducation. « Tu comprendras plus tard, disait-elle ; tu seras bien contente, quand on t'invitera à des soirées, d'être applaudie et admirée. » Or, cette année, Sara avait assisté à deux surprises-parties, et personne ne jouait du piano. En rentrant, sa mère l'avait obligée à se mettre en pleine lumière, pour vérifier qu'elle n'avait pas les pupilles dilatées. Elle croyait que tous les adolescents se droguaient. Elle avait aussi reniflé ses vêtements et son haleine. Sara s'était fâchée tout rouge.

— Tu n'as pas confiance en moi, n'est-ce pas ? Tu n'as confiance en personne !

— J'ai du mal à accorder ma confiance, c'est vrai.

— Avec les gens que tu aimes, tu pourrais au moins essayer.

— Tu te dépêches un peu, Sara ? fit Andrew en s'asseyant sur le divan du salon. Nous avons beaucoup de travail à la maison.

— La maison, c'est ici. Et je ne vois pas pourquoi tu ne t'y installerais pas avec moi jusqu'au retour de maman.

— Essaie de comprendre. Je ne peux pas vivre ici avec toi. Je ne suis pas chez moi.

— Dans la maison de Margo, je ne suis pas non plus chez moi.

— C'est ce que tu ressens pour l'instant, mais dès que ta chambre sera aménagée...

— J'ai déjà une chambre, et elle est très jolie. Ici !

— Nous allons repeindre les murs, poursuivit son père, comme s'il n'avait pas entendu. Quelle couleur préfères-tu ?

— Je m'en moque ! cria Sara. C'est la chambre de Stuart, pas la mienne. Je ne m'y sentirai jamais bien, même si tu la peins en rouge !

Sur quoi, elle courut se réfugier dans son petit royaume, au premier étage. Tout était en ordre. Mme Herrera était venue, cela se voyait : elle se débrouillait toujours pour laisser les tableaux accrochés aux murs un peu de guingois, afin que B.B. sache bien qu'elle avait fait la poussière. Chez Margo, elle employait la même ruse. C'était drôle de la

250

retrouver là-bas aussi. Hier, elle avait pris Sara à l'écart pour l'interroger :

— Ça va ? Ils te traitent bien ?

— Oui.

— Si tu veux mon avis, une chose pareille n'aurait jamais dû se produire. Ils auraient dû s'arranger pour que ça ne se produise pas. Tu saisis, n'est-ce pas ?

— Je crois, avait répondu Sara qui, en réalité, ne saisissait rien du tout.

Elle tourna le bouton de son radioréveil. Ce geste lui rappela le soir où sa mère avait lancé l'appareil à travers la pièce en hurlant. « Tu ne mérites pas d'avoir des enfants ! » avait riposté Sara. Cette nuit-là, elle avait souhaité que sa mère s'en aille et ne revienne jamais. Eh bien, son vœu s'était réalisé. Elle avala péniblement sa salive, pour refouler le sanglot qui lui mordait la gorge. Si elle s'était montrée plus gentille avec sa mère, si elle lui avait dit : « je t'aimerai toujours », quand elle avait téléphoné de l'hôpital...

Ouvrant sa penderie, elle en sortit un grand sac qu'elle remplit de vêtements. Puis elle se dirigea vers la chambre de sa mère. Son parfum flottait encore dans l'air. Ses toilettes étaient soigneusement rangées dans l'armoire. Sara décrocha un corsage de soie bleue, et le fourra dans son sac.

— Pourquoi tu es partie ? chuchota-t-elle. Pourquoi tu as une dépression nerveuse ? Je parie que tu n'as même pas pensé à moi, à ce que je vais devenir si tu restes longtemps à l'hôpital. Et maintenant, tu vois, je suis obligée d'habiter chez Margo.

Après quoi, elle descendit rejoindre son père au salon.

— Tu es prête ?

— Oui. Qui s'occupera des plantes ?

— Miranda a trouvé quelqu'un qui s'en chargera.

— Ah bon.

— As-tu réfléchi à la couleur que tu aimerais pour ta chambre ?

— Rouge, répondit-elle en détournant les yeux.

Deux jours plus tard, en rentrant de l'école, elle découvrit que la chambre de Stuart avait été peinte en rouge. Il ne manquait plus qu'un joli tapis, déclara Margo.

— Veux-tu m'accompagner en ville pour faire des courses ? Il te faut aussi quelques plantes vertes et des posters.

— Je peux coller des posters au mur ?

— Il vaut mieux les punaiser : le scotch abîme la peinture.

Sara hocha la tête, songeant déjà aux posters qu'elle choisirait. Des photographies d'animaux, bien sûr, et peut-être un ou deux chanteurs de rock.

Elle s'efforçait de ne pas oublier que si Margo se montrait aimable avec elle c'était uniquement à cause d'Andrew. Elle ne devait pas se laisser aller à l'aimer, même pas un tout petit peu : ce serait trahir sa mère. Personne ne parlait d'elle, hormis son père qui, d'ailleurs, abordait rarement le sujet. Il la tenait au courant des derniers événements : Lewis se trouvait à Miami et s'était occupé de faire transporter la malade dans une clinique privée, avec piscine, courts de tennis et ateliers d'art. Sara se disait que cela ressemblait davantage à un club de vacances qu'à un hôpital.

Elle avait des problèmes au lycée. Malgré tous ses efforts, elle ne parvenait pas à se concentrer et était constamment dans la lune. Mais comme ses professeurs connaissaient sa situation, ils ne la houspillaient pas trop. Quant à ses camarades, vu la façon dont ils la regardaient, ils n'ignoraient pas que sa mère était chez les dingues. Quand le père de David Albrecht s'était pendu dans son garage, la classe ne parlait que de ça dès que David avait le dos tourné. Personne ne savait quoi lui dire. Et maintenant, ils se comportaient de la même manière avec elle.

Jennifer, au moins, n'avait pas peur d'en discuter.

— Tous les parents craquent un jour ou l'autre. C'est banal. A mon avis, presque tous nos copains ont un parent qui a perdu les pédales. Il y a cent neuf psychiatres à Boulder, figure-toi. Ce n'est pas par hasard.

Tout en écoutant son amie, Sara se rongeait les ongles.

— Ta mère avait beaucoup de soucis. Et elle vit à cent à l'heure.

— Les gens qui vivent à cent à l'heure ont généralement des crises cardiaques.

— Oui, ou bien alors ils craquent. Ça leur sert d'avertissement ; après, ils ralentissent le rythme. Au fond, il vaut mieux que ça lui soit arrivé maintenant. Elle se conduisait bizarrement depuis quelque temps.

— Je sais.

Couchée dans son lit, Sara essayait vainement de lire le roman que Jennifer lui avait prêté, sous prétexte qu'il l'aiderait à mieux comprendre sa mère. Il y était question d'une fille qui sombrait dans la folie ; elle s'était inventé un univers secret, un langage secret, etc. En fait, elle ne ressemblait pas du tout à sa mère.

Lucy dormait, pelotonnée sur les jambes de sa maîtresse. Sara adorait l'observer. Quand la chienne poussait des soupirs béats, cela signifiait qu'elle faisait un rêve agréable. Au contraire, lorsqu'elle tressaillait et geignait, elle avait un cauchemar. Sara se demandait souvent si Lucy rêvait à ses congénères, ou aux humains.

Elle entendit quelqu'un passer dans le couloir. A présent, elle pouvait reconnaître chaque habitant de la maison à son pas. Celui de Margo était léger et rapide ; les chaussures de Stuart grinçaient ; Michelle, elle, marchait comme un grenadier.

— Papa ? appela-t-elle.

— Oui, ma chérie.

— Tu viens me voir ?

— Bien sûr.

Il entra dans la chambre et s'assit sur le bord du lit. Elle lui tendit sa main.

— Je t'aime, papa.

— Je t'aime aussi.

— Pour combien de temps ?

— Pourquoi me demandes-tu ça ?

— Il faut que tu répondes : *pour toujours*. Et après, je te dirai : *moi aussi*.

— Qui a imaginé ce dialogue ?

— Maman. On se le répétait tous les jours.

— Nous devrions peut-être inventer quelque chose d'original.

— Non, je ne veux pas. Je veux que tu me dises ça.
— Bon, d'accord... Recommençons.
— Je t'aime, papa.
— Je t'aime aussi.
— Pour combien de temps ?
— Pour toujours.
— Moi aussi.

Sara pensait que ces mots familiers la réconforteraient, mais elle se trompait. Cela semblait brusquement puéril et stupide. Et sa mère lui en voudrait certainement d'avoir initié son père à leur rite secret. Baissant les yeux, elle regarda les mains d'Andrew. Il avait de beaux ongles bombés, aux bouts en forme de demi-lunes.

— Tu crois que je lui manque ? murmura-t-elle.
— J'en suis persuadé.
— Je pourrais peut-être lui écrire ?
— Cela me paraît une excellente idée.

Elle commença sa lettre le lendemain, pendant le cours d'anglais, en s'abritant derrière son manuel de poésie américaine.

« Chère maman,

J'ai beaucoup de chagrin de te savoir malade, et j'espère que tu guériras très, très vite. J'ai eu la grippe, pendant deux semaines. Mais maintenant, je vais bien. Lucy aussi. Il y a eu une tempête de neige terrible, mais à présent il fait beau, et j'espère aller skier le week-end prochain. J'aimerais bien que tu... »

— Sara ! lança Mme Walters. Sara, vous m'entendez ?
— Que... moi ?
— Bienvenue sur terre, Sara.

Tout le monde éclata de rire.

— Nous réfléchissions à ce qu'a voulu dire Robert Frost en écrivant ces vers : *Mais j'ai des serments à tenir/Et des lieues à parcourir avant de m'endormir.*
— Excusez-moi, je n'écoutais pas.
— Nous nous en sommes aperçus. Essayez d'être un peu plus attentive, s'il vous plaît.

— Oui, madame.

Sara replia sa feuille et la glissa dans le livre de mathématiques. De toute manière, c'était nul. Ça ressemblait aux lettres qu'on écrit par obligation, sans en avoir vraiment envie.

CHAPITRE XXXIII

— FRANCINE, vous avez une lettre de Sara.
   Non, elle ne parlerait pas.
   — Voulez-vous la lire ?
Elle ne penserait pas non plus.
   — Vous préférez peut-être que je vous la lise ?
Elle ne ressentirait rien.
   — Je vous la laisse ici, sur la table, au cas où vous changeriez d'avis.
Et personne ne pourrait l'y obliger.
Elle ferma les yeux.

CHAPITRE XXXIV

MARGO avait voulu qu'Andrew partage sa vie, mais elle n'avait pas véritablement envisagé de partager la sienne. Elle aurait dû réfléchir davantage à leurs relations, mieux analyser ses propres sentiments. Cela lui aurait évité d'être submergée par une foule d'émotions confuses, au moment précis où elle avait besoin de toute sa lucidité. En fait, elle n'avait pas imaginé que Sara s'installerait sous son toit. Elle n'avait pas eu le temps de se préparer, de s'habituer à cette idée, même si elle désirait sincèrement que tout se passe pour le mieux. Elle avait aidé Andrew à repeindre la chambre de Sara — qui, quelques semaines auparavant, était encore celle de Stuart. Cependant, elle craignait que la fillette ne se sente jamais chez elle dans cette maison.

Chaque fois qu'elle essayait de l'approcher, Sara se rétractait. Elle se montrait toujours extrêmement polie, mais gardait ses distances.

— Sara, lui avait-elle dit un jour, je sais combien cette situation est pénible pour toi. Si tu as envie d'en parler...

— Je vais très bien. Où est papa ?

Margo avait tenté sa chance une deuxième fois.

— Sara, si je peux faire quelque chose pour toi...

— Je vais très bien. Vous n'auriez pas un vieux filet à provisions à me prêter ? J'ai des trucs à apporter à l'école, demain.

— Il y en a un sous l'évier de la cuisine.

Margo se demandait si elle avait l'étoffe d'une bonne belle-mère. Elle songeait souvent à Aliza, aux difficultés qu'elle devait rencontrer avec Stuart et Michelle. Il lui faudrait avancer pas à pas, s'armer de patience, sans rien exiger en échange.

Quand Andrew lui avait annoncé ce qui arrivait à B.B., il s'était mis à pleurer, à s'accuser. Elle l'avait pris dans ses bras, l'avait réconforté, en lui répétant que ce n'était pas sa faute, que ses remords n'aideraient certainement pas B.B., ni Sara, ni personne. Puis il avait commencé à faire des cauchemars. Pendant la semaine où ils étaient tous restés couchés avec la grippe, il avait rêvé de Bobby chaque nuit. Il criait dans son sommeil, revivait l'accident — le fracas des vitres brisées, les corps projetés vers l'avant, les hurlements des enfants. Margo l'exhortait à ne pas confondre la dépression nerveuse de B.B. avec le drame.

— Elle a des problèmes personnels, dont la solution n'appartient qu'à elle.

Elle parlait avec tant d'assurance, de sagesse, qu'elle parvenait presque à se convaincre elle-même. Mais Andrew n'était pas le seul à se sentir coupable. Si seulement Margo ne l'avait pas rencontré, si elle s'était empêchée de l'aimer, si elle ne lui avait pas permis de venir habiter chez elle... Tout le monde avait un seuil de tolérance, au-delà duquel la coupe était pleine. Tout le monde.

Le soir, elle avait expliqué la situation à ses enfants.

— Ça va être très dur pour Sara. J'espère que vous vous montrerez compréhensifs, tous les deux.

— Pas la peine de nous faire un dessin, rétorqua Michelle d'une voix à peine audible, tant elle avait mal à la gorge. On imagine sans peine ce que ce doit être d'avoir une mère qui perd la boule. Nous-mêmes, nous n'en sommes pas passés très loin.

Stuart lui décocha un regard venimeux.

— C'est pas vrai, peut-être ? le défia Michelle. Quand la femme de Leonard a débarqué avec son pistolet, maman ne tenait plus que par un fil. N'est-ce pas, maman ?

— Ce fut une époque pénible, en effet.

260

— On ne peut compter sur rien, ni personne, marmonna Stuart d'une voix tremblante. La vie n'est qu'une tartine de merde... et ça le démontre amplement.

— Stu, dit Margo, intriguée par l'attitude de son fils qui, généralement, n'extériorisait jamais ses émotions. Tout va bien avec Puffin ?

— Pourquoi ?

— Je ne sais pas. Simplement, je...

— Cela n'a rien à voir avec Puffin, coupa-t-il en se levant pour quitter la pièce.

Deux semaines plus tard, lorsqu'ils furent tous remis de la grippe, Andrew entra un soir dans la salle de bains alors que Margo se brossait les dents. Il s'assit sur le rebord de la baignoire, l'air soucieux.

— A ton avis, ne vaudrait-il pas mieux que j'emmène Sara chez elle et que je reste là-bas jusqu'au retour de Francine ?

Margo laissa tomber sa brosse à dents dans le lavabo.

— C'est ce que tu désires ?

— Ne sois pas agressive.

— Je ne suis pas agressive, je te pose une question.

Elle l'observa un instant dans le miroir. Il avait les yeux cernés.

— Que dois-je faire ?

— Reste ici.

S'il partait maintenant, Sara ne prendrait jamais leurs relations au sérieux, pas plus que Stuart ou Michelle.

— Pour le meilleur et le pire ?

— Oui.

— Cela risque de te compliquer la vie.

— Ma vie est déjà compliquée.

— Mais tes enfants...

— Ils s'adapteront, répondit-elle en se tournant vers lui.

— J'aimerais que Sara nous considère comme une famille, dit-il en repoussant les cheveux qui lui tombaient sur le front. Elle surmontera mieux la situation si elle ne vit pas dans la maison de Francine... n'est-ce pas ?

— Oui.

— Là-bas, tout lui rappelle sa mère.

— Ne t'inquiète pas, murmura doucement Margo. Tout ira bien.

Il se redressa, et elle s'appuya contre lui, rassurée.

Mais, à présent, elle se rendait compte que ce n'était pas aussi facile qu'elle l'avait supposé. Andrew se focalisait sur sa fille; et celle-ci, perturbée par un sentiment d'insécurité bien compréhensible, se cramponnait à lui. Margo pensait qu'elle avait besoin de consulter un psychothérapeute, quelqu'un qui l'aide à dépasser le traumatisme causé par la maladie de sa mère. Son père, lui, considérait qu'elle avait seulement besoin d'amour.

Ils n'étaient pas davantage d'accord sur ce qu'il convenait de dire à Sara. Margo affirmait qu'il ne fallait rien lui cacher. Elle devait apprendre à composer avec la réalité.

— Depuis quand es-tu psychanalyste? rétorquait Andrew, irrité.

— Je ne le suis pas, mais tu préfères que Sara devienne comme B.B., qu'elle vive complètement en dehors du réel?

— Ma fille ne ressemble pas à Francine.

— Très bien. Alors, parle-lui du mariage, de Lewis.

— Pour l'instant, il n'est pas nécessaire qu'elle le sache.

— Ce mariage a pourtant eu lieu, n'est-ce pas? C'est un fait...

— Ce n'est pas à moi de le lui dire, mais à Francine.

— Oh, évidemment. Et c'est à Francine de lui expliquer sa dépression nerveuse?

— Je lui ai expliqué la maladie de sa mère, cependant je ne vois pas la nécessité de lui apprendre qu'elle s'est remariée, et je te prie de t'en abstenir. D'ailleurs, quand Francine reviendra, je ne suis pas certain que cette union puisse durer.

— Tu l'espères?

— J'espère que Francine guérira... voilà tout.

— Imagine que quelqu'un d'autre mette Sara au courant.

— Qui?

— Lewis.

— Je lui demanderai de garder le silence.

— Je n'aime pas les secrets, Andrew. Ce sont toujours des bombes à retardement.

— Pour une fois... S'il te plaît.

— D'accord, soupira Margo. D'accord.

Elle sentait le fossé se creuser entre Andrew et elle, et cela l'effrayait. Intellectuellement, elle le comprenait très bien. Mais, émotionnellement, c'était une autre affaire. Elle ne s'abaisserait pas à rivaliser avec une enfant de douze ans. Sara était sa fille, elle avait de sérieux problèmes, il était normal qu'il lui consacrât beaucoup de temps. Malheureusement, Margo ne pouvait s'empêcher d'en éprouver parfois une certaine jalousie, et elle avait honte d'elle-même.

Elle avait besoin d'en discuter avec Andrew. Mais pour le moment, ils étaient tellement débordés qu'ils parlaient uniquement de Sara, de B.B., ou de détails domestiques. Le soir, ils se couchaient épuisés. Ils n'avaient pas fait l'amour depuis des semaines.

— Ma chérie, lui dit un soir sa mère au téléphone, tu ne crains pas d'avoir un peu présumé de tes forces ?

— J'essaie de prendre chaque jour comme il vient.

— Un troisième enfant, c'est une énorme responsabilité.

— Ça ne durera pas.

— Tu en es certaine ?

— Non, je ne suis plus sûre de rien.

— Tu dois faire ce qui est bon pour toi, et pour Stuart et Michelle.

— Je m'y efforce, maman, répondit Margo en ravalant un sanglot. Tu sais, je voudrais tellement vivre comme papa et toi.

— Un couple ne se construit pas en un clin d'œil, ma petite fille.

Clara s'inquiétait aussi à son sujet.

— Tu as une mine épouvantable, Margo. Tu ne couverais pas une pneumonie, ou quelque chose dans ce genre ?

— Je ne crois pas que ce soit physique, répondit Margo, qui souffrait pourtant d'exanthème et de douleurs abdominales.

— Si cela peut te rendre service, je me chargerai de Sara pendant quelque temps.

— Non, il faut qu'elle reste avec Andrew... avec nous.

— Elle te cause des problèmes ?

— Pas du tout. Elle est très sage. Je me fais du souci pour elle, mais Andrew affirme qu'elle va très bien.

— Tu devrais consulter un médecin. Si tu craques, toi aussi, cela n'arrangera rien.

Le lendemain, au bureau, elle discuta longuement avec Michael Benson du plan Danish, qui limitait la construction de nouvelles unités d'habitation pour les cinq années à venir. Michael estimait que ces mesures n'auraient pas de conséquences fâcheuses pour le cabinet, puisqu'ils étaient déjà spécialisés dans la rénovation.

— Je peux peut-être t'aider ? dit-il soudain, en l'observant avec attention.

Elle le regarda et, brusquement, fondit en larmes.

— Ça va donc si mal ?

— Je suis dépassée, Michael. J'ai l'impression que ma vie m'échappe.

— Je t'avais prévenue, n'est-ce pas ? Je t'ai suffisamment parlé de mes propres erreurs.

— Ce n'est pas une erreur. Je l'aime.

— Assez pour supporter tout ça ?

— Je l'espère.

— Tu sais, Margo... tu es vraiment une bonne architecte, tu as beaucoup de talent. Tu n'as pas le droit de tout gâcher pour un bonhomme.

— Je ne gâche rien.

Avant l'hospitalisation de B.B., Andrew avait plusieurs fois évoqué la possibilité de tout abandonner pour aller s'installer aux Iles Vierges. Il monterait une société de sauvetage en mer, il travaillerait quand il en aurait envie, il mènerait la vie dont il rêvait. Margo coupait toujours court à la conversation, furieuse et angoissée ; elle n'était pas persuadée d'avoir sa place dans cette fameuse île. En outre, elle avait des responsabilités — envers ses enfants, son travail, elle-même. Elle ne voulait pas tout quitter pour se retrouver dans une hutte, avec comme mobilier un matelas posé à même le sol. Malgré l'amour qu'elle portait à Andrew, elle refusait de vivre de cette manière.

A d'autres moments, il échafaudait des plans pour leur avenir. Dès que les enfants auraient terminé leurs études, ils feraient le tour du monde — Nouvelle-Zélande, Amérique du Sud, Asie. Il écrirait des récits de voyage, elle étudierait l'architecture des pays qu'ils traverseraient. Elle commençait par lui donner la réplique, puis finissait invariablement par dire :

— Mon travail actuel me satisfait pleinement... Tu le sais, n'est-ce pas ?

Alors il l'attirait contre lui, la serrait très fort.

— Je m'amuse à rêver. Ne prends pas cela trop au sérieux.

Margo décida donc de consulter son médecin.

— Vous êtes nerveuse ? lui demanda-t-il.

— Vous ne croyez pas si bien dire, répondit-elle en riant.

— Des problèmes ?

— Oui, mais rien d'insoluble.

— Vous faites de l'exercice ?

— Un peu de danse, répliqua-t-elle en pensant à B.B. qui, elle aussi, suivait des cours de danse.

— Parfait. Pour l'instant, je vous conseille de manger des aliments sucrés. Pas question de régime. Et je vais vous prescrire un traitement pour ces plaques d'eczéma. Il me semble que vous avez perdu du poids, non ?

— Deux ou trois kilos. C'est la grippe qui m'a fait fondre.

— Vous avez besoin de repos, Margo. Vous dormez bien ?

— Oui.

— Changer de rythme vous serait salutaire. Vous sortez suffisamment, vous vous détendez ?

— Eh bien, sans doute pas assez.

Aussi, quand ils furent invités à dîner chez Early Sumner, Margo accepta-t-elle sans même en parler à Andrew. Si elle lui avait posé la question, il aurait vraisemblablement trouvé une excuse pour rester à la maison, avec Sara. Celle-ci prit d'ailleurs fort bien la chose, et en profita pour proposer à Jennifer de venir pour la nuit.

Avant la réception, Margo passa un long moment dans sa baignoire, pour se relaxer. Elle songeait à cette nuit de l'automne dernier où elle avait tracé le portrait-robot du compagnon idéal.

Il serait divorcé, et aurait des enfants du même âge que les siens, peut-être même un peu plus grands. Pouponner ne la tentait vraiment pas. Dans un an, Stuart et Michelle quitteraient le nid. Elle aurait enfin le loisir de penser un peu à elle : pas question de sacrifier cette liberté à un jeune papa affublé d'une ribambelle de gamins.

Elle se mit à rire. Comment avait-elle pu être aussi naïve ? Elle qui souhaitait se simplifier la vie n'avait gagné que des complications. Sur ce point, Andrew avait raison. Et si B.B. ne recouvrait pas la santé ? S'il décidait d'assumer la garde de Sara ? Elle devrait attendre cinq années de plus. Elle aurait quarante-cinq ans quand Sara serait bachelière, presque quarante-six.

Au fond, la liberté n'était qu'un mythe. L'important, c'était de la partager avec quelqu'un.

Elle sortit de la baignoire et s'enveloppa dans une serviette. Les larmes lui brûlaient les paupières. Pourquoi la vie était-elle si difficile, si chaotique ? Pourquoi le bonheur se dérobait-il sans cesse ?

CHAPITRE XXXV

MICHELLE était seule à la maison, avec un bon livre et une boîte de bretzels, quand on frappa à la porte. Bondissant de son lit, elle courut ouvrir. C'était Puffin.

— Stuart n'est pas encore rentré. Je crois qu'il avait son entraînement de tennis.

— Je suis venue pour te parler.

Michelle écarquilla les yeux ; Puffin et elle n'étaient pas précisément les meilleures amies du monde.

— Je peux entrer ?

— Bien sûr.

Puffin la suivit dans sa chambre et s'assit sur le bord du lit.

— Tu veux un bretzel ? proposa Michelle.

— Merci, répliqua Puffin en prenant un biscuit qu'elle mordilla sans conviction. Tu ne devineras jamais... je suis enceinte.

— C'est pas vrai ! s'exclama Michelle, stupéfaite. Comment t'es-tu débrouillée ?

— Eh bien... bredouilla Puffin avec un air de sainte nitouche.

— Vous n'utilisiez pas de contraceptif ?

— Si, mais nous avons voulu essayer une fois sans préservatif, pour voir... Nous l'avons fait pendant la période du mois où je pensais ne pas courir de risque...

— Aucune période n'est vraiment sûre.

— Maintenant, je le sais.

— Je croyais que tu étais sous pilule, ou que tu avais un diaphragme.

— Je ne supporte pas la pilule, et le diaphragme... c'est trop dégoûtant.

— Stuart est au courant ?

Puffin hocha la tête.

— Qu'allez-vous faire ?

Puffin haussa les épaules.

Comment Clara avait-elle pu engendrer une créature aussi dénuée de cervelle ? se demanda Michelle, abasourdie. Conclusion : il était bien difficile de savoir à quoi l'on s'exposait en décidant d'avoir un enfant. C'était un coup de dés. Freddy et Margo, eux, avaient vraiment eu de la chance. A quoi ressemblerait le bébé de Puffin et Stuart ? Peut-être aurait-il le caractère de sa tante. Mais la question ne se posait pas. Puffin devait avorter, et c'était à Michelle de l'en convaincre.

— Je ne crois pas que tu sois prête à avoir un enfant, dit-elle.

— Je me préparerai. J'ai tout le temps d'acheter le berceau, la layette, et le reste.

— Je me suis mal exprimée. Il me semble que tu n'es pas assez mûre. Stuart non plus, d'ailleurs. Si vous vous mariez maintenant, ce sera un désastre. A vingt ans, vous serez déjà divorcés.

— J'aurai dix-huit ans en août. Je suis la plus vieille de ma classe, j'ai redoublé ma terminale.

— Je l'ignorais, répliqua Michelle qui ne voyait pas du tout le rapport avec le problème.

— Quand j'ai changé de lycée, on m'a conseillé de redoubler. Comme je ne connaissais personne ici, cela n'avait pas beaucoup d'importance. Mais, sur le moment, j'ai été très malheureuse.

— Eh bien, à plus forte raison, imagine-toi à vingt ans, divorcée, avec un gosse de deux ans. Ce serait horrible, pas seulement pour Stuart et toi, mais surtout pour le petit.

Les yeux de Puffin s'emplirent de larmes.

— Je me rappelle le divorce de mes parents. C'était affeux. Même maintenant qu'ils ont repris la vie commune, je ne supporte pas qu'ils se disputent.

— C'est justement ce que j'essaie de t'expliquer : les mariages entre très jeunes gens ne marchent jamais.

— Quand ils se sont mariés, mes parents n'étaient plus des adolescents, répliqua Puffin en s'approchant de la fenêtre. Oh, je te signale que Lucy est en train de creuser un trou dans le jardin.

— Elle adore creuser des trous.

— Et avec Sara, comment ça va ?

— On survit.

— Moi, je suis fille unique. Voilà pourquoi je veux commencer à avoir des enfants de bonne heure.

— Tu as pensé à faire adopter le bébé ? Je veux dire si tu es absolument contre l'avortement...

— Ne me parle pas de bébé, s'il te plaît ! Appelons ça ma grossesse.

— D'accord. As-tu envisagé l'adoption ?

— Je serais incapable de faire une chose pareille. Avec notre fortune, nous sommes de ceux qui adoptent, pas de ceux qui abandonnent. Tu comprends ?

— Oui, soupira Michelle. Eh bien, dans ce cas, l'avortement est la seule solution.

— Tu ne pourrais pas convaincre Stuart de m'épouser ? Nous aurions beaucoup d'argent, il ne serait pas obligé de m'entretenir, ni de renoncer à l'université.

— Non, je ne peux pas.

— Je me doutais que tu refuserais, rétorqua Puffin en boutonnant sa veste. Tu m'accompagneras à la clinique ?

— Si tu le souhaites, oui.

— Tu prendras rendez-vous pour moi ?

— Quand préfères-tu... demain ?

— Ça m'est égal. Tu vois, Michelle, je te trouvais trop sérieuse, je te reprochais de ne jamais t'amuser. Mais maintenant, je regrette de ne pas te ressembler. J'aimerais en savoir autant que toi.

Michelle lui passa un bras autour des épaules. Elle semblait si menue, si fragile.

— Je ne sais pas tout, dit-elle.

— Peut-être... mais c'est déjà beaucoup.

Michelle accompagna donc Puffin et Stuart à la clinique. Il était pâle, tendu ; le matin au petit déjeuner, il s'était emporté contre Sara et lui avait ordonné de faire sortir son maudit chien de la cuisine. Sara avait fondu en larmes.

Pendant tout le temps que dura l'opération, il ne

desserra pas les dents. Et quand Puffin reparut, souriant d'un air crâne, ce fut Michelle qui l'embrassa et lui demanda si elle n'avait pas trop souffert. Puffin s'agrippa à son bras, en secouant la tête. Stuart, lui, se dandinait d'un pied sur l'autre, comme un idiot. Ensuite, ils la reconduisirent chez elle, et Michelle lui prépara un bol de bouillon. Ils restèrent à ses côtés pendant tout l'après-midi, à la regarder sommeiller. Lorsque Clara rentra, ils lui expliquèrent que Puffin avait attrapé un virus qui sévissait au lycée.

— Encore ! s'exclama Clara. Nous venons à peine de sortir de la grippe.

— Elle en a pour quarante-huit heures, répondit Michelle. Peut-être moins.

— Ah bon, tu me rassures.

Le soir, Stuart rejoignit Michelle dans sa chambre.

— Merci pour ce que tu as fait aujourd'hui.

— Je suis contente d'avoir pu vous aider.

— Tu ne raconteras rien à maman, n'est-ce pas ?

— Non.

— Bon. Puffin voulait le dire à la terre entière, mais je l'ai persuadée de se taire.

— Est-ce que tu l'aimes, Stu ?

— Je le croyais, maintenant je ne sais plus. L'idée de passer le reste de ma vie avec elle m'a flanqué une trouille bleue. Elle avait tout prévu, figure-toi, y compris la décoration de notre maison et les endroits où nous irions en vacances.

— Tu es triste, pour le bébé ?

— Qu'est-ce que je ferais d'un gosse, alors que je me demande même dans quelle université je vais être admis ?

Après le départ de son frère, Michelle se mit à réfléchir. Du temps de Margo, il était impossible d'avorter. Les filles qui attendaient un enfant devaient forcément se marier ; voilà justement pourquoi elles restaient vierges, par peur. Sauf Margo, évidemment, qui avait couché avec ce garçon, James.

Et si Margo se retrouvait enceinte ? A quarante ans, c'était encore possible. Seigneur, quelle idée loufoque ! Margo, enceinte. Choisirait-elle l'avortement ? Andrew et elle sombreraient peut-être dans le mélo sentimental et décideraient de régulariser leur situation. Assurément, cela changerait beaucoup de choses. Au moment du mariage de son père avec Aliza, Michelle avait redouté qu'ils aient d'autres enfants. Jusqu'ici ils s'étaient abstenus, et elle s'en réjouissait. Stuart et elle existaient, les parents n'avaient qu'à mieux s'occuper d'eux, cela suffisait amplement.

Même si Margo et Andrew se mariaient, cela n'impliquait pas automatiquement qu'ils demeureraient longtemps ensemble. La preuve, ils s'étaient disputés le soir de la réception chez Early Sumner. Ils étaient rentrés vers une heure du matin, en hurlant. Plus exactement, Margo vociférait. Andrew, lui, répétait qu'elle avait mal compris.

— Je t'assure, elle était simplement amicale.

— Amicale! Elle avait sa main sur ta cuisse!

— Et alors, que fallait-il que je fasse, à ton avis?

— Tu aurais dû enlever sa main et t'éloigner. Bonté divine, tu es adulte. Tu es quand même capable de sentir la nuance entre la gentillesse et la provocation.

— Je suis ici avec toi, non? Cela ne signifie donc rien?

— Non... être ici ne suffit pas. Je veux pouvoir avoir confiance en toi.

— Je n'ai pas couché avec elle, enfin! Je n'en ai même pas eu envie.

— Je ne te parle pas de ça. J'ai besoin d'être sûre de toi, d'être sûre que tu ne chercheras pas à me blesser.

Il s'était donc passé quelque chose pendant la soirée, avait conclu Michelle. Quelqu'un, sans doute Early Sumner, avait fait des avances à Andrew, il y avait répondu, et Margo était malheureuse et folle de jalousie.

Malgré ses cinquante ans bien sonnés, Early Sumner avait un visage étonnant, qui semblait sculpté. Elle portait toujours des pantalons de cuir noir, d'amples chemises, et des colliers formés de grains d'ambre, aussi gros que des balles de golf. Elle était l'une des plus généreuses donatrices de la bibliothèque et des musées de la ville. Une fois par mois, elle s'arrêtait au lycée pour demander si l'un des élèves accepterait d'exécuter quelques menus travaux dans sa maison. Elle payait cinq dollars de l'heure. Bizarrement, elle ne choisissait jamais une fille.

Quoi qu'il en soit, Margo fulminait.

— Ah, les hommes, vous êtes bien tous les mêmes ! Des gamins, avec des ego gros comme des montagnes.

— Et vous, il faut toujours vous rassurer.

— Qui a besoin d'être rassuré ?

— Que veux-tu de moi, au juste ? Tu ne vois pas dans quelle situation je me trouve ? Tu ne comprends pas à quel point c'est pénible pour moi ?

— Ça l'est pour moi aussi. Assumer la responsabilité d'un autre enfant, me coltiner les problèmes familiaux que cela implique... Il ne se passe pas un jour sans que je reçoive un coup de fil à propos de la mère de B.B., ou de B.B. elle-même. Bon Dieu, j'en ai marre de Goldy et de son attaque, de B.B. et de sa dépression nerveuse. Si ça continue, je ne vais pas tarder à craquer à mon tour. Je me suis tue jusqu'ici, parce que je sais que tu es aussi tendu que moi. Mais mets-toi un peu à ma place : je fais mon possible pour que Sara se sente bien dans cette maison, je m'occupe de toi, d'elle, de mes enfants, de mon travail. Je n'ai plus une minute à moi. Ce soir, je souhaitais me détendre, sortir d'ici... et voilà le résultat !

Michelle avala péniblement sa salive, la gorge nouée. Elle avait envie de se précipiter dans leur chambre, de les empoigner par les épaules, de les secouer. *Cessez cette querelle stupide. Arrêtez immédiatement, avant de tout gâcher !*

Brusquement, elle ne voulait pas que Margo et Andrew se séparent. Elle aimait les voir ensemble. Elle aimait la présence d'Andrew dans la maison, malgré Sara. C'était agréable, cela lui donnait l'impression d'appartenir à une vraie famille.

— Margo, viens là... je suis désolé, murmura Andrew d'une voix si douce que Michelle eut du mal à l'entendre. Je voulais simplement m'amuser, c'est tout.

— Moi aussi, je voulais m'amuser, balbutia Margo. Mais tu t'es conduit comme si je n'étais pas là. Je me suis sentie invisible, transparente...

Michelle comprenait parfaitement ce qu'essayait d'exprimer sa mère. Elle-même se sentait souvent invisible. Il lui fallait se pincer pour s'assurer qu'elle existait encore.

Quelques jours après, alors qu'elles étaient toutes les deux seules à la maison, Sara frappa à la porte de Michelle.

— Oui ?

— C'est moi...

— Entre.

— Salut, marmonna Sara, immobile sur le seuil.

— Salut.

— Est-ce que je pourrais, euh, t'emprunter un... un Tampax ?

— Oui, bien sûr. Ils sont dans la salle de bains, en bas de l'armoire, répondit distraitement Michelle, captivée par le roman qu'elle était en train de lire.

Brusquement, une idée lui traversa l'esprit.

— C'est la première fois, hein ?

Cramoisie, Sara hocha la tête.

— Tu as besoin d'aide ?

Sara haussa les épaules.

— Tu sais comment utiliser le tampon ?

— Jennifer me l'a montré.

— Bon, alors vas-y. Si tu n'y arrives pas, tu n'as qu'à m'appeler. D'accord ?

— Oui.

Sara resta enfermée dans le cabinet de toilette pendant vingt minutes. Quelque peu inquiète, Michelle frappa à la porte.

— Ça va ?

— Ben, je ne sais pas trop. J'ai peur que ça tombe.

— Prends-en un autre, et mets un peu de Vaseline sur le bout.

— Où est la Vaseline ?

— Dans l'armoire, à côté des Tampax.

— Ah oui, je la vois.

— Tu veux que je t'aide ?

— Non, ce n'est pas la peine.

Dix minutes après, Sara sortit de la salle de bains.

— Cette fois, je crois que j'ai réussi.

— Tu ne dois rien sentir du tout, aucune gêne.

— Je ne sens rien, répliqua Sara avec un petit sourire timide.

Mon Dieu, elle était vraiment pathétique, songea Michelle. Si jeune et désarmée.

— La première fois que cela m'est arrivé, dit-elle, j'avais presque quatorze ans. Je dormais chez une amie, avec six autres filles ; je n'ai pas osé leur en parler, alors je me suis débrouillée avec des Kleenex. Quand je suis rentrée à la maison, j'ai tout raconté à ma mère. Elle était tellement émue qu'elle s'est mise à pleurer, et elle m'a emmenée dîner en ville pour fêter l'événement.

Une expression douloureuse passa dans les yeux de Sara.

— Oh, excuse-moi. Je ne voulais pas te blesser.

— Ce n'est pas grave.

— Si tu as besoin d'autre chose, n'hésite pas à me le demander.

— Merci.

Quelques instants plus tard, Michelle monta dans la cuisine et entreprit de confectionner un gâteau au chocolat. Puis elle le glaça, et inscrivit sur le dessus : *Félicitations, Sara.*

CHAPITRE XXXVI

Sara n'avait reçu aucune nouvelle de sa mère, mais elle avait parlé avec le docteur Arnold, la psychiatre qui s'occupait d'elle. Craignant d'être complètement paralysée dès qu'elle entendrait la voix de cette femme, elle avait soigneusement répété sa première phrase. Aussi, quand le médecin prit la communication, ne perdit-elle pas de temps en inutiles préambules.

— Je voudrais savoir exactement quand ma mère sera guérie.

— C'est difficile à déterminer, répondit son interlocutrice, comme si la question de Sara était parfaitement normale. Son état s'améliore, quoique très lentement.

— Est-ce que je dois continuer à lui écrire ?

— Oui. Vos lettres ont beaucoup d'importance pour elle.

— Alors, pourquoi est-ce qu'elle ne m'écrit pas ? Elle ne me téléphone même pas.

— Elle n'est pas encore prête à communiquer, Sara.

— Qu'est-ce qu'elle fait, pendant toute la journée ?

— Elle regarde la télévision.

— Maman ne regarde *jamais* la télévision. Elle dit que c'est abrutissant.

— Maintenant, elle suit toutes les émissions.

— Même les feuilletons comiques ?

— Oui.

— Et elle rit ?

275

— Non, elle ne rit pas.

— Vous pouvez lui dire que je viendrai la voir dès que l'école sera finie ? A moins qu'elle aille mieux d'ici là.

— Je lui transmettrai votre message. Et, lorsque vous viendrez, je vous présenterai ma fille Mimi. Elle a votre âge.

Sara se garda bien de répliquer qu'elle n'avait aucune envie de rencontrer Mimi. Cette fille aurait certainement pitié d'elle, sachant que sa mère souffrait de dépression nerveuse. *Dépression nerveuse.* Quelle drôle d'expression. Chaque fois qu'elle l'entendait, Sara se représentait le cerveau de sa mère, éclaté en un millier de minuscules mécanismes. Il faudrait recoller ces morceaux, comme un puzzle, pour que sa mère guérisse.

Elle se réjouissait que le docteur Arnold fût une femme. Sa mère le lui répétait toujours : *Ne choisis jamais un homme, si tu peux trouver une femme capable d'accomplir le même travail. Les femmes sont beaucoup plus fiables, elles ont le sens des responsabilités.*

Sara eut l'occasion de mesurer ses propres responsabilités le soir où ils rentrèrent du cinéma pour découvrir que Lucy avait dévalisé le placard aux provisions. Elle avait traîné une bonne douzaine de paquets divers dans la salle à manger et les avait soigneusement déchiquetés, si bien que le plancher disparaissait sous les biscuits, les crakers, les flocons de céréales et autres spaghetti.

— Lucy a dû passer un sacré bon moment ! dit Stuart.

Michelle et lui étaient hilares, et Sara se mit à rire avec eux, jusqu'à ce que Margo la regarde comme si elle était aussi fautive que Lucy.

— Nettoie tout cela, Sara, déclara son père.

— Mais...

— Ne discute pas. C'est ta chienne, tu es responsable.

Et Sara avait rangé la salle à manger toute seule.

S'ils formaient une vraie famille, tout le monde l'aurait aidée. Mais ils vivaient simplement sous le même toit. Ils avaient des responsabilités, pas de sentiments.

Chaque jour, elle en apprenait davantage sur eux. Elle comprenait que Margo était responsable de Stuart et de Michelle, qu'elle-même l'était de Lucy, et que son père l'était d'elle. D'où elle concluait que, si quelque chose arrivait à Andrew, elle se retrouverait seule. Margo ne voulait pas d'elle. Si elle l'avait acceptée dans sa maison, si elle avait peint sa chambre en rouge, c'était uniquement pour faire plaisir à Andrew. Margo se souciait d'elle comme d'une guigne. Sara s'en doutait depuis le début, cependant découvrir qu'elle ne s'était pas trompée ne l'en décevait pas moins. Elle l'avait entendu de la bouche même de Margo, le soir où Andrew et elle s'étaient bagarrés.

Ce soir-là, elle avait invité Jennifer, et toutes deux s'étaient couchées vers minuit. Sara commençait à s'endormir, quand une porte avait claqué. Elle n'avait pas immédiatement saisi ce qui se passait, puis elle avait distingué la voix de Margo, et celle de son père. Ils se disputaient. Immobile, Sara feignait de dormir, en priant que le bruit ne réveille pas son amie.

Il fut longuement question de loyauté, de trahison; et, brusquement, Sara entendit son nom.

— Sara! cria son père. Qu'a-t-elle à voir là-dedans?

— M'occuper d'un autre enfant représente un fardeau supplémentaire. Je ne vais quand même pas prétendre le contraire sous prétexte qu'elle est ta fille.

— Je peux faire mes valises! Si c'est ce que tu désires, tu n'as qu'à le dire! Puisque Sara te pèse tellement...

— Ne hurle pas! Si je n'ai pas la possibilité de t'expliquer honnêtement ce que je ressens... de discuter avec toi...

— Tu veux que je m'en aille?

— Tu veux t'en aller?

— Quelquefois. Oui, j'ai parfois envie de prendre mon bateau et de mettre le cap sur Bali. Loin d'ici.

Comment pouvait-il? s'insurgea Sara. Partir sans elle? Mais peut-être partir *avec* elle. Oui, c'était sans doute cela. Oh, ce serait fantastique. Tous les deux seuls, sur le bateau, voguant vers Bali. Elle serait débarrassée du lycée. Et elle n'aurait plus à partager son père.

— Moi aussi, balbutia Margo, j'aimerais quelquefois que tu disparaisses...

Elle pleurait, cela s'entendait à sa voix.

— Mais quand je pense à ce que serait la vie sans toi...

— Alors, bon sang, que veux-tu au juste ?

— Que nous soyons unis, comme avant.

Sara sentit une douleur fulgurante lui transpercer le ventre. Elle se roula en boule, les genoux sur sa poitrine.

— Eh... chuchota Jennifer. Tu dors ?

Elle ne répondit pas.

Jennifer bâilla bruyamment et se retourna dans son sac de couchage. Le silence retomba sur la maison, puis Sara perçut des soupirs étouffés. Son père et Margo faisaient l'amour. Elle se boucha les oreilles avec ses mains.

Après cet incident, les tourtereaux se remirent à roucouler. Il l'appelait à nouveau Margarita, comme le cocktail. Sara détestait les voir s'embrasser. Mais c'était quand même moins dégoûtant que les photos Polaroïd. Elle les avait trouvées dans l'armoire de toilette de Margo, cachées sous sa trousse à maquillage. Elle était justement en train d'essayer les rouges à lèvres et les eye-liners, quand elle remarqua l'enveloppe. A l'intérieur, il y avait cinq photographies représentant Margo dans des dessous noirs affriolants, les seins nus.

En regardant ces photographies, Sara s'était sentie tellement mal qu'elle avait dû s'asseoir sur le rebord de la baignoire et se recroqueviller de façon à poser son front sur ses genoux, pour ne pas s'évanouir. Cet étourdissement avait duré quelques minutes, puis elle avait emporté les clichés dans sa chambre et les avait cachés dans le dernier tiroir de sa commode, sous son album. Si Stuart et Michelle l'embêtaient, elle leur montrerait quel genre de femme était leur mère.

En fait, ils ne l'embêtaient pas du tout. Stuart l'ignorait plus ou moins, mais Michelle avait été gentille avec elle. Elle lui avait préparé un gâteau pour célébrer ses premières règles. Et ce jour-là, elle était aussi venue dans sa chambre, pour discuter.

— Comment réagirais-tu si ta mère se remariait ?

— Je ne sais pas.

Sara avait jugé la question bizarre, vu que sa mère était à l'hôpital. Et Michelle ne l'ignorait pas.

— Tu serais contente ?

— Ça dépendrait de celui qu'elle choisirait.

— Lewis, par exemple.

— Ça irait, je suppose. Seulement, ça m'étonnerait qu'elle l'épouse. Pour l'instant, elle n'est pas en état d'épouser qui que ce soit. Et toi ? Tu aimerais que ta mère se remarie ?

Michelle avait paru surprise.

— Margo ?

— Oui.

— Eh bien... Avant, j'étais catégoriquement contre. Maintenant, cela me serait égal, à condition que le mari me convienne.

— Et mon père, il te convient ?

— Oui, tout à fait.

— Tu crois qu'ils... qu'ils se marieront ?

— Je n'en sais rien.

Dans les lettres qu'elle écrivait à sa mère, Sara choisissait toujours précautionneusement ses mots. Elle ne lui disait rien qui puisse l'attrister, et ne lui avait même pas parlé de ses premières règles : apprendre qu'elle avait manqué un événement aussi important l'aurait désespérée. Elle se demandait ce qui se passerait après son retour, ce que serait leur vie. En réalité, elle ne savait pas très bien ce que sa mère lui réservait. Elle n'était pas non plus vraiment sûre de son père, même si, au fond de son cœur, elle pensait qu'il ne la quitterait pas pour aller à Bali.

Chaque nuit, avant de se mettre au lit, elle sortait le corsage de soie bleue de la commode et en respirait longuement le parfum. Elle se forçait à se rappeler les bons souvenirs, puis les mauvais ; elle sentait, en effet, qu'il était important de ne pas déformer la vérité.

Un jour après l'école, pour se rafraîchir la mémoire, elle décida de s'arrêter chez elle. Le quartier ne ressemblait en rien à celui de Margo, avec ses rues larges, ses grands arbres centenaires et ses demeures victoriennes. Elle s'assit un instant sur la balançoire, près du perron. Les chaînes grinçaient, il faudrait les huiler, comme tous les ans à la fin de l'hiver. Puis elle monta les marches et sonna. Le monsieur qui s'occupait de la maison en l'absence de sa propriétaire lui ouvrit. Il était grand, avec une barbe grise et un crayon coincé sur son oreille. Apparemment, il savait qui elle était.

Se retrouver dans sa chambre lui parut étrange, surtout parce qu'elle ne s'y sentait plus chez elle. Elle faillit se jeter sur son lit pour pleurer jusqu'à ce que le souffle lui manque. Au lieu de cela, elle prit l'album de photographies dans l'armoire de sa mère et s'en alla très vite. Le monsieur lui dit qu'elle pouvait revenir quand elle le souhaitait ; il lui conseillait toutefois de téléphoner avant, pour ne pas risquer de se heurter à une porte close.

Sara ne répondit pas.

Le soir, quand son père vint la border dans son lit, elle lui montra l'album. Il le feuilleta avec elle.

— Oh, je me souviens du jour où ce cliché a été pris. Tu sortais de ton bain, et...

— Où sont passées les photos de Bobby ?

— J'en ai quelques-unes. Tes deux grands-mères en possèdent plusieurs, également.

— Maman fait comme si Bobby n'avait jamais existé. Pourquoi ?

— Parce que cela lui permet de nier sa mort.

CHAPITRE XXXVII

FRANCINE et le docteur Arnold flânaient dans le parc de l'hôpital.

— Ma mère est morte ? demanda Francine.

La psychiatre la dévisagea.

— Non. Elle est partiellement paralysée, mais son état s'améliore.

Francine hocha la tête.

— Ma fille va bien ?

— Oui, répondit le médecin en souriant.

— Vous savez ce qui m'est arrivé ?

— Et vous, le savez-vous ?

— Parfois je crois que oui, et parfois non.

Le docteur Arnold s'approcha d'un hibiscus qui bordait l'allée et coupa une fleur.

— Je vais essayer de vous aider à comprendre, dit-elle en lui tendant la fleur.

Francine la prit et en respira le parfum.

— Quand j'ai épousé Andrew, je n'avais pas de bouquet de mariée : seulement une rose.

CHAPITRE XXXVIII

MALGRÉ le temps superbe, Michelle décida de ne pas aller skier avec la famille. L'idée de passer la journée seule dans la maison silencieuse lui semblait autrement plus séduisante. Peut-être irait-elle skier le prochain week-end, bien que ses orteils gelés la fassent encore quelque peu souffrir. Ce serait sa dernière occasion de profiter de la neige avant la fin de la saison à Eldora. Les parents d'Andrew devaient venir à Boulder la semaine suivante, et Stuart et Michelle assisteraient au dîner familial prévu par leur mère. Celle-ci les avait prévenus qu'il n'était pas question de se défiler.

Elle avait aussi précisé qu'il n'y aurait pas d'invités étrangers à la famille, pas même Puffin. La nouvelle n'avait pas précisément désespéré Stuart, vu que Puffin et lui étaient sur le point de rompre. Mais, naturellement, Margo n'était pas au courant. Elle ignorait tout, y compris l'avortement. Peut-être Stuart lui en parlerait-il un jour.

Michelle travaillait au premier étage, quand on sonna à la porte. Elle descendit l'escalier en courant, Lucy sur ses talons, et ouvrit. Un garçon magnifique se tenait sur le seuil. Grand, blond, tanné par le soleil. Il sourit en la voyant.

— Salut... Margo est là ?

— Non, pas pour le moment.

Il avait les yeux très bleus, de la couleur du ciel.

— Je peux vous renseigner ?

— Je m'appelle Eric. J'ai rencontré Margo l'été dernier, à Chaco Canyon. Elle m'avait dit que, si je passais dans le coin, je n'avais qu'à m'arrêter. Alors me voilà.

Il s'appuyait nonchalamment au chambranle de la porte. Michelle remarqua un léger accroc à son jean, sur la cuisse gauche ; elle dut se raidir pour ne pas y poser ses doigts.

— Elle sera là vers cinq heures. Vous voulez l'attendre ?

— Je peux ?

— Bien sûr... entrez.

CHAPITRE XXXIX

Tout en roulant vers Boulder, Andrew et Sara bavardaient gaiement. Margo ne les écoutait que d'une oreille ; elle se voyait déjà en train d'ôter ses vêtements, de se plonger dans l'eau brûlante du jacuzzi. Le point d'orgue d'une journée presque parfaite. Elle s'était ramassé une bûche assez sévère, sur une piste pourtant facile, et s'était relevée avec de la neige plein la bouche et des élancements dans le crâne. Heureusement, après quelques minutes de repos, la douleur avait disparu. Andrew s'était alarmé, l'avait dorlotée, lui avait tendrement essuyé le visage avec son mouchoir. La pénible dispute qu'ils avaient eue le soir de la réception chez Early Sumner avait du moins servi à dissiper les malentendus. Ils ne marchaient plus sur des œufs ; ils parlaient, riaient, et faisaient à nouveau l'amour. Sara semblait également plus sereine. Aujourd'hui, pendant le déjeuner et sur les pistes, elle s'était montrée amicale. Elle avait même ri, et Margo avait repris confiance dans la possibilité de nouer avec elle une relation affectueuse.

Tandis qu'Andrew garait le pick-up dans l'allée, Sara désigna une moto arrêtée près de la maison.

— Une visite... Je me demande qui c'est.

— Sans doute un copain de Stuart, dit Andrew.

— Non, il est encore à la station. Il ne rentrera pas avant six heures et demie.

— Alors, c'est sûrement un ami de Michelle.

— Ses amis n'ont pas de moto.

285

Margo détestait les motos. Elle avait connu un garçon, à l'université, qui s'était tué sur l'un de ces engins. *Décapité*, précisait la notice nécrologique. Ce malheureux, dont elle ne se rappelait même plus le nom, avait hanté ses rêves. Et elle avait interdit à ses enfants de monter sur ces machines infernales, fût-ce une simple mobylette.

Dès qu'ils eurent pénétré dans la maison, Sara se précipita au premier étage.

— Je meurs de soif !

— Moi aussi, répliqua Andrew. Tu veux un verre, Margarita ?

— Un jus de pamplemousse. Je vais brancher le jacuzzi.

Elle passa dans sa chambre, se déshabilla, et sortit sur la terrasse.

— Oh, maman ! Je ne t'attendais pas si tôt.

Michelle barbotait dans le jacuzzi. Michelle, si pudique qu'elle refusait de se dévêtir devant sa mère, était nue dans le tub avec un garçon. Margo s'immobilisa, pétrifiée.

— Salut, Margo... Ça va ?

Seigneur Dieu ! Ce n'était pas simplement un garçon. C'était Eric. Que diable fabriquait-il ici ? Avec sa fille ?

— Qu'est-ce que vous faites ?

— On se baigne, répondit Michelle. Ça se voit, non ?

— Je me suis retrouvé dans le coin, ajouta Eric. Tu m'avais dit que si...

— Oui, je m'en souviens, rétorqua Margo en fronçant le nez.

Une odeur de marijuana flottait dans l'air. L'été dernier, à Chaco Canyon, elle avait fumé un joint avec Eric, après quoi elle était devenue complètement paranoïaque.

— Tu veux me tuer ? avait-elle timidement bredouillé alors qu'il lui caressait la nuque, convaincue qu'il s'apprêtait à l'étrangler.

— Non, mon chou, je vais te faire l'amour.

Et maintenant, il fumait avec sa fille.

— Margo ? appela Andrew depuis la chambre. Ton jus de fruits !

— Je suis là !

Il la rejoignit sur la terrasse, et s'arrêta net, ahuri.

— Je te présente Eric, dit-elle. Il passait par là, alors il a décidé de s'arrêter.

Visiblement, il ne comprenait toujours pas.

— Eric, répéta-t-elle. De Chaco Canyon... L'été dernier...

Andrew et elle s'étaient un jour amusés à échanger la liste de leurs anciens amants et maîtresses.

— Oh, oui... Bien sûr, répliqua-t-il en lui tendant son verre.

— C'est Andrew, dit Michelle à Eric. L'ami de ma mère.

Margo grinça des dents. L'expression semblait tellement puérile !

— Salut, Andrew ! lança Eric. Vous voulez vous joindre à nous, tous les deux ?

— Non, rétorqua vivement Margo.

— Vous nous passez les serviettes ? pria Michelle.

Quand Eric sortit du tub, Margo se détourna. Puis, dès que les jeunes gens eurent disparu, elle s'immergea dans l'eau bouillonnante.

— Tu te rends compte ? Non, mais tu te rends compte ?

Andrew s'installa tranquillement à côté d'elle.

— A mon avis, tu ne devrais pas faire une montagne d'une taupinière.

— Une taupinière ! Je n'aime pas ça. Pas du tout, même.

— Ils se sont simplement baignés. Tu m'as dit toi-même que jacuzzi ne rimait pas forcément avec érotisme.

— Oui, mais je n'en croyais pas un mot.

Andrew éclata de rire.

Eric ne se contenta pas de dîner avec eux : il resta pour la nuit.

— Il ne connaît personne en ville, expliqua Michelle à Margo en sortant une paire de draps du placard. Je vais lui préparer le canapé.

Cette nuit-là, Margo fut incapable de trouver le sommeil. Pendant le repas, Michelle s'était montrée particulièrement enjouée, et brusquement Margo l'avait vue comme devait la voir Eric : une jeune femme infiniment désirable. N'y tenant plus, elle se leva, enfila son peignoir et sortit dans le couloir sur la pointe des pieds. Il lui fallait s'assurer qu'Eric dormait bien sur le sofa, seul, qu'elle n'avait aucune raison de s'inquiéter.

Elle faillit se heurter à lui dans l'escalier. Tous deux sursautèrent.

— Où vas-tu ? lui demanda-t-elle sèchement.

— A la salle de bains.

— Il y a des toilettes au premier. Michelle ne te l'a pas dit ?

— J'ai oublié.

Il la suivit à l'étage, où elle le conduisit jusqu'à une porte.

— Voilà.

— Merci.

Il était vraiment magnifique, à moitié nu. Elle se rappelait encore la douceur de sa peau, le poids de son corps. Elle s'éclaircit la gorge.

— Je te serais reconnaissante de ne pas te balader dans la maison au milieu de la nuit. Le chien risque d'aboyer et de réveiller tout le monde. Or, demain, les enfants ont classe.

— D'accord.

Il lui posa la main sur l'épaule, plongeant son regard dans le sien.

— Je te remercie beaucoup de m'avoir hébergé.

— Les choses ont changé, Eric. Je suis ici chez moi, dans ma famille. Tu comprends ?

— Oui. Au canyon tu étais une femme, ici tu es une mère.

— Ce n'est pas exactement cela, mais presque, répondit-elle en se détournant pour regagner l'escalier.

Le lendemain matin, Eric emmena Michelle au lycée sur sa Honda. Margo les regarda partir depuis la fenêtre de la cuisine, l'estomac noué par l'angoisse.

Quand elle rentra du bureau, le soir, elle trouva Eric dans l'allée, qui bricolait sa moto.

— Qu'est-ce que tu fais là ?

— Michelle m'a proposé de rester quelques jours, le temps de dénicher un logement.

— Un logement ? Ici, à Boulder ?

— Oui... cette ville me plaît bien. Aujourd'hui, je me suis fait embaucher à mi-temps sur un chantier de Sunshine Canyon.

Furieuse, Margo fonça tout droit vers la chambre de sa fille. Michelle fredonnait, penchée sur son journal intime.

— Il ne peut pas rester ici. Nous sommes déjà assez nombreux !

— Mais, maman...

— Non, Michelle. Tu aurais dû m'en parler d'abord.

— Tu ne vas quand même pas le mettre à la porte ? Laisse-le au moins dormir ici ce soir.

Margo poussa un lourd soupir.

— S'il te plaît, maman...

— D'accord, mais ce sera la dernière nuit. Les parents d'Andrew arrivent jeudi.

— Je ne vois pas le rapport avec Eric. Ils ne coucheront pas ici, n'est-ce pas ?

— Ecoute-moi bien, Michelle... Si tu ne lui dis pas de s'en aller demain matin, je m'en chargerai.

— C'est ton ami, maman. Je te signale qu'il est venu pour toi.

— Mais je ne l'ai pas invité à s'installer ici !

— Je ne comprends pas pourquoi tu es aussi agressive. C'est parce que nous avons utilisé le jacuzzi sans ta permission ? C'est cela ?

— En partie. Et tu sais pertinemment que je déteste les motos.

— Tu te fais trop de bile, ça devient pathologique. Exactement comme grand-mère Sampson.

— Ne raconte pas de bêtises, Michelle.

Cette nuit-là, comme Margo ne parvenait pas non plus à s'endormir, elle se leva et sortit à nouveau dans le couloir. Mais cette fois, en passant devant la chambre de sa fille, elle entendit des bruits étouffés. Eric était là. Il lui sembla que son cœur se décrochait dans sa poitrine. Que faire ? Si elle ouvrait la porte et ordonnait à Eric de quitter immédiatement la maison, Michelle ne le lui pardonnerait jamais. D'ailleurs, elle s'était toujours promis de respecter la vie privée de ses enfants.

— Margo...

Elle sursauta. Andrew se tenait derrière elle; il lui prit la main.

— Reviens te mettre au lit.

— Il est là, avec elle.

— Je sais.

— Tu sais?

— Ils se dévoraient des yeux, c'était à prévoir.

Elle le suivit dans leur chambre, et se glissa dans les draps, à côté de lui.

— Je ne supporte pas cela, bredouilla-t-elle. Une jeune fille ne devrait pas prendre pour premier amant quelqu'un qui a couché avec sa mère. Michelle est tellement innocente. Je voulais que sa première expérience connaisse l'amour.

— Le désir, ce n'est pas mal non plus, répliqua-t-il en la serrant contre lui.

— Non... ce n'est pas pareil. Je le connais, Andrew. Une machine sexuelle, voilà ce qu'il est. Il n'a aucun sentiment pour elle.

— Tu ne peux absolument rien faire pour l'instant. Essaie de dormir. Demain, tu en discuteras avec Michelle.

— Demain, il sera trop tard. Tu ne serais pas aussi tranquille s'il s'agissait de Sara.

— Peut-être. Mais pourquoi lui as-tu donné ton adresse?

— Tu n'ignores pas comment ces choses-là se passent. On est bien ensemble, on se dit que ce serait bon de se revoir...

— Il était tellement fantastique?

— C'est un gamin.

— Une machine sexuelle, pour reprendre ton expression.

— C'était purement sensuel, Andrew, rien de plus.

— Je n'arrête pas de vous imaginer ensemble. Si tu ne m'avais pas rencontré, si tu avais été seule...

— Ça, c'est une autre histoire. D'ailleurs, il m'aurait laissée froide. Tu n'es pas jaloux, n'est-ce pas?

— Autant que tu l'étais le soir de la réception chez Early Sumner.

— Oh, à ce point?

— Absolument.

Ce fameux soir, Margo s'était laissé aveugler par la jalousie. Elle était furieuse — contre elle-même et le sentiment de vulnérabilité qui l'habitait ; contre Early Sumner et les créatures de son espèce, qui ne savaient pas comment nouer une relation avec un homme autrement qu'en le provoquant ; et, surtout, contre Andrew qui était entré dans son jeu.

Oh, elle détestait les femmes comme Early Sumner. Mais elle se reconnaissait aussi en elles. Quand elle était mariée avec Freddy et qu'on les invitait à des réceptions, elle se grisait aussi de flirts qui ne menaient jamais nulle part — des regards, des frôlements, des frissons délicieux. *Me voilà... Venez et prenez-moi... Si vous le pouvez.* Elle ne se conduisait plus ainsi, mais les autres femmes continuaient. Et elle ne réussirait pas à les empêcher de s'approcher d'Andrew.

C'est ta vie, lui souffla sa voix intérieure. *Tu tiens les rênes. S'il recommence et que cela te rend malheureuse, débarrasse-toi de lui.*

Je n'ai pas envie de me débarrasser de lui.

Alors, que veux-tu au juste ?

Qu'il m'aime autant que je l'aime.

Ah, encore et toujours la même chanson.

Est-ce donc tellement déraisonnable ?

Ça dépend du monsieur à qui tu la chantes.

Que devrais-je faire ?

Dis-lui ce que tu ressens. Tu verras bien sa réaction. Peut-être comprendra-t-il. Peut-être, la prochaine fois, tiendra-t-il compte de ta fragilité.

Tu sais quoi... ce n'est pas idiot.

Margo... Je suis toujours extrêmement futée.

Le lendemain, à midi, elle se rendit au chantier de Sunshine Canyon. Après avoir déambulé un moment, elle finit par trouver Eric.

— Il faut que je te parle.

— D'accord.

— Pas ici, dans ma voiture.

— Je reviens dans cinq minutes ! dit Eric à un autre ouvrier.

Celui-ci haussa les sourcils d'un air égrillard. Margo

devina sans peine ce qu'il pensait, mais elle n'en avait cure.

— Qu'es-tu en train de faire, Eric ? demanda-t-elle en ouvrant la portière de la voiture.

— Je m'occupe des sols et des patios.

— Je ne parlais pas de cela, mais de Michelle.

— Je n'ai pas l'intention d'en discuter avec toi, Margo.

— Elle est trop jeune pour toi. Trop inexpérimentée.

— Elle a dix-sept ans, n'est-ce pas ?

— Oui.

— Moi, j'en ai vingt et un. Cela me semble parfait.

— Arrête ton numéro, Eric ! D'abord la mère, puis la fille...

— Qu'est-ce qui te prend ? Tu ne serais pas jalouse, par hasard ?

— Jalouse ?

— J'en ai bien l'impression. Evidemment, tu as un type, mais il doit avoir dans les... quarante, quarante-cinq ans ? Ce n'est pas la même chose, hein ?

Margo songea un instant à lui tordre le cou, à l'insulter. Au lieu de cela, elle ravala sa rage et se borna à marmonner :

— Tu es tellement loin du compte que je ne me donnerai même pas la peine de te répondre.

— Tu as peur que je lui raconte notre aventure... Je ne me trompe pas ?

— Ce serait terrible pour elle.

— Dis donc... Je n'ai pas l'habitude de clamer mes prouesses sur les toits. Ce n'est pas nécessaire.

— Alors, puisque tu peux avoir n'importe quelle femme, pourquoi as-tu choisi justement Michelle ?

— Je l'aime bien. Elle me rappelle sa mère.

Ce soir-là, après le dîner, tandis que Stuart et Andrew rangeaient la cuisine, Margo rejoignit sa fille dans sa chambre.

— Chérie... je voudrais te parler.

— Je n'ai pas beaucoup de temps, maman. Eric passe me chercher à huit heures. Il a trouvé un studio à Arapahoe. Il tient à ce que je le visite.

— Tu n'as pas de devoirs ?

— Je les ai déjà terminés.

— Il n'est pas question que tu te promènes en moto la nuit.

— Je sais. Andrew nous prête son Datsun.

— Michelle, écoute-moi... Il y a des hommes qui prennent toujours ce qu'ils désirent, sans rien donner en échange.

— C'est aussi valable pour les femmes.

— Peut-être. Mais certains hommes, comme Eric, pensent que... qu'aucune femme n'est capable de résister à leur charme.

— Charme ? C'est un euphémisme, maman.

— Je ne te croyais pas aussi sexiste, Michelle.

— Moi ? C'est toi qui l'es. Tu le démolis, simplement parce qu'il est formidablement beau, sans même lui laisser une chance, sans te demander ce que cache son apparence.

— Je sais ce qu'elle cache.

— Comment... comment le sais-tu ?

— Je le sens.

Elle ne parvenait pas à se faire comprendre. Si seulement elle avait pu dire : *Il a couché avec moi, Michelle. Nous avons été amants pendant une semaine. Je parle en connaissance de cause.* Mais, dans ce cas précis, la franchise était inconcevable.

— Ne dors pas avec lui, Michelle... je t'en prie.

— Ma vie sexuelle me regarde.

— Je ne veux pas que tu souffres, ma chérie.

— Tu es jalouse, maman ? C'est cela ?

— Jalouse de quoi ?

— De nous. De notre jeunesse. Eric m'a expliqué que cela se produisait souvent chez les femmes de ton âge.

— Je ne suis pas jalouse de ta jeunesse, Michelle. J'ai eu la mienne.

— Je suis contente de te l'entendre dire, maman. Maintenant, il faut vraiment que je me prépare. Ne t'inquiète pas pour moi... d'accord ?

— J'essaie.

— Tu te rappelles l'histoire de Maurice Sendak que tu me lisais quand j'étais petite ?

— Oui...

— Tu te souviens de Jennie, la petite chienne qui cherchait à acquérir l'expérience de la vie ?

— Et alors ?

— Eh bien, c'est aussi ce que je cherche, maman.

— Michelle expérimente, déclara Margo à Andrew lorsqu'ils furent au lit.

Il lui caressa doucement la jambe.

— Et si nous suivions son exemple, toi et moi ?

— Tu ne m'écoutes pas. Tu considères tout cela comme une vaste plaisanterie, n'est-ce pas ?

— Mmm...

— Oh, à propos de plaisanterie, nos photos Polaroïd ont disparu. J'espère qu'Eric ne les a pas trouvées. Il a utilisé notre douche dimanche dernier.

— A mon avis, c'est plutôt Mme Herrera qui y est tombée dessus.

— Dans ce cas, elle nous rendra son tablier. Elle me désapprouve de vivre avec un homme qui n'est pas mon mari... un monsieur qui était marié avec Mme B.B. Elle me considère comme une infâme pécheresse. Ces photographies la confirmeront dans son opinion.

— Viens là, pécheresse.

— Quand tu as une idée dans la tête...

— Ce n'est pas dans la tête...

— Mmm, je vois...

Et, aussitôt, elle oublia la disparition des photographies.

CHAPITRE XL

Les parents d'Andrew arrivèrent le jour où Clara s'envola pour Miami afin de rendre visite à B.B. Andrew et Sara les accueillirent à l'aéroport, passèrent quelques heures avec eux, puis les déposèrent à leur hôtel. A présent, Andrew ne tarderait pas à revenir avec eux.

Margo les attendait dans le salon. Elle avait revêtu la tenue typique de l'Ouest : jupe en jean, large ceinture, veste multicolore, bottes, bracelets d'argent. Elle avait préparé un plateau de fromages et une assiette de foies hachés, et acheté un pot de tulipes qu'elle n'arrêtait pas de déplacer, incapable de décider s'il valait mieux le laisser sur la table basse ou sur celle de la salle à manger. Elle voulait que les Broder l'aiment, l'apprécient, constatent qu'elle était exactement celle qu'il fallait à Andrew. Les parents de Freddy l'avaient acceptée, en pensant toutefois qu'elle n'était pas assez bien pour leur fils. Aucune femme, selon eux, n'était assez bien pour leur rejeton ; voilà pourquoi il traitait les femmes comme des paillassons.

Il lui avait téléphoné l'après-midi ; il l'accusait d'utiliser sa pension pour entretenir une autre enfant.

— C'est ridicule !

— Tu as pris cette gosse chez toi, non ?

— Elle restera avec nous tant que sa mère sera à l'hôpital.

— Elle est timbrée, si j'ai bien compris.

Margo avait pris une profonde inspiration; il ne réussirait pas à la faire sortir de ses gonds.

— Tu trouves ça normal, Margo ? Assumer la charge de sa gamine sur tes propres deniers ?

— Je n'assume rien du tout.

— Tu es quand même obligée de lui consacrer du temps et de l'attention, non ?

— Ce n'est pas ton affaire, Freddy.

— Tout ce qui touche à mes enfants me concerne. Et je ne veux pas que mon argent serve à entretenir sa fille.

— Rassure-toi, tu ne donnes pas un sou pour Sara Broder !

— Bon, je suis heureux de l'entendre. Maintenant que ce point est éclairci, passons à la question du diplôme.

— C'est-à-dire ?

— Tu as réservé une chambre ?

— Je t'ai envoyé la liste des hôtels.

— Ne me pousse pas à te rappeler que, si tu étais restée à New York, Aliza et moi ne serions pas forcés d'aller à l'autre bout du monde pour voir Stuart recevoir son diplôme.

— D'accord, je vous réserverai une chambre.

Elle n'en voulait plus à Freddy de lui rappeler sans cesse, avec amertume, qu'elle avait mis la moitié du pays entre lui et ses enfants. Au contact d'Andrew, elle avait compris combien cette séparation pouvait être douloureuse pour un père; elle pensait parfois que la loi ne devrait pas autoriser les épouses à partir aussi loin.

Si seulement Freddy avait consacré plus de temps à Stuart et Michelle, quand ils vivaient tous ensemble; si seulement il avait exprimé son amour pour eux, sa volonté de ne pas les perdre. La vie était pleine de *si*.

Michelle entra dans le salon, et jeta un coup d'œil au pot de tulipes, au plateau de fromages, à la corbeille de crackers.

— On dirait que tu attends la reine mère.

— Ça donne cette impression, n'est-ce pas ?

Comme il était facile à présent d'éviter les méchancetés, s'étonna Margo. Un an auparavant, elle aurait

mal pris la remarque de Michelle, et toutes deux se
seraient disputées.

— Eric passe me chercher à six heures. On va au
cinéma.

— Tu ne crois pas que tu le vois un peu trop ?

— Je n'ai pas le temps d'écouter ton sermon,
maman, rétorqua Michelle en s'élançant vers l'escalier.

Ce n'était effectivement pas le moment, songea
Margo. Elle ferma les yeux, s'imagina avec Andrew sur
un bateau, voguant sur la mer émeraude des Caraïbes.
Elle sentait presque l'air salé sur son visage, les
embruns, le vent dans ses cheveux. Elle n'avait pas mis
les pieds sur un bateau depuis que Freddy et elle
avaient chaviré dans le Sag Harbour Bay. Mais
Andrew lui parlait souvent de croisière. Peut-être cet
été... s'ils étaient encore ensemble à ce moment-là.

Stuart apparut à son tour, et s'attaqua derechef à la
nourriture qu'elle avait si soigneusement préparée.

— S'il te plaît, Stu... Attends que les Broder arrivent.

— J'ai faim, marmonna-t-il, la bouche pleine.

— Il y a de quoi manger dans la cuisine.

— Seigneur Dieu, on croirait que les parents
d'Andrew sont plus importants pour toi que tes propres enfants.

Margo serra les dents.

— Je plaisante, maman ! s'exclama Stuart, hilare,
en lui posant un baiser sur la joue. Rien n'est plus
important que tes enfants, pas vrai ?

— Exact.

Finalement, la porte d'entrée s'ouvrit, et Margo se
précipita au rez-de-chaussée pour accueillir les visi-
teurs.

Les Broder — tous deux septuagénaires, minces, les
cheveux gris — formaient un beau couple, parfaitement assorti. Nettie Broder portait un tailleur de daim
rose pâle et un collier de corail. Quand elle sourit,
Margo remarqua qu'un peu de rouge maculait ses
dents. Quant à Sam Broder, il incarnait ce que serait
Andrew dans trente ans. La même mâchoire, le même
sourire ; mais il n'y avait pas d'étincelles dans ses yeux.

Ancien concessionnaire Buick à Hackensack, il avait

vendu son affaire douze ans plus tôt. Son épouse et lui s'étaient installés en Floride, d'une part parce que c'était la région idéale pour passer sa retraite, et surtout parce que Andrew et Francine vivaient là, avec leurs petits-enfants. A présent, Bobby était mort, et Francine avait emmené Sara à Boulder. Le destin s'amusait à déjouer les plans les plus soigneusement élaborés.

Une fois de plus, Margo regretta de n'avoir pas partagé ces vingt dernières années avec Andrew. Ils se connaîtraient si bien aujourd'hui, ils s'aimeraient si profondément, que rien ne pourrait les séparer.

Elle aurait voulu embrasser les Broder, cependant elle s'en abstint, de crainte de brusquer les choses. Elle se borna donc à leur tendre la main, qu'ils serrèrent avec chaleur.

— Si nous montions ? proposa-t-elle.

— Au premier étage ? s'étonna Nettie.

— Le salon est en haut, expliqua Andrew.

— Le salon est en haut ? répéta sa mère, interloquée.

— Oui, répondit Margo. Tout est sens dessus dessous, dans cette maison.

— Vous avez un entresol ? demanda Sam.

— Non, pas exactement.

— Une fois, nous avons visité une villa où le salon se trouvait à l'étage. Mais il fallait quand même monter quelques marches pour atteindre les chambres. Tu t'en souviens, Sam ?

— Justement, c'était un entresol.

— Nos chambres sont ici, au rez-de-chaussée, dit Margo.

— Et cela ne vous dérange pas ! Vous n'avez pas peur que quelqu'un puisse entrer ?

— Nous avons l'habitude.

Andrew s'engagea dans l'escalier, suivi par ses parents.

— Vous prendrez bien un verre de vin ? suggéra Margo quand ils furent assis sur le sofa.

— Un soda pour moi, s'il vous plaît, rétorqua Nettie.

Elle ouvrit son sac, en sortit un poudrier et se regarda dans le miroir. Puis, d'un geste furtif, elle effaça le rouge qui maculait ses dents, et sourit d'un air gêné à Margo. Se retrouver dans cette maison, où son fils vivait avec une inconnue, la mettait visiblement très mal à l'aise.

— Et où est notre petite Sara ? s'enquit Sam.

— Elle achève sa toilette, répliqua Margo.

Elle avait exigé que Sara se baigne avant le dîner. La fillette avait protesté en disant qu'elle avait pris un bain la veille, mais Andrew avait énergiquement soutenu Margo : pas de bain, pas de restaurant français, avait-il menacé.

— Andrew nous a raconté que vous aviez deux enfants, fit Nettie.

— Oui... ils seront là d'une minute à l'autre.

Le pied de Nettie tapotait nerveusement le sol. Sam vida son verre de vin.

Margo entendit une moto qui tournait dans l'allée, puis Eric frappa à la porte.

— C'est pour moi ! cria Michelle, d'en bas. J'y vais !

— Ma fille, dit Margo.

Nettie et Sam hochèrent la tête.

Pourquoi Andrew n'engageait-il pas la conversation ? Pourquoi restait-il là, assis comme un zombi à l'autre bout de la pièce ? Elle n'était pas encore habituée à son visage imberbe. Elle lui avait si souvent demandé à quoi il ressemblait sans sa barbe, qu'il l'avait finalement rasée, sans l'avertir. La première nuit, elle avait eu l'impression de dormir auprès d'un étranger. Le lendemain matin, il l'avait interrogée.

— Alors, qu'en penses-tu ?

— Ta barbe me manque.

Il s'était mis à rire.

— Il me suffit d'un mois pour la faire repousser.

Michelle, au petit déjeuner, avait émis un sifflement admiratif.

— Eh bien... vous n'êtes pas mal du tout. Qui l'eût cru ?

— Cru quoi ? avait rétorqué Stuart.

Comme d'habitude, il n'avait rien remarqué.

Sara en revanche, en regardant son père, avait fondu en larmes.

— Pourquoi tu as fait ça ?

Maintenant, Margo aurait voulu qu'Andrew vienne à côté d'elle, qu'il passe un bras autour de ses épaules, pour montrer à ses parents combien ils s'aimaient. Il se conduisait comme s'il la connaissait à peine, comme s'il était lui aussi en visite.

Eric et Michelle montaient l'escalier, de ce pas de grenadiers qui les caractérisait. Avec leurs bottes et leurs combinaisons, ils ressemblaient à des soldats de l'armée israëlienne, songea Margo. Il ne leur manquait plus qu'un fusil en bandoulière.

— Eric, Michelle, déclara Andrew, je vous présente mes parents : Nettie et Sam Broder.

— Enchanté, Nettie, fit Eric en secouant vigoureusement la main de la mère d'Andrew. Enchanté, Sam.

— C'est votre fils ? demanda Nettie à Margo.

— Non. C'est un... un ami de la famille.

Michelle ne s'approcha pas des Broder. Elle se contenta de dire :

— Ravie de vous rencontrer, et bienvenue à Boulder. Vous vous plaisez ici ?

— Il y a un vent terrible. J'ai du mal à respirer, répondit Nettie.

— Oui, c'est souvent ainsi au printemps, remarqua Margo.

— Et il n'y a pas l'océan, renchérit Sam. Ma femme et moi adorons l'océan.

— Nous avons la montagne, rétorqua Michelle.

Eric, qui s'était déjà attaqué aux fromages, aperçut brusquement l'assiette de foies hachés.

— Qu'est-ce que c'est ?

— Vous n'avez jamais mangé de foies hachés ? s'étonna Nettie.

— Non, je n'ai jamais goûté ce truc-là, mais je vais réparer ça tout de suite.

Il en étala une cuillerée sur un cracker et l'engouffra.

— Intéressant, décréta-t-il en s'essuyant les mains.

Margo se tenait très raide, le visage figé dans un demi-sourire.

— Bon, intervint Michelle, nous devons vraiment partir. Au revoir, madame Broder... Monsieur Broder. A dimanche, ou peut-être avant.

Margo se servit un verre de vin, qu'elle vida d'un trait. Après quoi, elle s'en servit un deuxième.

— Ce garçon est très séduisant, déclara Nettie lorsque Michelle et Eric eurent disparu. Il est juif ?

Margo manqua s'étrangler avec son vin.

— Non.

— Je m'en doutais. Comme il n'a jamais mangé de foies hachés... Cela ne vous ennuie pas que votre fille fréquente un jeune homme qui n'est pas juif ?

— Michelle n'a pas l'intention de l'épouser, objecta Andrew, comme s'il venait subitement de se réveiller.

De toute façon, il est circoncis, faillit dire Margo.

Comment le savez-vous ? demanderait Nettie.

Je le sais, parce que j'ai couché avec lui.

Oh, mon Dieu ! Sam, tu as entendu ?

Oui, Nettie. Elle a dit qu'elle avait couché avec lui. Voilà pourquoi elle sait qu'il est circoncis.

J'ai fait l'amour avec lui trois ou quatre fois par jour, pendant une semaine.

Trois ou quatre fois par jour, répéterait Sam. *C'est beaucoup.*

Je me sens mal, gémirait Nettie.

C'est sans doute l'altitude, répondrait Margo.

— Oh, voici notre petite Sara ! s'exclama Nettie, tandis que Sara et Stuart entraient dans le salon.

— Bonjour, grand-mère... Bonjour, grand-père. Je vous présente Stuart.

— Le fils numéro un de Margo, renchérit-il.

— Vous avez plusieurs garçons ? s'étonna Nettie.

— Non, c'est une boutade.

Nettie hocha la tête. Puis elle examina sa petite-fille.

— Tu comptes aller au restaurant dans cette tenue... en salopette ?

— En jean, grand-mère. Ici, à Boulder, on les porte partout. Regarde la jupe de Margo, c'est le même tissu.

— Eh bien, si ton père n'y voit pas d'inconvénient...

— Pas le moindre, répliqua Andrew.

— J'ai manqué Eric ? demanda Sara. Il est déjà parti ?

— Oui, Michelle et lui sont au cinéma.

— Oh, crotte !

— Sara ! gronda Sam. Quel langage !

— Excuse-moi, grand-père. C'est vrai que tu n'aimes pas les gros mots, j'ai oublié.

— Quel film ma sœur et l'Acrobate ont-ils choisi ?

— Il est acrobate ? s'enquit Nettie. Il travaille dans un cirque ?

Margo ne put s'empêcher de pouffer.

— Non, grand-mère, répondit Sara en riant. Il sait marcher sur les mains. Voilà pourquoi Stuart l'appelle comme ça.

— Oh, ce n'est pas la seule raison...

— Stu! coupa Margo en le fusillant du regard.

Elle voulait aimer les Broder, pour Andrew. Elle savait qu'ils lui poseraient des questions, elle avait essayé de s'y préparer, s'était promis d'y répondre honnêtement, amicalement. Mais elle supporta fort mal d'être interrogée pendant tout le dîner sur Freddy, sur une existence qui n'était plus la sienne. Les Broder s'efforçaient manifestement de mesurer les ennuis qu'elle était susceptible d'apporter à leur fils.

En sortant du restaurant, ils déposèrent Sara chez Jennifer, puis prirent la direction de l'hôtel. Sam, assis sur la banquette arrière, tâta le siège d'une main critique.

— Vous aimez ces petites voitures d'importation? demanda-t-il à Margo.

— Oui, j'ai cette Subaru depuis trois ans.

— J'étais concessionnaire Buick, vous savez.

— Andrew me l'a dit, en effet.

— C'est très pénible pour un homme de mon âge, qui n'oublie pas la guerre, de voir les jeunes gens d'aujourd'hui rouler dans ces voitures japonaises.

— La guerre est finie, papa, objecta Andrew en entrant dans le parking.

— S'il te plaît... J'ai peut-être soixante-quatorze ans, mais je ne suis pas gâteux.

— Je préfère les Américaines, elles sont plus confortables, décréta Nettie, tandis qu'ils gagnaient le hall de l'hôtel. Nous avons une Buick, une quatre portes couleur crème. En Floride, il vaut mieux choisir des couleurs claires : elles réfléchissent la chaleur.

Margo hocha la tête.

Ils s'installèrent au salon, dans un coin tranquille, et commandèrent deux cafés irlandais et deux express.

— Nous avons rendu visite à Francine, déclara Nettie. Je n'ai pas voulu en discuter devant Sara, mais il me semble que tu dois être mis au courant.

— Elle ne nous a pas reconnus, soupira Sam.

— Bien sûr que si ! Elle ne nous a pas parlé, voilà tout.

— Elle n'a pas arrêté de tortiller un élastique entre ses doigts. Pendant toute notre visite. Comme une petite fille.

— Elle était nerveuse. Elle a toujours eu les nerfs fragiles.

— Elle a une mine effrayante, le regard éteint. Elle qui était si belle !

— Elle retrouvera sa beauté. En fait, elle a surtout besoin d'une bonne coupe de cheveux. Dès qu'elle sortira, elle sera comme avant. Mais sa mère, Goldy...

— Oui, elle, c'est une autre histoire.

— Elle a vieilli en une nuit. Mon Dieu, cela pourrait arriver à chacun de nous, et Goldy n'a que soixante-cinq ans.

— Soixante et un, rectifia Andrew.

— Vraiment ? Elle est si jeune ?

Il confirma d'un signe de tête.

— Elle ne parvient même plus à articuler, reprit Sam. Elle lutte de toutes ses forces, la pauvre. Elle, au moins, nous a reconnus.

— Francine aussi. Je ne comprends pas pourquoi tu affirmes le contraire. Seulement, elle ne parle pas.

— Ah, c'est vraiment la série noire, soupira à nouveau Sam.

— Vous connaissez Francine, naturellement ? demanda Nettie à Margo.

— Oui.

— C'est dramatique ; pour elle, bien sûr, et aussi pour Sara.

— Oui, répéta Margo.

Le dimanche soir, pendant le dîner, Sam et Nettie monopolisèrent l'attention d'Andrew, passant en revue leurs différents amis, expliquant qui était mort, qui avait été hospitalisé, qui souffrait de telle ou telle maladie. L'esprit de Margo vagabondait. Elle regardait par la fenêtre les montagnes encore couvertes de neige, alors que les tulipes et les jonquilles fleurissaient un peu partout dans la ville. Michelle jetait de fréquents coups d'œil à sa montre, impatiente de retrouver Eric. Sara ne mangeait rien. Elle se contentait de pousser la nourriture d'un bord à l'autre de son assiette, en faisant d'horribles grimaces à Stuart, qui l'encourageait naturellement à se dissiper devant ses grands-parents.

Puis, quand le repas fut achevé, les Broder entraînèrent Margo à l'écart.

— Pensez-vous qu'il vous aime vraiment? lui demanda Nettie. Il n'essaierait pas plutôt de prouver quelque chose à Francine?

Margo eut l'impression qu'on lui assenait un coup de poing au creux de l'estomac. Elle ouvrit la bouche pour répondre : « Oui, il m'aime vraiment. » Mais les mots refusaient de franchir ses lèvres.

— Je ne comprends pas votre question...

— Il n'a jamais pu l'oublier, poursuivit Nettie. Quand elle est partie en emmenant Sara, il a sombré dans le désespoir. Nous avons même craint qu'il ne s'en relève jamais.

— Vous n'imaginez pas à quel point il était amoureux de Francine. Il la vénérait.

— Nous ne voudrions pas vous blesser, cependant il ne sera pas satisfait tant qu'il ne l'aura pas reprise. C'est pour cela qu'il est venu ici.

— Vous n'êtes pas la première, et vous ne serez pas la dernière. Aucune de ses liaisons n'a duré plus d'un an. N'est-ce pas, Nettie?

— Exactement. Tout cela parce qu'il l'aime encore. Donc, à moins que vous n'acceptiez d'être un pis-aller...

Margo secoua la tête. Elle avait envie de hurler. *Ce n'est pas vrai, vous ne savez rien de nous.* Mais, une fois de plus, les mots lui restèrent dans la gorge.

— Excusez-moi, bredouilla-t-elle.

Se détournant, elle se précipita au rez-de-chaussée, et s'enferma dans la salle de bains, suffoquée par une amère nausée.

CHAPITRE XLI

FRANCINE était étendue sur une chaise longue dans le parc. Les yeux clos, elle mettait en application l'un des exercices de relaxation qu'elle avait appris avec le *Groupe*. Elle s'imaginait dans un hamac, suspendu entre deux cocotiers sur une plage, l'océan moutonnant au loin. Elle était pieds nus, vêtue d'une souple robe blanche; le soleil réchauffait son corps, le hamac se balançait doucement dans la brise. Une profonde sérénité l'habitait.

Elle attendait une visite. Elle ne savait pas si elle pourrait parler aujourd'hui, mais elle allait essayer. Elle voulait se sentir bien. Or, pour être bien, elle devait communiquer avec les gens. Elle devait leur parler, les écouter, et même s'intéresser à eux.

En rouvrant les paupières, elle aperçut Clara qui s'approchait. Elle se redressa, arrangea les plis de sa large robe. Clara agita la main, courut vers elle. Quand elle se pencha pour l'embrasser, Francine se raidit.

— Je suis si heureuse de te voir, dit Clara en s'écartant, sans toutefois lui lâcher les mains.

Francine hocha la tête.

— Comment vas-tu?

Francine opina à nouveau. Elle saisit le pichet de citronnade posé sur la table de fer blanc, à côté d'elle, et remplit deux verres.

— Merci, fit Clara en s'asseyant.

Des élastiques entouraient les poignets de Francine. Comme des bracelets. Le docteur Arnold affirmait qu'elle avait raison de les porter, puisque cela l'aidait à se détendre.

— Comment va Sara ? demanda-t-elle d'un ton hésitant.

— Très bien.

— Tu l'as vue ?

— Oui, je m'arrange pour la voir au moins une fois par semaine. Elle fait partie de la chorale du lycée, et elle a eu ses premières règles.

— Oh, murmura Francine. Je ne savais pas.

Elle ôta l'élastique rose de son poignet, et commença à le tortiller entre ses doigts. Elle espérait qu'il ne casserait pas. Elle détestait que ses élastiques cassent, cela la surprenait chaque fois. Or elle n'aimait pas les surprises. Ensuite, elle était obligée de nouer les deux bouts, et ce n'était plus aussi solide.

— Sara m'a remis ceci pour toi, déclara Clara en sortant une enveloppe bleue de son sac.

Francine la prit et la fourra dans sa poche. Comme c'était difficile de bavarder ! Elle en avait mal à la gorge, à la tête.

— Elle m'écrit toutes les semaines, mais je ne lui réponds jamais. Je ne sais pas quoi dire.

— Elle comprend.

Francine retira l'élastique bleu de son poignet gauche et l'entoura autour de deux doigts.

— Elle vit avec eux, n'est-ce pas ?

— Oui.

— Elle est heureuse ?

— Tu lui manques, mais...

— Je connais une histoire drôle. Combien de psychiatres faut-il pour changer une ampoule ?

Normalement, elle devait attendre que son interlocuteur dise : « Je ne sais pas », ou « Je donne ma langue au chat ». Mais elle n'avait jamais cette patience.

— Un seul. Mais cela prend beaucoup de temps, et il faut que l'ampoule ait vraiment envie de changer.

Clara se mit à rire.

Dans le *Groupe*, ils apprenaient à se raconter des histoires drôles. Jusqu'ici, c'était la seule qu'elle avait retenue. Les autres ne l'amusaient pas. En fait, rien ne l'amusait. Elle regardait très souvent la télévision, surtout les émissions distrayantes, en essayant de comprendre. Certains malades hurlaient de rire, pas elle. D'après le docteur Arnold, elle recouvrerait son sens de l'humour le moment venu.

— Mon problème, du moins en partie, c'est que rien ne m'amuse, dit-elle à Clara. Sauf une chose. J'ai épousé un homme à Hawaii, pour la Saint-Sylvestre. Je ne me rappelle pas l'avoir épousé, mais apparemment je l'ai fait. N'est-ce pas comique... épouser quelqu'un et ne pas s'en souvenir ? Bien sûr, je ne suis pas forcée de rester mariée avec lui si je ne le souhaite pas.

— Tu t'es mariée avec Lewis ? demanda Clara en se penchant vers elle.

Francine entortilla l'élastique bleu autour de son pouce.

— Oui.

— Tu en es certaine ?

— Evidemment. Je ne suis pas folle à ce point.

— Excuse-moi. C'est une nouvelle tellement stupéfiante... Sara est au courant ?

— Personne ne le sait, hormis le docteur Arnold, Lewis, et le *Groupe*.

Clara vida son verre de citronnade.

— Et il y a autre chose, poursuivit Francine. J'ai eu un fils qui est mort à dix ans, dans un accident de voiture. Tout le monde me répète que je dois apprendre à accepter cela. Penses-tu qu'on puisse parvenir à accepter une chose pareille ?

— C'est vrai, B.B. ? murmura Clara en la dévisageant d'un air inquiet.

— Oui. J'apprends à composer avec la vérité. C'est pour cela que je suis ici. Et, à partir de maintenant, j'aimerais que tu m'appelles Francine. C'est mon nom.

CHAPITRE XLII

MICHELLE était amoureuse, et personne ne lui gâcherait son bonheur. Ni Margo et son hostilité; ni Stuart, qui surnommait Eric l'Acrobate; ni Andrew avec son air entendu; ni même sa meilleure amie, Gemini, qui lui répétait qu'Eric était un bon à rien. Il était malheureusement évident que Gemini, comme les autres filles du lycée, crevait de jalousie. Seule Sara comprenait l'incroyable, l'époustouflante vérité : non seulement Michelle aimait Eric, mais elle était payée de retour.

Elle avait toujours su que, si elle se montrait suffisamment patiente, son tour viendrait un jour. Elle se félicitait de n'être jamais sortie avec ses copains de classe, tous ces affreux petits vantards, de s'être gardée pour Eric. Avec lui, elle irait volontiers jusqu'au bout du monde, sur sa moto, les bras noués autour de sa taille, le visage fouctté par le vent, le casque enfoncé sur ses oreilles, si bien qu'elle n'entendait plus que les battements de son cœur.

Il l'attendait chaque jour à la sortie des cours, au milieu d'une nuée de filles qui s'écartaient avec respect dès que Michelle s'approchait. Elle se juchait sur la Honda et agitait la main en guise d'au revoir. Eric démarrait en trombe, et l'emmenait dans sa chambre d'Arapahoe, où il lui faisait l'amour jusqu'à l'heure du dîner. Ensuite il la déposait devant chez elle, et elle le quittait, les joues roses, un sourire secret aux lèvres.

La première nuit, il avait été très doux avec elle.

Mais elle était tellement effrayée qu'elle n'avait pas réussi à s'abandonner. Elle avait atrocement souffert et n'avait éprouvé aucun plaisir, sinon une sorte de jouissance intellectuelle. A ce moment-là, elle n'éprouvait même aucun sentiment particulier pour lui. C'était seulement le lendemain qu'elle s'était mise à l'aimer. Et son amour n'avait cessé de croître au cours des cinq dernières semaines. Eric avait bouleversé son existence. Pour elle, il n'y avait plus de retour en arrière possible.

Aussi — le quinze mai à cinq heures vingt-huit minutes de l'après-midi — lorsqu'il lui annonça qu'il devait partir, perdit-elle connaissance. Elle était étendue sur son lit, dans sa chambre.

Quand elle reprit ses esprits, il était penché au-dessus d'elle et lui éventait le visage.

— Eh bien, qu'est-ce qui se passe ? lui demanda-t-il.

— Le choc, sans doute. Tu dois vraiment t'en aller si vite ?

— Il faut que je rentre chez moi assez tôt pour trouver un boulot correctement payé. Si je veux recommencer les cours en septembre, j'ai intérêt à ramasser du fric pendant l'été.

Depuis le début, elle savait qu'il serait un jour obligé de la quitter. Mais elle espérait que cela n'arriverait pas avant la fin de l'année scolaire, et qu'il lui proposerait alors de le suivre en Oregon pour l'été. Elle se ferait embaucher comme serveuse dans un restaurant quelconque, pendant qu'il travaillerait sur les chantiers. Ils habiteraient une chambre minuscule, ou une caravane ; elle apprendrait à coudre, et confectionnerait des rideaux pour les fenêtres. En septembre, elle retournerait à Boulder pour sa dernière année de lycée, puis s'inscrirait dans l'une des universités de l'Oregon.

— Je peux te rejoindre à Portland, dit-elle. Cet été, je ne suis pas forcée d'aller dans l'Est.

— Non.

— Pourquoi ?

— Parce que je ne peux pas m'engager vis-à-vis de toi.

— Tu crois que tu ne l'es pas déjà ?

— Je ne t'ai jamais fait de promesse, n'est-ce pas ?

— Non, mais...

— Je veux que tu gardes ça, déclara-t-il en saisissant le petit cactus posé sur la table de chevet. Je veux que tu t'en occupes pour moi.

Michelle serra la plante hérissée de piquants contre sa poitrine.

— S'il fleurit, je fleurirai aussi, murmura-t-elle en fermant les yeux. Et s'il meurt, je mourrai aussi.

— Très poétique, vraiment. Décidément, tu as le sens du théâtre. Tu n'as jamais pensé à monter sur les planches ?

Michelle préféra ne pas lui rappeler qu'elle lui avait elle-même offert ce cactus.

Pendant une semaine, elle fut strictement incapable d'absorber la moindre nourriture. La nuit, elle se réveillait en sursaut, trempée de sueur, le cœur battant la chamade. Elle se levait d'un bond et examinait le cactus. Il se portait comme un charme. Elle aurait aimé redevenir enfant, pour courir se réfugier dans la chambre de sa mère, se glisser dans son lit. Sa mère la bercerait dans ses bras, elle n'aurait plus peur. Mais son enfance était achevée, qu'elle le veuille ou non.

— Dès le départ, je me doutais que ça se terminerait ainsi, lui dit Gemini. Je l'ai lu dans ses yeux. Il ne connaissait pas le secret du monde.

— Au fait, qu'est-ce que cela signifie exactement ?

Gemini baissa le nez.

— Je ne sais pas.

— Comment cela ?

— C'est moi qui ai inventé cette expression.

— Tu plaisantes ?

— Non.

— Alors, quand tu me disais : celui-ci connaît le secret du monde, celui-là non... Tu ne savais pas de quoi tu parlais ? Ce n'est pas un vieil adage indien ?

— Non.

— Mais pourquoi ?

— Je voulais que tu me trouves exotique, et très sage.

— Mais tu l'es ! Tu n'avais pas besoin de me raconter ces sornettes pour m'en convaincre.

— Tu es fâchée ?

Le regard de Michelle se posa sur le cactus.

— Non... Parce que ton pseudo-proverbe est vrai. Certains connaissent le secret du monde, d'autres non.

— Quoi qu'il en soit, tu l'aimais.

— Oui.

— Même s'il n'était pas fait pour toi.

— Il m'a donné ce que je cherchais. De l'expérience.

— Cela en valait-il vraiment la peine?

— Pour l'instant je l'ignore, rétorqua Michelle, les yeux pleins de larmes. Si je survis, je pourrai sans doute te répondre par l'affirmative. Si je meurs de désespoir...

— Tu ne vas pas mourir. Tu es trop intelligente pour ça.

— Je crois que l'intelligence n'a rien à voir là-dedans.

CHAPITRE XLIII

SARA n'en revenait pas : Eric était parti sans lui dire au revoir. Lui qui avait promis d'attendre qu'elle grandisse, qu'on lui retire son appareil dentaire ; lui qui avait promis d'assister à son premier anniversaire d'adolescente, dans quelques semaines. Elle avait tellement pensé à cette fête ! Eric serait assis à côté d'elle, elle soufflerait les bougies, et il l'embrasserait. Elle sentait presque ses lèvres douces sur sa joue. Elle avait cru à toutes ses promesses.

Ce fut Michelle qui leur annonça son départ, un soir au dîner, d'une petite voix tremblante.

— Eric a quitté la ville. Il ne reviendra pas.

Tous, excepté Stuart, s'arrêtèrent de manger pour la regarder.

— Comme ça, l'Acrobate a fichu le camp, marmonna Stuart en plantant des dents dans une pomme de terre en robe des champs. Sans un mot. Charmant personnage.

Michelle recula brutalement sa chaise, se leva, et prit son verre de jus de pomme comme pour porter un toast à son frère. Au lieu de cela, elle le lui lança en plein visage.

— Imbécile ! cria-t-elle en se ruant hors de la pièce.

Un instant après, on entendit la porte de sa chambre claquer.

— Eh ben ! grommela Stuart en s'essuyant avec sa serviette.

Sara s'attendait à ce que Margo se fâche contre sa

fille. On ne jette pas du jus de pomme à la figure des gens sans payer les pots cassés. Mais elle se tourna vers son fils.

— Vraiment, Stu... Tu te crois malin ?

— Quoi ? Qu'est-ce que j'ai fait ?

Margo leva les yeux au ciel.

— Il vaut mieux que je descende, pour voir comment elle va, déclara-t-elle à Andrew.

Sara ouvrit la bouche pour répliquer, mais son père posa sa main sur la sienne. Elle comprit qu'elle avait intérêt à se taire, et à ne pas se mêler de cette histoire. Du coup, cela lui coupa l'appétit ; comme personne ne la regardait, elle passa le reste de son rôti à Lucy, postée sous la table.

Après cela, elle entendit Michelle pleurer toutes les nuits. Sans doute Eric lui avait-il aussi promis monts et merveilles.

Dix jours plus tard, deux cartes postales arrivèrent à la maison. Sara étant allée chercher le courrier dans la boîte à lettres, elle en profita pour les lire. La première était adressée à Michelle, et représentait un castor, au-dessus duquel était écrit : *Bons baisers d'Oregon.*

« Chère Michelle,

Deux mots pour te dire que tu es une fille formidable, et que je suis très heureux de t'avoir connue. En espérant te revoir un jour, je t'embrasse. Eric. »

La deuxième, une vue de la Columbia River, était envoyée à Margo.

« Chère Margo,

Merci pour ton hospitalité. Je regrette de n'avoir pas pu vous saluer avant de partir. Dis à Andrew, Stuart, et bien sûr à Sara, que j'espère les revoir. Vous êtes une famille épatante. Sincèrement, Eric. »

Sara aurait évidemment préféré qu'il lui écrive personnellement, mais du moins il avait mentionné son nom.

Comme Margo semblait se moquer éperdument de la carte d'Eric, Sara lui demanda si elle acceptait de la lui donner.

— Oui. Débrouille-toi simplement pour que je ne la voie pas.

Sara savait que Margo détestait Eric, mais elle ne comprenait pas pourquoi. Peut-être que toutes les mères haïssaient les amis de leurs filles. Et sa mère à elle, que penserait-elle de Griffen Blasch ? Le nouveau de la classe n'était pas exactement son petit ami, cependant elle l'aimait en secret, même s'il était bien trop timide pour oser lui adresser la parole.

Evidemment, ses sentiments pour Griffen Blasch n'avaient aucune commune mesure avec ceux qu'elle éprouvait pour Eric. Elle était amoureuse d'Eric comme elle l'était de certaines rock stars.

Elle emporta donc la carte postale dans sa chambre, et la dissimula dans le dernier tiroir de sa commode, avec les photos Polaroïd et le corsage en soie bleue de sa mère.

Ce soir-là, en entrant dans la salle de bains, elle trouva Michelle debout devant le lavabo, une paire de ciseaux à la main.

— Oh, excuse-moi. La porte n'était pas fermée.

— Ce n'est pas grave.

— Qu'est-ce que tu fais ?

— A ton avis ?

— On dirait que tu es en train de couper la carte d'Eric en petits morceaux.

— Tout juste.

— Pourquoi ? Le castor était tellement mignon.

Pour toute réponse, Michelle lâcha un grognement méprisant.

Le lendemain après les cours, elle accompagna Jennifer chez elle. Elles montèrent dans la chambre, et Jennifer entreprit de nettoyer la cage de ses hamsters, tandis que Sara tenait les petites bêtes. Leur fourrure était douce et soyeuse, leurs minuscules pattes griffues s'agitaient frénétiquement pour se libérer.

— Tu as eu ta mère au téléphone ? demanda Jennifer.

— Pas encore.

— Elle t'appellera certainement pour ton anniversaire.

— Sans doute, répondit Sara, tout en pensant que sa mère ne se souviendrait peut-être même plus de la date. Margo et mon père disent que je devrais organiser une fête.

— Quel genre de fête ?

Jennifer disposa une feuille de journal au fond de la cage, et y répandit de la sciure.

— Une fête d'anniversaire.

— J'avais compris, merci. Mais tu pourrais inviter des garçons ? rétorqua Jennifer en lui prenant les hamsters des mains.

— C'est à moi de choisir.

— Alors, tu n'as qu'à organiser une boum. Je t'aiderai à envoyer les invitations.

— Je ne sais pas... Ma mère n'aimerait pas ça. En principe, j'invitais six copines ; on allait dans une pizzeria, puis au cinéma, et on revenait à la maison pour manger le gâteau.

— Tu agis toujours en fonction des désirs de ta mère, et pas par rapport à ce que *tu* veux. Il faut que tu commences à décider par toi-même. Après tout, c'est ta vie.

Sara s'approcha de la fenêtre et regarda au-dehors. Le ciel était clair, d'un bleu intense. Une bande de gamins descendait la rue en patins à roulettes.

— Ecoute ce qu'écrit Omar dans le journal... *Aujourd'hui est un jour faste, spécialement pour vos amours, votre vie sociale, ou vos loisirs. Profitez-en pour donner une grande fête.*

Sara se retourna.

— Omar a dit ça ?

— Tu n'as qu'à lire.

— Hmmm... Alors, je vais peut-être organiser une boum. Et peut-être que j'inviterai Griffen Blasch.

— Je savais bien qu'il te plaisait !

A ce moment, le bébé se mit à pleurer, et toutes deux passèrent dans la nursery. Il était adorablement potelé et, pendant que Jennifer lui changeait sa couche d'une main experte, Sara le contempla avec attendrissement.

Ce serait merveilleux d'avoir un bébé, songea-t-elle.

Un bébé aurait besoin d'elle, il l'aimerait envers et contre tout. Puisqu'elle était femme à présent, elle pouvait parfaitement devenir mère. Si Eric revenait quand elle aurait — mettons — dix-huit ans, et s'il désirait avoir un enfant d'elle, ce serait possible. Ils achèteraient une maison, elle entrerait à l'université, et suivrait des études pour être vétérinaire. Eric vendrait des motos, et il l'emmènerait à ses cours sur sa Honda, comme il le faisait pour Michelle.

— Tu crois que ta mère et Bruce auront un autre bébé ? demanda-t-elle.

— Non, elle a eu celui-là parce que Bruce tenait absolument à être père. En réalité, elle en avait assez avec nous trois. Mais il se pourrait que Margo et Andrew décident d'avoir un enfant. Comme ça tu ne seras plus fille unique, tu sauras quel effet ça fait d'avoir des frères ou des sœurs.

— Je ne suis pas fille unique.

Jennifer lui tendit le bébé, qui se mit à jouer avec une mèche de ses cheveux.

— Michelle et Stuart ne comptent pas. Ils ne sont pas du même sang que toi.

— Je ne suis pas fille unique, répéta Sara.

— Mais si, voyons.

— Non. J'avais un frère, mais il est mort.

Sara s'interrompit, surprise que ce soit aussi facile à dire.

— Il avait dix ans, et il s'appelait Bobby.

— Baa, baa, gazouilla le bébé.

QUATRIÈME PARTIE

CHAPITRE XLIV

A l'instant précis où Margo prit place sur la pelouse de la Boulder High School, un sanglot se bloqua dans sa gorge et elle se retrouva dans l'incapacité d'articuler un traître mot. Son fils allait recevoir son diplôme : un événement capital non seulement pour lui, mais aussi pour elle. Ce matin, elle avait embrassé ses joues rasées de près, lui avait dit qu'elle était fière de lui, qu'il était superbe avec sa toge noire et sa toque.

Son visage s'était empourpré.

— Je me sens tout drôle dans cette tenue.

Il paraissait tellement jeune : un petit garçon dans un costume d'homme.

Le chagrin de ses enfants avait si lourdement grevé ces dernières semaines que Margo n'avait guère eu le loisir de s'appesantir sur ses propres problèmes. La candidature de Stuart avait été rejetée par cinq universités. Une sixième l'avait néanmoins accepté, et une autre faculté l'avait placé sur une liste d'attente. Mais quand les lettres arrivèrent, il s'enferma dans sa chambre pour en ressortir plusieurs heures après, la mine sombre.

— C'est le jour le plus triste de ma vie depuis le divorce.

Cette remarque transperça Margo comme une lame, ravivant le sentiment de culpabilité qui l'avait si longtemps tourmentée. C'était la première fois que Stuart admettait avoir souffert du divorce.

— Tout ira bien, murmura-t-elle avec difficulté. Crois-moi, Stu, tout s'arrangera.

— Tu répètes toujours ça. C'est ce que tu m'as dit quand papa et toi vous êtes séparés.

— Et j'avais raison, n'est-ce pas ?

— J'ai dix-huit ans, et je suis un raté, répliqua-t-il lugubrement.

— Non, ce n'est pas vrai. On attache trop d'importance à l'université. Ce n'est pas l'essentiel de la vie.

— Peut-être pas pour toi... mais pour papa ? Comment est-ce qu'il va réagir ?

— Il comprendra, assura-t-elle, tout en priant de ne pas se tromper.

— J'ai un bon niveau, j'ai passé mes examens haut la main, je me défends bien en tennis. Qu'est-ce qu'ils veulent de plus ? Réponds-moi, maman... dis-moi la vérité. Est-ce que quelque chose cloche chez moi ?

— Non, je te jure que non.

— Alors pourquoi ?

— Je l'ignore, Stu. Ils ont sans doute admis en priorité ceux qui avaient les notes les plus élevées, voilà tout.

— J'y suis peut-être allé un peu fort pendant les interviews. Je ne tenais pas à ce qu'ils me considèrent comme un plouc quelconque du Colorado, tu comprends.

— L'échec est toujours douloureux.

— Qu'est-ce que tu peux bien en savoir ?

— Je connais cela par cœur.

Inutile d'expliciter davantage. Il fallait lui laisser le temps de digérer sa désillusion. Plus tard, il s'en rendrait compte : l'université n'était qu'un début.

Un mois après, Stuart avait fait son choix et s'était inscrit à Penn.

— Comme papa.

Il s'efforçait toujours de plaire à son père.

Freddy faisait Dentaire à Penn quand Margo l'avait rencontré, à la fin de sa première année à Boston University. Elle était serveuse à Provincetown et suivait des cours de peinture pendant la journée. Il était en vacances avec deux de ses copains. À l'époque, il lui avait paru débordant de vitalité.

Et maintenant, il était assis non loin d'elle, pour voir

leur fils recevoir son diplôme. Michelle se tenait à sa gauche, Aliza à sa droite, étourdissante dans un tailleur Chanel bleu marine. Elle ne cessait de porter discrètement ses mains à sa tête, pour protéger ses cheveux blonds du vent qui menaçait de les déranger ; ses ongles longs, soigneusement manucurés, étaient vernis de rose. On eût juré qu'elle ne lavait jamais une assiette, pourtant Margo savait qu'elle adorait cuisiner.

Les six cents diplômés commencèrent à défiler lentement, au son de la musique solennelle qui avait autrefois accompagné Margo. Elle chercha Stuart des yeux et, en l'apercevant, faillit lui faire un signe de la main. Mais, songeant que cela ne manquerait pas de l'embarrasser, elle refoula son impulsion. *Tiens-toi droit*, l'exhorta-t-elle mentalement. *Voilà, comme ça...*

Michelle lui toucha furtivement le bras.

— Il est parti du mauvais pied, chuchota-t-elle. C'est bien de Stu, non ?

Margo sourit. Elle avait un moment redouté que Michelle ne se relève pas de son chagrin d'amour. Puis, quelques semaines auparavant, en allant lui souhaiter une bonne nuit, elle l'avait trouvée assise sur son lit, un petit cactus serré contre sa poitrine.

— Il ne m'a jamais menti, maman. Jamais.

— L'honnêteté est une qualité appréciable.

— Tu crois que je l'oublierai ?

— Je crois que tu te souviendras toujours de lui, ma chérie. Mais un jour, quand ton cœur sera prêt, tu laisseras l'amour y renaître.

Oh, elle semblait si sage du haut de son expérience. Les enfants soupçonnaient-ils la terrible incertitude qui habitait leurs parents, lorsque ceux-ci les conseillaient et les réconfortaient ?

— Cela s'est passé ainsi pour toi, maman ?

Que voulait-elle dire : après James... Freddy... Leonard ?

— Oui, ma petite fille. Cela s'est passé ainsi.

Les diplômés prirent leur place.

Andrew était à la gauche de Margo, à côté de Sara qui se rongeait les ongles. Clara, Robin et les parents de Margo se tenaient derrière eux. Elle se réjouissait que ses parents aient pu assister à la cérémonie ; sa propre grand-mère était malheureusement morte quelques mois avant son diplôme.

Ils subirent ensuite deux discours fleuves à la gloire de ces jeunes gens qui allaient s'élancer à la conquête du vaste monde, à l'aube de leurs vies d'adultes.

Leurs vies d'adultes ? songea Margo. Non. La maturité commençait vers quarante ans.

Andrew lui pressa doucement la main.

Elle se remémora cette nuit froide de novembre où il lui avait proposé de vivre avec elle. Ils avaient résolu de faire un essai.

Au moins jusqu'à la fin de l'année scolaire. Eh bien, le moment était arrivé, n'est-ce pas ? Demain, Andrew s'envolerait pour Miami... et Margo ne parvenait pas à chasser de son esprit les paroles de Sam et Nettie Broder.

Le matin où Andrew avait reconduit ses parents à l'aéroport, Margo s'était rendue à Sunshine Canyon, pour faire visiter le chantier à des clients de Michael, des gens d'un certain âge nantis d'un solide compte en banque et qui souhaitaient se retirer dans la région.

Michael, lui, se trouvait à Aspen avec une dame rencontrée par l'intermédiaire des petites annonces de la *New York Review*.

Le couple de Cincinnati cherchait une maison semblable à celles qu'ils avaient vues à Santa Fe pendant les vacances de Noël, avec des murs crépis, des plafonds en bois et des faïences mexicaines dans la cuisine et les salles de bains.

Margo essayait bien de se concentrer sur leurs demandes, mais ses pensées revenaient sans cesse vers les Broder et ce qu'ils lui avaient dit — Andrew ne serait pas satisfait tant qu'il n'aurait pas repris Francine, elle n'était qu'un pis-aller. Malgré tous ses problèmes, ses doutes et ses incertitudes, elle ne s'était jamais considérée comme un « pis-aller », et n'avait aucune intention de commencer maintenant.

En rentrant chez elle, elle abandonna ses bottes boueuses et se fit couler un bain bien chaud. Elle se prélassait dans la baignoire, quand elle entendit un bruit de chute, suivi d'un juron bien senti.

— Bon sang, Michelle ! cria Andrew. Tu ne peux pas ranger tes affaires ?

— Ces bottes ne sont pas à moi ! Je suis toujours la tête de Turc !

S'enveloppant dans une serviette, Margo se précipita dans le couloir pour constater les dégâts. Andrew avait trébuché contre les bottes, et il s'était affalé.

— Désolée, ce sont les miennes. Ça va ?

— Je me suis cogné le genou.

Elle l'aida à se relever.

— Excuse-moi, Michelle. Ça fait un mal du diable ; c'est toi qui as tout pris, ma pauvre.

— Ouais... Oh, ça arrive à tout le monde.

Appuyé sur Margo, il boitilla jusqu'à la chambre. Une fois la porte refermée, il enleva son jean et s'étendit sur le lit.

— Tes parents sont bien partis ? demanda-t-elle en lui massant le genou.

— Non sans m'avoir accablé de reproches.

— A quel propos ?

— Par où veux-tu que je commence ?

— Par le commencement.

— D'accord... Eh bien, d'abord, je n'ai pas de sécurité d'emploi. Et comment vais-je pouvoir assumer mes obligations ? C'est-à-dire, je présume, mes obligations financières envers Sara et toi.

— Moi ?

— Oui. D'après eux, c'est à l'homme de payer. Or, toujours d'après eux, l'écriture n'est pas un travail. Et ils ne comprennent vraiment pas pourquoi je ne retourne pas au *Herald*. Là-bas, au moins, je cotisais pour la retraite, j'avais une assurance maladie...

— Quoi d'autre ?

— Ensuite, ils ont embrayé avec le couplet nous concernant.

— Et alors ?

— Nous donnons le mauvais exemple à Sara et à tes enfants.

— Le mauvais exemple ?

— Nous ne devrions pas vivre ensemble sans être mariés.

— Que leur as-tu répondu ?

— Que ce n'était pas leurs oignons, et que, de plus, nous n'avions pas eu le temps de penser au mariage.

— C'est aussi ce que j'ai répondu à ma mère, un jour, remarqua Margo en souriant.

— Et comment a-t-elle réagi ?

— *Ma chérie... on a toujours le temps de penser à ces choses-là !*

Andrew se mit à rire, et l'attira tendrement contre lui.

— En principe, ils ne sont pas pénibles à ce point. Je suppose qu'ils ont été un peu désorientés.

Margo s'humecta les lèvres ; elle avait la bouche atrocement sèche.

— Ils m'ont demandé si tu m'aimais vraiment, ou si tu essayais simplement de prouver quelque chose à B.B.

— Seigneur Dieu ! Ils t'ont dit cela ? Ils croient que je veux la reprendre ?

— Oui. Ils sont persuadés que tu es venu ici à cause d'elle.

Il lâcha un profond soupir, en secouant lentement la tête.

— Est-ce vrai, Andrew ? Es-tu venu ici pour renouer avec elle ?

— Pas consciemment.

— Et inconsciemment ?

— Je ne sais pas. Peut-être. J'avoue que j'ai caressé le rêve de tout recommencer... après toutes ces années, cela ne me paraissait pas impossible.

Margo bondit sur ses pieds et traversa la chambre, serrant les poings pour ne pas exploser.

— Tu as fait l'amour avec elle... ici, à Boulder ?

— Non, mais le premier soir j'en ai eu envie.

— Eh bien...

— C'était avant de te rencontrer.

— Oui, mais... Pourquoi ne m'en as-tu pas parlé avant ?

— Pour te dire quoi ? Que j'avais bêtement rêvé d'un bonheur chimérique ? Cela n'a rien d'extraordinaire.

— Je ne suis pas de cet avis.

— Je t'en aurais parlé si cela m'avait semblé important... ou si tu me l'avais demandé.

— Pourquoi t'aurais-je posé la question ? L'idée ne m'avait jamais effleurée, avant que tes parents me la fourrent dans le crâne.

Elle s'approcha du bureau à cylindre, se rappelant son excitation quand elle l'avait déniché dans la boutique de Caprice. Elle l'avait solennellement offert à Andrew le soir où il avait emménagé dans la maison.

— Tout cela est un peu dur à avaler... murmura-t-elle.

— Margo, écoute-moi. Mon petit fantasme n'a pas duré plus de dix minutes. J'ai tout de suite compris que rien n'avait changé et ne changerait jamais, que nous ne serions pas restés ensemble même si Bobby avait vécu.

Margo ne répondit pas.

— Au début, tu étais aussi un fantasme, ajouta-t-il.

— Moi ? répliqua-t-il en le regardant.

— Je t'observais depuis des jours. Je savais que tu étais l'amie de Francine, que je devais me tenir à l'écart, mais tu m'attirais trop. Alors je me suis armé de courage, et je t'ai abordée. Me déshabiller et me glisser dans le tub avec toi... je n'avais jamais rien fait d'aussi gonflé de ma vie.

— C'était gonflé, en effet.

Ils demeurèrent un moment silencieux.

— Tu t'es servi de moi pour rendre B.B. jalouse ? balbutia-t-elle enfin.

— Non, mais je n'étais pas mécontent de lui prouver qu'une femme aussi brillante que toi me trouvait séduisant.

— Pour l'instant, je ne me sens pas très brillante. Je préférerais que tu ne l'aies pas désirée, le soir de ton arrivée à Boulder ; être sûre que tu n'avais aucun motif biscornu de te lier avec moi, consciemment ou inconsciemment.

Elle abaissa le cylindre du bureau, le remonta.

— Ce serait trop douloureux de savoir que je n'ai été qu'un pion dans ton duel avec B.B.

— Comment peux-tu penser cela ? s'indigna-t-il d'une voix vibrante. Comment peux-tu douter de mon amour ? Je t'aime infiniment plus qu'au mois de novembre et... je compte bien t'aimer encore davantage.

Il s'était levé et s'avançait vers elle à cloche-pied. Elle lui tendit les bras.

On appelait à présent les diplômés par ordre alphabétique, afin de leur remettre leur parchemin. Atteindrait-on jamais la lettre S ? Finalement, le nom de Stuart fut prononcé, et Freddy jaillit de son siège en brandissant son appareil photo, pour immortaliser Stuart qui souriait fièrement, comme s'il tenait le monde à sa merci ; il ne se considérait visiblement plus comme un raté.

Lorsque tous les élèves eurent reçu leur diplôme, la chorale entonna un chant d'adieu. Puffin était au premier rang, vêtue comme les autres d'une jupe noire et d'un corsage blanc, les mains sagement croisées à hauteur de sa taille. Margo se tourna vers Clara et lui sourit.

Quelques jours auparavant, elles avaient discuté de leurs enfants, de la façon dont elles ressentaient leurs peines et leurs chagrins dans leur propre chair.

— Puffin souffre encore de sa rupture avec Stuart.

— Elle t'a expliqué pourquoi ils avaient rompu ?

— Non... elle n'en parle pas.

— Stuart non plus.

— Tu crois qu'ils ont couché ensemble ?

— Je n'en ai aucune idée.

— Je lui ai donné un livre d'éducation sexuelle en lui disant que si elle avait des questions, je serais heureuse d'y répondre. Mais elle ne m'a jamais rien demandé.

— J'ai fait la même chose avec Stuart.

— Puffin ne veut pas rester ici l'année prochaine, alors je compte l'emmener à Fountain Valley. Elle traverse une période difficile. Notre situation familiale la perturbe. Elle se demande si Robin et moi allons réussir à nous entendre, cette fois...

— Et toi, qu'en penses-tu ?

— Je n'en sais malheureusement rien. Encore que les choses se soient très nettement arrangées depuis qu'il s'occupe des affaires de B.B. Au moins, il a un but. Il ne passe plus son temps à tourniquer dans la maison en s'interrogeant sur le sens de la vie.

Margo avait en effet noté une certaine évolution chez

Robin. Depuis un mois, il semblait reprendre goût à l'existence.

— J'ai la bosse de l'immobilier, leur avait-il déclaré un soir, alors qu'ils dînaient tous les quatre à Denver. J'aimerais me charger du cabinet de B.B., si vous n'y voyez pas d'inconvénient.

— Nous n'avons pas à nous y opposer, avait rétorqué Andrew. D'autant que votre proposition est très généreuse.

— J'ai écrit à B.B. et j'en ai discuté avec Lewis. Il m'a donné le feu vert. Evidemment, je ne prendrai pas de commissions. Tous les bénéfices seront versés sur le compte de B.B.

— C'est une merveilleuse idée.

— Comme je suis à moitié retiré des affaires, j'ai le loisir de faire ce qui me plaît.

Margo et Clara avaient échangé un sourire complice.

— Crois-tu qu'on puisse oublier et pardonner ? lui avait demandé Margo un peu plus tard, en aparté.

— Oublier... jamais. Pardonner ? Je l'espère.

Margo avait réservé une table pour dix au *Flagstaff*, bien plus pour le cadre et la vue que pour la cuisine, plutôt médiocre. Dès son arrivée, le matin, Freddy avait insisté pour payer le déjeuner. Pourquoi pas ? avait pensé Margo. Il s'exprimait toujours mieux avec son carnet de chèques qu'avec des mots.

Quand elle l'avait présenté à Andrew, avant la remise des diplômes, il avait dit :

— Voilà donc Andrew.

— Et voilà donc Freddy.

Sur quoi, les deux hommes étaient partis d'un rire gêné. Margo, elle, n'avait pas ri.

A présent, le repas se déroulait dans une atmosphère agréable. Il n'y eut aucun blanc dans la conversation, jusqu'à ce que Freddy se mette à évoquer ses souvenirs d'étudiant à Penn.

— Tu te rappelles ce fameux week-end, Margo ? Tu étais venue de Boston et tu te gelais tellement que je t'ai acheté un gilet. Tu l'as encore ? Celui avec les boutons argentés ?

— Non, mais je l'ai porté longtemps.

Un ange passa, puis Freddy se concentra à nouveau sur sa sole aux amandes. *Cet homme était mon mari. J'ai vécu avec lui pendant quatorze ans. J'ai fait l'amour avec lui des milliers de fois.*

Glissant sa main sous la table, elle serra celle d'Andrew.

Aliza parlait de leur prochain voyage en Israël, où ils emmenaient Stuart et Michelle.

— Trois semaines. Nous aurons le temps de tout visiter. Et l'année prochaine, ajouta-t-elle en se tournant vers Michelle, quand tu seras bachelière, nous irons à Paris et Rome... D'accord ?

Michelle esquissa un sourire contraint.

Un jour, Michelle avait dit à sa mère qu'Aliza la considérait comme une menace; elle redoutait que Margo ne revienne à New York pour lui voler Freddy. *Ne t'inquiète pas, Aliza. Il est tout à toi.*

Le lendemain matin, Margo conduisit Andrew et Sara à l'aéroport. Il les laissa avec les bagages pour aller réserver leurs places.

— J'espère que cela se passera bien avec ta maman.

— Moi aussi.

— Je sais qu'elle t'a beaucoup manqué.

Pinçant les lèvres, Sara fixa le bout de ses chaussures.

— Tu vois... tu as pris une grande importance dans ma vie. Au cours de ces derniers mois, j'ai appris à t'aimer très, très fort. Et, quoi qu'il arrive en Floride, tu seras toujours la bienvenue dans notre maison.

Elle avait pourtant longuement préparé son petit discours, mais les mots lui semblaient à présent sonner atrocement faux.

— J'ai eu une belle fête d'anniversaire, déclara Sara.

— Tant mieux.

— Merci pour le jean et le sweater.

— Ils te vont bien.

Sara contempla un instant ses vêtements.

— Maman les trouvera sans doute...

— Quoi donc ?

— Oh, rien. Ça n'a pas d'importance.

Margo se pencha pour la serrer dans ses bras.

J'aurais dû l'embrasser plus souvent. Pourquoi ai-je cru qu'elle ne me le permettrait pas ? Elle avait tant de choses à dire à cette enfant, cependant ce n'était pas le moment. Peut-être ce moment ne viendrait-il jamais.

— Vous vous occuperez de Lucy ?

— Bien sûr.

— Vous pouvez la laisser boire l'eau des toilettes, vous savez.

— Je pensais que cela lui était formellement interdit.

— Non... maintenant, elle peut.

Andrew les rejoignit, avec les billets de réservation.

— Au revoir, Margarita, murmura-t-il en l'embrassant. Je te téléphonerai.

— D'accord.

— Dépêche-toi, papa. Ils ont déjà annoncé notre vol.

— Oh, attends une minute ! s'exclama Margo.

Fouillant dans son sac, elle en extirpa un petit paquet qu'elle tendit à Andrew.

— Qu'est-ce que c'est ?

— Tu l'ouvriras dans l'avion, pas avant.

— C'est un homme adorable, ma chérie, décréta sa mère pendant le dîner. Alors, ai-je raison d'entendre au loin sonner les cloches de ton mariage ?

— Je n'en sais rien, maman.

— Pourquoi devraient-ils tout gâcher en se mariant ? demanda Michelle à sa grand-mère.

— Tu penses donc que cela risquerait de tout gâcher ?

— Ça se pourrait bien.

— Margo chérie... Tu es de l'avis de ta fille ?

— Non, pas vraiment.

— Dans ce cas, cela ne t'ennuierait pas de l'épouser ?

Margo éclata de rire.

— Non, cela ne m'ennuierait pas.

— Maman, tu me choques ! s'écria Michelle. Je croyais que, pour toi, le mariage était démodé.

— Non, Michelle. Impossible, peut-être... mais certainement pas démodé.

CHAPITRE XLV

FRANCINE avait vécu ce moment par la pensée des millions de fois. La sonnette retentirait, elle se précipiterait vers la porte, l'ouvrirait. Et là devant elle, inchangée, peut-être plus grande d'un centimètre ou deux, se tiendrait Sara.

Sara dirait : *Bonjour maman...*

Et Francine répondrait : *Bonjour, Sara...*

Elles s'embrasseraient de manière tout à fait naturelle, comme si elles s'étaient quittées la veille, puis Francine proposerait : *Veux-tu boire un jus de fruits?*

Qu'est-ce que tu as à m'offrir?

Francine l'emmènerait dans la cuisine, et lui montrerait fièrement les bouteilles de jus de pomme, d'orange et de pamplemousse rangées dans le réfrigérateur. Sara rirait et choisirait le jus de pomme.

Ensuite, elles sortiraient pour aller se promener sur la plage.

Francine avait emménagé dans son studio dix jours plus tôt. Elle passait encore ses semaines à l'hôpital, mais, pendant les week-ends, elle se débrouillait seule. Sa forme physique revenait peu à peu, elle nageait et faisait de la gymnastique. Sans excès. Si elle manquait une séance ou deux, cela n'avait pas d'importance. L'essentiel, lui avait expliqué le docteur Arnold, était de considérer ces exercices comme un plaisir, et non comme une punition. Elle avait recommencé à lire, des romans qui finissaient bien, et à écouter de la musique. Le soir, elle regardait parfois un film à la télévision, pourvu qu'il ne soit pas déprimant.

Deux semaines auparavant, en découvrant que Lewis réglait les frais de son traitement, elle s'était mise carrément en colère.

— C'est *ma* maladie, avait-elle dit au docteur Arnold. Et je vous jure bien que personne ne paiera pour moi.

— Très bien. Vous n'avez qu'à payer vous-même, dans ce cas.

— C'est exactement ce que je compte faire.

Après cela, elle s'était crue prête à affronter de nouveau le monde, mais sa confiance n'avait pas duré.

Elle n'avait toujours pas écrit à Sara. Elle avait acheté une carte pour son anniversaire, qu'elle n'avait pas postée. Après presque quatre mois de silence, envoyer une carte d'anniversaire n'avait pas de sens. Elle appréhendait de revoir sa fille, et en avait une fois de plus discuté avec la psychiatre.

— N'oubliez pas que Sara sera aussi embarrassée que vous. Elle ne sait pas à quoi s'attendre, elle est peut-être effrayée. C'est à vous de l'aider, Francine.

— Que vais-je lui dire ? Comment pourrai-je lui expliquer ce qui m'est arrivé... et pourquoi ?

— Vous n'êtes pas obligée de tout lui expliquer d'un coup.

— Et pour l'année prochaine ? Comment lui faire comprendre que je ne suis pas encore prête... que je n'ai pas encore la force de me charger d'elle ? Et si elle en déduisait que je ne veux plus d'elle ?

— Dites-lui la vérité, Francine, aussi simplement que possible. Dites-lui que vous resterez ici quelque temps, peut-être six mois ; que vous avez accompli d'énormes progrès, mais que vous avez besoin de prolonger votre thérapie, afin d'analyser ce qui s'est passé.

— Et si elle ne se plaît pas chez Margo... si elle est malheureuse ?

— Alors, nous en parlerons tous ensemble et nous essaierons de trouver une solution.

— Vous croyez que je suis vraiment prête à la revoir ?

— Je n'en suis pas sûre, Francine. Cependant, si

vous le souhaitez, faites-le. Arrangez-vous pour que cette première visite ne se prolonge pas trop, pas plus d'une demi-heure. Et ne restez pas assises dans une pièce, à vous regarder. Allez vous promener sur la plage.

— Oui, je sais... une promenade sur la plage.

CHAPITRE XLVI

Assise dans l'avion au côté de son père, Sara le regardait ouvrir le petit paquet que lui avait remis Margo. Il était enveloppé de papier brillant, blanc avec des cœurs rouges, et entouré par un ruban rouge, comme si la Saint-Valentin se fêtait brusquement en juin. En fait, il s'agissait simplement d'une boîte de raisins secs. Franchement, ce n'était pas un cadeau faramineux. Mais Andrew éclata de rire.

L'avion prenait de l'altitude, les montagnes s'estompaient peu à peu au-dessous d'eux. Andrew riait toujours. Finalement, il lui montra la boîte. Margo avait découpé un rond dans le carton et y avait glissé une photographie d'elle-même, affublée d'un énorme béret rouge. Andrew s'esclaffait si bruyamment que tous les passagers se retournaient pour l'observer. Sara en était rouge de confusion.

A l'aéroport, elle avait été aussi atrocement embarrassée par les effusions de Margo, quand elle lui avait dit qu'elle avait appris à l'aimer, et qu'elle avait beaucoup d'affection pour elle. Qu'est-ce que cela signifiait au juste ? Que Margo la détestait, avant de se rendre compte qu'elle n'était pas si mauvaise ? Sara n'avait pas demandé de précisions. Et elle n'avait pas répliqué, même si Margo attendait visiblement une réponse du genre : « Moi aussi, je vous aime bien. » En réalité, elle n'avait rien contre Margo ; du moment qu'elle n'essayait pas de remplacer sa mère, ça allait. Si jamais elle s'avisait d'essayer, Sara savait comment la remettre à sa place. *Vous n'êtes pas ma mère, ni même ma belle-mère : seulement une dame qui dort avec mon père.* Mais, jusqu'ici, elle n'avait pas eu besoin de sortir sa tirade.

Ce matin, pendant qu'Andrew chargeait la voiture et que Margo s'affairait dans la cuisine, Sara s'était glissée subrepticement dans la salle de bains pour remettre les photos Polaroïd à l'endroit où elle les avait trouvées, sous la trousse à maquillage. Elle ne pouvait pas s'en aller en les laissant dans son tiroir, et elle ne pouvait pas non plus les emporter avec elle. Elle avait bien pensé à les couper en petits morceaux, comme Michelle l'avait fait avec la carte postale d'Eric, cependant cela lui avait paru incorrect. Après tout, ces photos ne lui appartenaient pas.

Elle se demandait à quoi ressemblait ce nouveau camp de vacances, en Pennsylvanie. Elle n'avait jamais mis les pieds dans cette région. Là-bas, il n'y avait pas d'activités organisées, chacun se consacrait à son hobby personnel. Sara ne savait pas très bien ce qui la passionnait, mais l'idée de le découvrir la séduisait. Peut-être choisirait-elle la peinture. Margo lui avait quelquefois prêté son chevalet, et lui avait expliqué comment utiliser les aquarelles et les gouaches. Elle ne lui avait toutefois pas permis de se servir des tubes de peinture à l'huile. Ils étaient rangés dans une boîte en bois ancienne, que ses parents lui avaient offerte pour son baccalauréat.

Margo se plaignait de n'avoir plus le temps de peindre. Elle lui avait cependant montré son carnet de croquis, et Sara, à sa grande surprise, y avait vu un portrait d'elle-même, au fusain. Margo l'avait représentée avec des yeux immenses, et un visage grave, sans l'ombre d'un sourire.

— Quand est-ce que vous l'avez dessiné ?

— J'ai inscrit la date : 24 mars.

— J'ai l'air triste.

— Ce n'est pas défendu d'avoir l'air triste de temps en temps.

— Oui, bien sûr.

Avant le camp, Sara passerait une semaine en Floride, chez ses grands-parents. Grand-mère Goldy recommençait à marcher, elle irait lui rendre visite

338

avec ses grands-parents Broder. En plus, son père resterait avec elle pendant les premiers jours. Il n'y avait donc pas de quoi s'angoisser. Il n'y avait vraiment aucune raison d'avoir l'estomac noué et de grincer des dents toute la nuit. D'ailleurs, le dentiste lui avait posé la question.

— Tu te sens anxieuse, Sara ?

— Non, pourquoi est-ce que je me sentirais anxieuse ?

— Parce que quand une personne grince des dents en dormant, cela signifie généralement qu'elle a des soucis. Que quelque chose la perturbe.

Eh bien, rien ne la perturbait. Sauf, peut-être, la journée du lendemain. Mais elle n'allait certainement pas l'avouer à qui que ce soit ; ce serait complètement idiot de dire qu'elle avait peur de revoir sa mère.

Les grands-parents Broder vinrent les accueillir à l'aéroport de Miami. Comme il était encore tôt, ils purent se baigner avant le dîner.

Le lendemain matin, Andrew la conduisit chez sa mère. L'immeuble était identique à tous ceux qui bordaient la plage : un grand édifice blanc avec des balcons, auquel menait une allée ombragée par des palmiers. Puisque sa mère était suffisamment rétablie pour avoir son propre appartement, Sara ne comprenait pas pourquoi elle n'avait pas téléphoné ou écrit. Elle ne lui avait même pas envoyé une carte de vœux pour son anniversaire.

— Ne t'inquiète pas, lui dit son père en garant la voiture. Elle est sans doute encore plus nerveuse que toi.

Sara hocha la tête.

— Je t'attends au café.

— Pourquoi tu ne montes pas avec moi ?

— Parce que Francine a demandé que tu viennes seule. J'en ai discuté avec le docteur Arnold, elle pense que c'est une bonne idée.

Il lui posa un baiser sur la joue.

— Une demi-heure, d'accord ?

— Oui.

Sara traversa le hall de l'immeuble, pénétra dans

l'ascenseur et appuya sur le bouton du sixième étage. *S'il te plaît, mon Dieu... fais que tout se passe bien. S'il te plaît, empêche-la de m'interroger sur papa et Margo.*

Au sixième étage, elle suivit le couloir jusqu'à l'appartement 6 B. Là, elle s'arrêta, inspira profondément et sonna.

Rien. Elle patienta quelques minutes, puis sonna une deuxième fois. Sa mère était peut-être absente. Elle avait peut-être décidé de s'en aller pour ne pas la voir. Sara s'apprêtait à tourner les talons quand la porte s'ouvrit.

Sa mère portait une chemise violette, un jean blanc et des sandales de toile rouge. Elle avait les cheveux courts, avec une espèce de frange bouclée. Et elle regardait Sara comme si c'était une étrangère.

— Bonjour, maman...

Elle attendit que sa mère dise quelque chose, n'importe quoi, mais elle recula comme si elle avait peur. Elle ne la reconnaissait peut-être pas.

— C'est moi, maman... Sara.

Elle ne savait plus quoi faire. Appuyée contre le mur, sa mère semblait pétrifiée. Puis, tout à coup, son visage chavira.

— Oh, Sara... gémit-elle en s'avançant vers elle. Je suis tellement navrée, ma chérie...

Et, quand les bras de sa mère se resserrèrent autour d'elle, que son parfum familier l'enveloppa, Sara fondit en larmes.

Plus tard, lorsqu'elle rentra chez ses grands-parents, elle alla tout droit dans la chambre qu'elle partageait avec son père et s'étendit sur le lit. Elle était épuisée, et ressentait le besoin de réfléchir à tout ce que sa mère lui avait dit, particulièrement en ce qui concernait son mariage avec Lewis et son incertitude quant à l'avenir de leur couple.

— Il est au courant, pour Bobby ? lui avait demandé Sara, tandis qu'elles se promenaient sur la plage.

— Oui.

— Tu le lui as raconté ?

— Oui.

— Alors, ce n'est plus un secret ?

— Cela n'a jamais été un secret. Seulement, je...

Sa mère n'avait pas achevé sa phrase, et elles avaient simplement poursuivi leur promenade.

Elle ne l'avait pas interrogée sur son père et Margo, sur sa vie chez Margo, ni même sur le comportement de Lucy et sa manie de boire l'eau des toilettes. Penser à leur chienne avait rappelé à Sara la photographie de Lucy qu'elle avait apportée dans l'intention de la lui offrir. Elle la sortit de sa poche et la lui tendit. Sa mère la contempla longuement et sourit — un petit sourire timide, très différent de son sourire d'autrefois qui découvrait toutes ses dents.

— Lucy te manque ?

— Oui, beaucoup.

— On pourrait te l'envoyer... pour l'été.

— C'est très gentil, ma chérie, mais il vaut mieux que Lucy reste où elle est.

Ensuite, elles avaient regagné l'appartement et Sara avait bu du jus de pomme.

— Ma chérie... je ne sais pas quand je retournerai à Boulder. Je ne suis pas complètement remise. J'ai encore des problèmes à résoudre.

— Quand penses-tu revenir ?

— Pas avant six mois... peut-être plus.

— Mais tu reviendras, c'est sûr ?

— Je ne sais pas... Pour l'instant, rien n'est vraiment sûr pour moi.

Et moi, alors ? faillit crier Sara. *Qu'est-ce que je vais devenir ?* Elle ne pouvait pas demander cela à sa mère. Il lui faudrait attendre, et poser la question à son père.

— Sara... me pardonneras-tu un jour d'avoir fait de ta vie un tel gâchis ?

— Oh, ce n'est pas si terrible...

CHAPITRE XLVII

FRANCINE avait besoin de ressentir la présence sécurisante du docteur Arnold pour rencontrer Andrew. Il vint donc à l'hôpital, et ils se retrouvèrent dans le parc, là où elle avait vu Clara quelques mois plus tôt. A l'époque, elle était incapable de sourire. Elle y arrivait maintenant, même si ce n'était pas naturel. Il lui fallait encore se concentrer pour sourire, s'entraîner devant son miroir.

Crispée, elle se laissa embrasser sur la joue.

— Bonjour... Assieds-toi.

Il avança une chaise longue, mais, au lieu de s'y étendre, se posa sur le rebord. Elle prit place en face de lui, sur une chaise à dossier droit.

— Voilà... fit-elle.

— Voilà... répondit-il.

Elle détourna les yeux pour les fixer sur deux malades en tenue de jogging qui traversaient la pelouse.

— La visite de Sara s'est bien passée ? demanda-t-il.

— Oui... pourquoi ? Elle t'a dit quelque chose ?

— Non, rien du tout.

— Elle semble avoir beaucoup mûri.

— Je sais.

Andrew se mit alors à parler de Sara, du lycée, du camp de vacances, du livre qu'il écrivait sur le système pénitentiaire de Floride. Les aberrations de ce système lui paraissaient presque risibles, expliqua-t-il ; et, comme il riait en effet, elle sentit une douleur lui transpercer la poitrine. Elle avait toujours tellement aimé l'entendre rire. Il parla ainsi pendant dix minutes, sans s'arrêter.

— Eh oui... murmura-t-elle quand il se tut. On n'en finirait pas de discuter, n'est-ce pas ? Beaucoup d'eau a passé sous les ponts, comme on dit.

Il hocha la tête.

— L'eau a passé sous les ponts. C'est une expression amusante, tu ne trouves pas ?

— Si.

— J'ai un recueil d'expressions de ce genre... Des phrases à placer dans la conversation, quand on ne sait pas quoi dire.

Il hocha à nouveau la tête.

Elle aurait donné n'importe quoi pour pouvoir occuper ses mains. Malgré la chaleur, elles étaient glacées et moites. Elle aurait dû mettre une robe avec des poches, prévoir des élastiques.

— Ecoute, Andrew... J'ai une question à te poser, une seule : reste-t-il encore une chance pour nous deux ?

Sitôt ces mots prononcés, elle détourna les yeux.

— Plus maintenant, Francine, répondit-il après un long silence.

— Je m'en doutais, mais il fallait que j'en sois sûre, puisque je suis en train de reconstruire ma vie.

Elle ne parvenait pas à définir ce qu'elle ressentait. A priori, il lui semblait n'éprouver aucun dépit, aucun sentiment d'abandon. Il ne s'agissait pas non plus de colère, ou de peur. Mais le docteur Arnold voudrait savoir. *Qu'avez-vous ressenti ?* lui demanderait-elle.

— Et Lewis ? reprit Andrew.

— Il attend.

— Je crois qu'il t'aime beaucoup.

— Je l'espère. Il m'a épousée, tu sais.

Ils éclatèrent de rire, mais le son de son propre rire était tellement sidérant qu'elle s'interrompit brutalement.

— Je suis désolé, Francine... murmura Andrew en lui prenant les mains. Je t'assure que je n'ai jamais eu la volonté de te faire du mal.

— Oh, je ne l'ignore pas. D'ailleurs, tu n'as pas à te juger responsable de tous mes problèmes.

— Je n'en ai pas l'intention.

Il demeura silencieux quelques minutes, puis se leva.

— Il faut que je m'en aille à présent.

— Bien... je suis contente de t'avoir revu.

— Moi aussi, répliqua-t-il en plongeant son regard dans le sien.

Il s'éloignait déjà quand elle le rappela.

— Andrew... Tu m'as vraiment aimée, n'est-ce pas ?

— Oui, répondit-il. Oui, je t'ai vraiment aimée.

Maintenant, elle savait ce qu'elle ressentait. De la fatigue. Une immense fatigue. Elle ne voulait pas reconstruire sa vie. Elle ne voulait pas penser. Elle voulait s'étendre sur une chaise longue, fermer les yeux et dormir. Mais, comme le docteur Arnold l'attendait, elle se redressa et se dirigea à pas lents vers son bureau.

CHAPITRE XLVIII

MARGO se prélassait dans le jacuzzi. Elle avait mis la stéréo à plein volume, de manière à entendre la musique de Beethoven — qui s'harmonisait parfaitement avec son humeur. Ses parents étaient partis la veille, Stuart et Michelle dans la matinée. A sept heures, sa fille avait fait irruption dans sa chambre, un cactus dans les bras.

— Tu voudras bien t'en occuper pour moi, maman ?

— Bien sûr. Je m'occuperai de toutes les plantes.

— Celle-ci est spéciale. Il faut l'arroser une fois par semaine, pas plus.

— D'accord. Je te souhaite un merveilleux voyage, ma chérie.

— Ce sera sûrement plus excitant que le camp Mindowaskin !

Toutes deux avaient éclaté de rire.

— Je t'ai causé pas mal de problèmes cette année, n'est-ce pas, maman ?

— Un peu.

— Note que tu le méritais largement.

— C'est possible.

— Bon... tu ne m'embrasses pas ?

Cette requête surprit Margo. L'attitude de sa fille l'avait amenée à penser que celle-ci ne supportait plus les effusions de tendresse. S'approchant de Michelle, elle la prit dans ses bras et embrassa doucement sa joue fraîche et lisse.

— Je t'aime, murmura-t-elle contre ses cheveux soyeux. Je t'aime très, très fort. J'espère que tu le sais.

— Je t'aime aussi, souffla Michelle. Tu vois... ajouta-t-elle en se dégageant. J'ai eu des doutes pendant un moment, mais tu es quelqu'un de bien.

Souriante, elle se détourna et se précipita dans le couloir.

— Stuart, grouille-toi ! C'est presque l'heure.

Quand ils furent partis, Margo s'assit sur son lit et se mit à sangloter. Elle n'éprouvait aucune tristesse, simplement une immense émotion qui la submergeait, comme cela se produit parfois devant un coucher de soleil. Son cœur était gonflé d'amour maternel, d'orgueil. Oui, elle était fière de ses enfants et d'elle-même. Elle avait commis de nombreuses erreurs, cependant ils avaient réussi à traverser ces épreuves ensemble, sans cesser de s'aimer. C'était bien.

Lorsque ses larmes furent taries, elle s'essuya les yeux, moucha son nez et passa dans la salle de bains pour achever de se préparer. Elle fouillait dans sa trousse à maquillage, quand, brusquement, ses doigts rencontrèrent une enveloppe. Ça alors... elle avait inspecté son armoire de toilette une bonne vingtaine de fois, et voilà que les photos réapparaissaient. Ouvrant l'enveloppe, elle vérifia que les cinq clichés étaient intacts. Un sourire errait sur ses lèvres. Elle se rappelait le soir où elle avait posé pour Andrew en Playmate du mois, les caresses qui avaient suivi... Comment expliquer cette énigme ? A moins que... à moins que Michelle ne les ait dérobées ; les restituer était sa manière de conclure la paix. Oui, c'était certainement cela. Il n'y avait pas d'autre explication plausible.

Un jour, dans plusieurs années, Michelle lui avoue-rait probablement la vérité. *Maman, tu te souviens de ces ridicules photos Polaroïd ? A l'époque, elles m'avaient paru plutôt bizarres...*

Oui, répondrait Margo, *je me souviens.*

La sonnerie du téléphone la fit sursauter. Bondissant hors du tub, elle courut dans la maison, nue et dégoulinante, Lucy sur ses talons. Essoufflée, elle décrocha le combiné.

— J'ai un appel personnel pour Miss Raisins Secs, déclara l'opératrice.

— C'est elle-même, rétorqua Margo, hilare.

— Ah bon... Vous avez votre correspondante en ligne, monsieur.

La voix d'Andrew résonna dans l'écouteur.

— Bonjour, Miss Raisins Secs. Comment ça va? Tout le monde est parti comme prévu?

— Oui, il n'y a plus que moi. Je faisais trempette.

— J'aimerais bien être là pour te tenir compagnie.

— Mon petit doigt m'a raconté que le jacuzzi te donnait des malaises.

— Pas toujours. Seulement quand je suis surexcité et que j'ai bu trop de cognac.

— Oh, tu m'en diras tant.

— Eh oui...

— Comment ça se passe, là-bas? Sara a vu B.B.?

— Oui, brièvement. Il n'y a pas eu de problème.

— Et toi, tu l'as vue?

— Oui, cet après-midi.

Il n'ajouta rien. C'était à elle de poser la question.

— Tu as pris ta décision?

— Quelle décision? répliqua-t-il, comme s'il ne comprenait pas de quoi il s'agissait.

Parfait. Elle s'exprimerait donc clairement, de façon à éviter tout malentendu. Mieux valait affronter la vérité, plutôt que de s'engluer dans les suppositions.

— Tu as décidé ce que tu allais faire?

— Sara restera certainement avec nous pendant toute l'année prochaine, peut-être davantage. Tu pourras assumer?

Elle ne répondit pas immédiatement, hésitant entre le rire et les larmes.

— Si tu n'étais pas revenu, j'aurais brûlé le bureau à cylindre.

— Si je n'étais pas revenu? De quoi parles-tu?

— Oh, rien... cela n'a pas d'importance.

— Tu pourras assumer? répéta-t-il.

— Oui. Je suis heureuse d'avoir une deuxième chance avec Sara.

— Il y a autre chose... Figure-toi que j'ai beaucoup

réfléchi, et j'ai pensé que... évidemment, nous avons été trop débordés pour en discuter... et je sais bien que cette idée te terrifie, mais imagine-toi que je viens de dresser une sorte de bilan... et il n'y a que du positif... alors, si tu pouvais méditer un peu là-dessus... rien ne presse, je te promets de...

— Que penserais-tu de la fin du mois d'août ? coupa Margo.

— La fin du mois d'août ?

— Oui, pour que nos trois enfants assistent à la cérémonie. Après, Stuart partira pour l'université.

— Tu es sérieuse ?

— Je suis une femme sérieuse, Andrew. En plus de cela, je t'aime.

— Je t'aime aussi. Tu me manques atrocement. Je dors avec la boîte de raisins secs sous l'oreiller.

— Et moi avec Lucy.

— Elle est plus agréable qu'une boîte de raisins.

— Mais elle l'est moins que toi.

— Je rentrerai dans trois jours.

— Je t'attends.

Elle raccrocha, regagna la terrasse, et se plongea voluptueusement dans l'eau bouillonnante. Pour une fois, songea-t-elle, tout s'arrangeait comme elle l'espérait. Oh, elle n'avait pas vraiment douté de son retour, du moins pas profondément. Après tout, ils s'aimaient. Andrew ne l'aurait pas quittée comme ça, sur un coup de tête. Mais sentir le bonheur à portée de sa main était un peu effrayant, même pour une optimiste. *Ecoute, tu l'as bien mérité. Tu as payé tes dettes, et lui aussi. D'ailleurs, la vie n'est pas si simple. Ce n'est pas parce que tout va bien pour toi aujourd'hui que demain ne te réserve aucune mauvaise surprise. Alors, profite de ta chance et sois heureuse.*

N'étaient-ce pas les mots que lui disait sa mère autrefois ? *Profite de ta chance, ma chérie, mais surtout n'oublie jamais de toucher du bois pour que ça dure.*

— Je touche du bois, maman, murmura-t-elle en appuyant sa main sur la paroi du tub, en bois de cèdre.

Et, par précaution, elle le fit une deuxième fois. On n'est jamais trop prudent.